캄보디아 설화 (II)

천년 제국의 체취가 서린 모험과 사랑, 지혜의 서사

건국대 서사와문학치료연구소
다문화 구비문학대계 2

캄보디아 설화 (II)
천년 제국의 체취가 서린 모험과 사랑, 지혜의 서사

2022년 5월 10일 초판 인쇄
2022년 5월 15일 초판 발행

지은이 신동흔 외
펴낸이 이찬규
펴낸곳 북코리아
등록번호 제03-01240호
전화 02-704-7840
팩스 02-704-7848
이메일 ibookorea@naver.com
홈페이지 www.북코리아.kr
주소 13209 경기도 성남시 중원구 사기막골로 45번길 14
우림2차 A동 1007호
ISBN 978-89-6324-852-3 (94810)
978-89-6324-850-9 (세트)

값 13,000원

건국대 서사와문학치료연구소
다문화 구비문학대계 2

캄보디아 설화 (II)

천년 제국의 체취가 서린
모험과 사랑, 지혜의 서사

신동흔 박현숙 김정은 오정미
조홍윤 김영순 황혜진 강새미
김민수 김자혜 김현희 엄희수
이승민 이원영 한상효 황승업

북코리아

머리말 : 현장에서 만난 1,364편의 생생한 이야기

캄보디아, 베트남, 필리핀, 중국, 일본, 인도, 카자흐스탄, 에스토니아, 브라질….

세계 여러 나라에서 온 이주민 화자들이 한국어로 구술하는 설화들을 들으면서 마치 꿈속의 한 장면에 들어와 있는 듯했다. 그들의 입에서 가지각색 설화들이 술술 흘러나오고 있는 광경이 거짓말 같았다. 책에서나 볼 수 있었던, 아니 책으로도 볼 수 없었던, 깊은 재미와 의미가 차락차락 우러나는 원형적 이야기들! 그 보물 같은 이야기들을 현장에서 만날 수 있다는 것은 최고의 축복이었다.

한국에 이주해서 생활하는 외국 출신 제보자들을 대상으로 한 설화 조사를 계획하면서 기대보다는 걱정이 컸다. 한국과 달리 설화 문화가 유지되고 있어서 구전설화를 기억하고 전해줄 수 있으리라는 기대가 있었지만, 30~50대가 주축을 이루는 제보자들이 설화를 오롯이 구연할 수 있을지 의문이었다. 모국어가 아닌 한국어로 구술해야 하는 상황이라서 더 그랬다. 한국생활이 쉽지 않을 이주민들이 선뜻 마음을 열어줄까 하는 걱정도 없지 않았다.

결과는 기대 이상이었다. 수많은 이주민 제보자들이 기꺼이 자국 설화 구연에 나서 주었다. 모국의 이야기와 문화를 알린다고 하는 책임감과 자부심이 주요 동기였지만, 그들은 곧 설화 구연이 매우 즐겁고 유익한 일이라는 사실을 깨달았다. 그들은 한 명의 문학적 주체가 되어서 자신이 아는 이야기들을 성심성의껏 들려주었다. 고향에 계신 어른들에게 연락해서 묻거나 숨은 자료를 찾아서 구연해 주기도 했다.

모든 이야기는 책이나 자료를 읽어주는 형태가 아니라 내용을 기억하고 새겨서 말로 구술하는 형태로 조사를 수행했다. 마음으로 기억해서 재현한 것이라야 화소(話素)와 스토리가 살아있는 진짜 구비문학 자료가 되는 것이기 때문이다. 제보자들이 구술로 전해준 이야기들 속에는 실제로 구비문학적 힘이 생생히 깃들어 있다. 재미있고 의미심장하며, 현장감이 넘친다. 그 언어는, 살아 있다.

조사 과정에서 이야기를 들으면서 놀란 적이 한두 번이 아니다. 이주민 제보자들은 평균적인 한국 사람들보다 훨씬 이야기를 잘했다. 한 사람이 수십 편의 설화를 유려하게 구술한 사례가 여럿이며, 한 편의 설화를 30분 이상 완벽하게 구연한 경우도 꽤 많았다. 캄보디아의 킴나이키 제보자 같은 경우는 한 편의 설화를 2시간에 걸쳐 생생하게 구연하기도 했다. 한국의 유력한 이야기꾼들에게서도 좀처럼 보기 어려운 모습이다.

10여 명으로 구성된 조사팀이 만 3년에 걸친 현지조사를 통해 만난 화자는 150명 이상이며, 수집한 자료는 약 2,000편에 이른다. 이 중 공개 동의를 얻지 못한 이야기와 완성도가 낮은 이야기들을 제외하고 가치 있는 것들을 선별한 결과 27개국 130여 명 제보자가 구술한 1,364편의 이야기 자료가 추려졌다. 자료마다 기본 구연정보와 줄거리(개요) 등을 갖추어서 정리하니 분량이 단행본 20권을 채우게 되었다. 양적·질적 측면에서 '한국구비문학대계'에 비견될 '다문화 구비문학대계'라고 해도 좋겠다고 생각해서 이를 총서명으로 삼았다. 『한국구비문학대계』(1980~1988; 전 82권)는 한국 구비문학 조사사업의 빛나는 성과이자 인류의 소중한 문화유산으로서, 갈수록 가치가 증대되고 있는 구술자료집이다. 우리의 『다문화 구비문학대계』도 그와 같은 역할을 하게 될 것으로 믿는다. 세계 각국의 설화를 생생한 한국어로 집대성했다는 점에서 전에 없던 새롭고 특별한 언어문화 자료집이다. 이와 같은 현지조사 성과는 세계적으로도 유례없는 일임을 강조하고 싶다.

다문화 구비문학대계는 20권의 자료집과 1권의 연구서로 구성되어 있다. 자료집 구성은 다음과 같다.

1~2권 : 캄보디아 설화 (64편)
3권 : 태국·미얀마 설화 (53편)
4~5권 : 베트남 설화 (114편)
6권 : 필리핀·인도네시아·대만·홍콩 설화 (72편)
7~9권 : 중국 설화 (186편)
10권 : 몽골 설화 (92편)
11~12권 : 일본 설화 (149편)
13권 : 인도·네팔 설화 (78편)
14권 : 카자흐스탄 설화 (61편)
15권 : 러시아·중앙아시아 설화 (55편)
16권 : 유럽·중동·중남미 설화 (57편)
17권 : 세계의 문화와 풍속 이야기 (93편)
18권 : 세계의 속신·금기와 속담 (160편)
19권 : 세계의 신과 요괴 전승 (91편)
20권 : 한국 이주 내력 및 생활담 (39편)

1~16권까지 각국 설화를 나라별로 정리해 실었고, 17~20권에는 세계 여러 나라 문화 이야기와 속담, 생애담 등의 구술담화를 모아서 수록했다. 15권의 '중앙아시아'에는 우즈베키스탄, 키르기스스탄, 타지키스탄이 포함되며, 16권에는 에스토니아, 스웨덴, 터키, 아제르바이잔, 사우디아라비아, 도미니카공화국, 칠레, 브라질, 파라과이 등 9개국 자료가 실려 있다. 다 합치면, 설화가 수록된 나라는 총 27개국에 이른다. 중국편 자료가 가장 많은데, 한족과 조선족 자료를 포괄한 것이다. 7권에 한족 제보자의 구술자료를, 8~9권에 한국계 중국인 제보자 구술자료를 수록했다. 설화는 각 나라마다 앞쪽에 신화와 전설에 해당하는 것들을 싣고 뒤쪽에 민담을 실었다. 같은 유형의 자료를 한데 모으고 서로 내용이 통하는 자료를 이어서 배치함으로써 효과적으로 내용을 견줘볼 수 있게 했다.

27개국 총 1,364편에 해당하는 설화 자료 가운데는 한국에 처음 소개되는 것들이 매우 많다. 1, 2권에 해당하는 캄보디아 설화는 대부분 길고 흥미로운 것들인데, 모두가 한국어로 처음 출판되는 것들이다. 필리핀과 몽골, 인도, 카자흐스탄 등의 수많은 이야기들도 대부분 새로운 것들로 구성돼 있다. 베트남과 중국, 일본 설화 가운데는 한국에 알려진 유명한 이야기들도 포함돼 있지만, 새롭게 소개되는 것들도 많다. 각국의 대표 설화, 예컨대 베트남 설화 〈의붓자매 떰과 깜〉이나 일본 설화 〈복숭아 동자 모모타로〉 같은 경우는 제보자마다 이야기를 구술해서 최대 7~8편에 이르는 각편을 수록했는데, 세부 내용상 크고 작은 차이가 있다. 각편(各篇)마다 미묘한 차이가 있는 것은 구비설화의 본래적 특징으로, 이는 중요한 연구대상이 된다. 각국 주요 설화의 구술자료 각편들을 생생한 구어로 풍부하게 갖춘 것은 해당 국가에도 없던 일로서, 본 자료집의 가치를 더욱 높여주는 요소가 된다.

구비문학에 낯선 독자들로서는 구술을 녹취한 본문이 처음에 다소 어색하게 여겨질 수도 있을 것이다. 하지만 찬찬히 읽어나가다 보면 구술 담화의 맛과 가치를 생생히 느끼게 되리라고 믿는다. 구술자의 다양한 목소리가 귀에 쟁쟁 울려오는 듯한 경험을 할 것이다. 이주민 구술자들에 대하여, 이들은 오롯한 문화적·문학적 주체이자 구비문학 아티스트라고 말하고 싶다. 설화를 전공하는 한국인 연구자들에게 한국어 구술로 큰 감동과 깨우침을 안겼으니 특별한 아티스트가 아닐 수 없다. 현지조사 과정에서도 틈나는 대로 부탁했거니와, 이들이 앞으로도 적극적인 설화 구술로 21세기 한국어문화의 한 주역이 되어 주기를 기대한다.

본 자료집은 구비문학 연구와 언어문화 연구, 다문화 한국사회 연구를 위한 기초 자료로 널리 활용될 수 있다. 학술연구 외에 문화콘텐츠와 교육용으로도 본 자료집은 큰 의의를 지닌다. 작가와 기획자들에게 새롭고 특별한 소재를 제공할 것이며, 각급 학교와 평생교육 기관 등에서 다문화 교육자료 등으로 활용될 것이다. 아울러 본 자료는 일반 독자들에게도 재미있고 소중한 문학적·문화적 경험을 전해줄 것이다. 한국인 독자들은 외국의 문학과 문화에 대한 이해를 넓히는 한편으로 이주민들에 대한 인식을 일신할 것이며, 이주민과 다문화가정 구성원들은 문화적 정체성과 자부심을 내면화할 것이다. 아무쪼록 이 책이 한국사회 구성원들이 열린 마음으로 서로를 이해하는 가운데 상생적 화합과 발전을 이루어나가는 데 기여하기를 바라는 마음이다.

3년간의 현지조사와 정리 작업은 한국학중앙연구원 한국학 토대연구 지원 사업에 힘입어 진행되었다. 꼭 필요한 지원이 이루어져서 좋은 자료들을 널리 수집할 수 있게 된 데 대해 감사의 뜻을 밝힌다. 자료의 출판은 연구지원과 별개로 이루어진 것으로, 출판사의 후의와 결단에 의해 이루어졌다. 자료집의 가치를 이해하고 기꺼이 출판을 맡아준 북코리아 이찬규 사장님과 편집부 김수진 과장님께 깊은 감사 인사를 드린다.

이 자료집이 나올 수 있었던 것은 현지조사와 자료정리의 실무를 맡아 수고한 전임연구원과 연구보조원들이 있었기 때문이다. 팀장을 맡아서 일련의 길고 힘든 작업을 훌륭히 감당해준 박현숙, 김정은, 오정미, 조홍윤 박사와 이원영, 황승업, 김자혜, 김현희, 한상효, 김민수, 이승민, 엄희수, 강새미 등 여러 연구원의 노고에 감사와 사랑의 마음을 전한다. 공동연구원으로서 현지조사와 연구작업을 적극 뒷받침해준 김영순, 황혜진 선생님께도 깊이 감사드린다.

이 책은 기꺼이 이야기를 들려준 여러 제보자들에 의해 이루어진 것이다. 낯선 조사자들을 반갑게 맞이하고 바쁜 시간을 쪼개어 열성껏 이야기를 풀어내 주신 130여 명 제보자들께 머리 숙여 인사드린다. 본 자료집이 특별하고 귀중한 문화유산으로 자리 잡아 오래도록 널리 활용됨으로써 제보자들의 열정과 노고가 빛을 발할 수 있기를 바라 마지않는다. 모두들 행복하게 씩씩하게 잘 지내면서 한국사회의 실질적 주역 구실을 해주시기를 기원하며, 다시 만나 많은 이야기들을 즐겁게 나눌 수 있기를 기대한다.

2022년 5월
저자를 대표하여
신동흔

목차

일러두기

1. 본 자료집은 한국에 와 있는 세계 여러 나라 이주민이 한국어로 들려준 설화와 생애담, 문화 이야기 등을 화자가 구술한 대로 녹취하여 정리한 것이다. 현지조사는 구비문학 전공자들이 만 3년에 걸쳐서 진행했으며, 구비문학 조사 및 정리 방법에 따라 자료를 수집 정리했다. 27개국에서 온 130명 이상의 제보자를 직접 만나서 구술 자료를 녹음했다. 제보자의 주축은 결혼이주민이며, 유학생과 이주노동자도 포함돼 있다.

2. 자료집은 총 20권으로 구성되어 있으며, 총 1,364편의 구술 이야기 자료가 수록되어 있다. 1~16권에는 각 나라별로 신화와 전설, 민담 등 설화자료를 실었고, 17~20권에는 여러 나라 문화 이야기와 속신·속담, 신과 요괴 전승, 생애담 등을 종합해서 실었다. 별권으로 연구서 『다문화 이주민 구술설화 연구』를 갖추어 조사사업의 성격과 의의를 밝히고, 자료 총목록을 제시했다.

3. 모든 자료마다 조사일시와 장소, 제보자와 조사자 등 기본 구연정보를 제시하고, 이야기 줄거리(또는 개요)를 제시하여 이해의 편의를 도왔다. 그리고 모든 설화와 생애담 자료에 '구연상황'을 제시하여, 해당 이야기가 어떤 맥락에서 구술되었는지 알 수 있게 했다. 설화집에 해당하는 1~16권 말미에는 나라별 제보자에 대한 정보가 제시되어 있다. 제보자 인적사항과 특성은 조사 당시를 기준으로 삼은 것으로, 추후에 변동되었을 수도 있다.

4. 이야기 본문은 녹음된 내용을 그대로 받아 적었으며, 현장 상황을 생생히 전하기 위해 조사자와 청중의 반응 부분을 함께 담았다. 한국어 어법에 맞지 않는 구술도 그대로 반영하여 전사했으며, 오해의 소지가 큰 경우 괄호 속에 표준어 표기를 제시했다. 내용 이해를 위해 필요한 경우에는 각주를 달아서 보충 설명을 했다.

5. 이야기 본문에서 제보자의 구술 외에 조사자와 청자의 반응은 [ ] 속에 넣어서 정리했으며, 기타 보충설명은 ( ) 안에 제시했다. 여러 조사자가 발언한 경우 '조사자 1', '조사자 2' 등으로 표시했는데, 번호는 구연정보의 조사자 순서에 준한다. 본문은 이야기 전개 흐름에 따라 문단을 나누었으며, 대화에 해당하는 부분은 행을 바꾸어 표현했다. 대화에 부수되는 언술은 행을 달리하되, '고'나 '구'는 구어체 특성을 살려 대화문 뒤에 붙였다. 2인 이상의 제보자가 공동으로 구술한 자료는 각 제보자와 조사자의 발화를 단위로 삼아 단락을 나누는 방식으로 편집했다.

6. 본 자료집에 자료를 수록한 모든 제보자들에게는 사전에 자료공개 동의를 받았다. 다만, 생애담 등의 구술에서 사적 정보가 노출될 수 있는 부분은 내용을 일부 삭제하거나 **로 표시하기도 했다. 조사장소도 개인정보 보호를 위해 번지수와 같은 세부정보를 삭제했다.

흰 코끼리 왕의 딸

● **구연정보**

조사일시 : 2016. 12. 17(토) 오후
조사장소 : 강원도 횡성군 횡성읍 읍하리
제 보 자 : 체아다비 [캄보디아, 여, 1983년생, 결혼이주 8년차]
조 사 자 : 박현숙, 김민수

● **구연상황**

제보자가 〈귀걸이의 유래〉 구연을 마친 뒤, 짧은 이야기라며 시작했다. 제보자는 전설이 전해지는 지역에 대해 초반에는 캄퐁톰 지역이라고 했다가 말미에는 캄퐁참 지역이라고 했다. 오숙민 작가와 일본 국적의 모우에 히로꼬 제보자가 청자로 참여했다.

● **줄거리**

사람과 동물이 서로 대화가 가능하던 시절, 닝뗍이 할머니와 단둘이 살고 있었다. 닝뗍이 가뭄에 먹을 것을 구하러 산속에 들어갔다가 코끼리 발자국에 고인 오줌을 마셨다. 닝뗍은 그 후 배가 점점 불러왔고 딸 닝깔을 낳았다. 닝깔이 아버지가 없다고 친구들에게 따돌림을 당하자 어머니는 흰 코끼리가 아버지라고 알려주었다. 닝깔이 아버지를 찾아 숲속으로 떠났으나 고생만 하고 쉽게 찾을 수 없었다. 닝깔이 포기하려던 찰나에 코끼리 무리에 있던 아버지 흰 코끼리 왕을 찾았다. 흰 코끼리는 탑을 쌓아서 닝깔을 탑에 살게 했다. 어느 날 왕자가 숲속에 들어왔다가 닝깔에게 반하여 청혼했다. 닝깔은 아버지가 결혼을 반대하여 망설이다가 왕자를 따라 왕궁으로 떠났다. 코끼리 왕이 닝깔을 찾아서 왕궁으로 갔지만 성문이 잠겨서 안으로 들어갈 수 없었다. 코끼리 왕이 일곱 겹으로 된 성문을 차례로 부수다가 마지막 문을 부수고 그 자리에서 죽었다. 닝깔은 성안에서 왕자와 결혼식을 치르다가 아버지 소리를 듣고 쫓아 나왔다. 닝깔은 아버지의 죽음을 확인하고 슬퍼하며 흰 코끼리 왕의 장례식을 치러주었다.

이 얘기는 좀 짧고, 큰 거는 이제 흰 코끼리 왕의 딸. 이거는 불교 쪽의 이야기예요, 불교. 절 가면 그림 많이 보이고 이야기 자세히 나오는데 이제 여기는 동화책으로 나왔어요.

(책을 뒤적이면서) 아주 옛날 옛적에 어떤 왕이 있었어요. 그 왕은 캄퐁톰• 지역의 끄롬비어라는 마을이 있었어요. [조사자: 그게 지금 캄보디아에 있는 마을인 거죠?] 네네네, 캄퐁톰이 지역. 만약 강원도 횡성군 이때처럼, 그런처럼 있었어요. 껑리 탑이 만들어져서 탑이 뭐 기둥 없이 기둥하나로 높게 올리면서 위에는 그냥 [조사자: 비어 있어요?] 아니, 살고 있는 공간만. 집처럼 집은 기둥 막 여러 개 있잖아요. 여기는 기둥 하나 세우면서 이제 거기 탑이에요. 거기에 있었어요.

그 시대에는 사람과 동물들이 할 수 있을 뿐만 아니라 서로 이해하고 소통하고 [조사자: 그러니까 서로 말도 하고 대화도 되던 그런 시절이에요?] 네네, 소통을 잘 했어요.

어느 해니까 봄이 불어와 가을, 일 년 동안 가뭄에 비가 오지 않았어요. 사람들은 죽을 만큼 아주 살기 힘들었어요. 가뭄이 계속돼서 온 나라 안에 계속 이뤄지고 먹을 것이 없어서 산 곳곳 마을 여자들이 고구마 같은 거 캐러 다녔어요.

그리고 닝뗍. '닝'은 여자예요, 뭐 그녀. 그녀는 캄보디아 말로 닝이에요. 닝뗍은 나이 열아홉 살이고 어머니 아버지 없이 나이 많은 할머니와 단둘이 살고 있었어요. 닝뗍은 여자들처럼 이제 뭐랄까요. 남들처럼 막 뭐 친하지 않고 가난했으니까 [조사자: 따돌림 당했나요?] 네, 따돌림도 하고. [조사자: 외롭게 지냈어요?] 네, 외롭게 지냈어요. 그리고 뭐 같은 거 뭐 고구마 같은 거 캐러 갈 때도 항상 혼자 있었어요.

근데 닝뗍은 고구마 같은 거 캐면서 산에 다녔어요. 다니고 이제 대나무를 만들어서 물통을 떠서 이제 산 다니게 먹고 그런 거 먹다가 이제 없어요. 물이 떨어지고 목이 마르고 비가 안 오고 가뭄이어서 그래서 계속 깊은 산속에 들어갔어요. 깊은 산속 들어가니까 동

• 캄보디아 중부에 위치한 캄퐁톰 주의 주도이다.

굴 같은 거 들어갔어요. 들어가고 거기 안에는 돌 틈, 돌 사이에 물이 조금 있었어요. 그 물을 마시고 그냥 집에 들어왔어요. 마시고 고구마도 캐면서 저녁이 되자 집에 들어왔어요.

들어왔다가 이제한 몇 달 지났다가 배가 점점 커지는 거예요. 그래가지고 깜짝 놀랐어요. 할머니도 물어보고,

"왜 갑자기 배가 커지냐? 어디 아프냐? 애가."

그래가지고 동네에 있는 마을 할머니 뭐라 그래 저기 산부인과 가면 옛날에 애기 낳으면 그 할머니 데려오라고 [조사자: 산파.] 산파인가? [조사자: 네, 산파라고 하고 조산사.] 네 거기 집에 갔어요. 그래가지고,

"좀 봐주시라."고.

"왜 애가 배가 점점 부르고 어디 아픈지."

그렇게 봤더니 임신한 거예요. 임신 할머니도 물어보고,

"너 왜 임신했냐? 남자 있냐?"고.

"저는 남자 없어요. 남자하고 손잡은 적도 없고 눈 마주친 적도 없는데 왜 어떻게 임신했냐?"고.

자기도 이해 못하고 이제 이 사실을 받아들이지 못해요. 그래가지고,

"그럼 그날 산에 가는 이야기 어떻게 갔는지 할머니한테 쭉 이야기해 봐라."

그랬더니,

"산에 가면서 이제 물이 없고 이제 동굴에 가서 그냥 물만 마셨어요. 그러면 주변에 뭐 있냐고 거기는 뭐 코끼리 똥도 있고 발자국도 있고."

그러니까 할머니가,

"아! 그러면 아마 코끼리, 네가 코끼리 왕 코끼리 오줌을 마셨는가봐."

그러니까,

"아니 왜 왕 코끼리 오줌 마셨다고 임신하냐?"고.

그러니까,

“아! 그분은 이제 아주 복 받은 분이고 불상 같은 분이라고.”

[조사자: 부처 같은 분이라고?] 네.

“부처 같은 분이라고. 눈 맞춰도 이제 무슨 일이 일어날지도 몰라.”

인제 그래가지고 그는 임신하면서 열 달 후에 애기를 낳았어요.

애기 낳으면서 이제 그 애기는 닝깔이라는 이름을 지었어요. 그 애는 아주 예쁘고 머리부터 발끝까지 다 예쁘고 몸에서는 또 향기 나고 아주 예뻤어요. 어렸을 때는 할머니하고 살아야 하니까 친구도 없고 왕따로 따돌리고 어느 날 자기가 엄마한테 물어봤어요.

“저는 어떻게 태어났어요? 아버지 어디 있어요? 제 아버지 있는 곳을 알려 주세요. 제가 찾으러 갈게요.”

그랬더니 엄마가 쭉 얘기했어요.

“네 아버지는 사람 아니라 흰 코끼리다.”

그럼 그 딸은 이 사실 알아서 충격을 받고 도망갔어요, 숲속에. 숲속에 도망가면서 인제 자기 혼자 생각했어요.

‘내가 코끼리 딸이라고 이제 동네 분들은 이제 따돌림 받고 미움 받고 있으니까 내가 이 동네는 살 수 없다.’

그래가지고,

‘내 아버지를 찾으러 가야겠다. 내 아버지를 찾아서 아예 평생 숲속에 산다.’고.

아버지를 찾아갔어요.

아버지를 찾으면서 이제 온 많은 일을 많이 겪었어요. 뭐 호랑이도 만나고 여러 위험한 동물도 만났어요. 근데 그 여자, 그 아이는 이제 능력, 동물 말 할 수 있는 능력을 가지고 있었어요, 인제. 막 호랑이한테 말하면서,

“너, 나를 괴롭히지 말아라. 나는 내 아버지를 찾으러 간다.”

“그럼 네 아버지는 누구냐?”

그래서,

“내 아버지는 왕 코끼리다.”

그래가지고 그럼 막 왕 코끼리는 어느 동물이든 다 무섭잖아요. 그 나라에서 왕국이니까 그래가지고 이제,

"아! 그렇구나."

"그럼 네 아버지 있는 곳을 알고 싶니?"

그래서,

"네, 알고 싶어요. 아버지 어디 있냐?"고.

"좀 알려 주십시오."

했더니, 그랬더니 찾아갔어요.

동물 곳곳 만나면서 아버지 어딨는지 찾아가고 그때는 한참 찾아 많이 힘들어 지쳤을 때는 인제 포기했어요, 아버지는 안 찾고.

'내가 여기서 죽어야겠다. 아버지는 못 만나고.'

그런데 그렇게 했다가 어느 나무 그늘에 앉아서 그냥 앉아서 기다렸어요. 그냥 누구 없이 그냥 혼자를 기다렸다가 코끼리 한 팀을 만났어요. 그 자리도 이제 코끼리 왕이 자리에 있었어요.

"코끼리 몰려와서 왜 자리에 앉았냐?"고.

"당장 나와 안 나오면 내가 너를 죽인다."

그랬더니,

"나는 그냥 내 아버지를 찾아 힘들어서 여기 앉은 거다."

그랬더니,

"니 아버지는 누구냐?"

"내 아버지는 코끼리 왕이다."

그래서 코끼리들이 안 믿고 이제 왕 코끼리 데려왔어요. 데려왔는데,

"너는 왜 내 아버지냐?"고.

"왜 그렇게 생각하니?"

그랬더니 그 아이가 쭉 엄마 얘기했더니 얘기했던 이야기를 쭉 얘기했어요.

그럼 자기가 들으면서,

"아! 그렇구나. 그럼 너는 내 딸로 인정한다."

그래가지고 그 탑을 지었어요. 탑을 지으면서 딸을 보살피고 물도 떠주고 먹을 것도 챙기면서 어느 정도 이제 성공하면서 아가씨 되었어요, 아주 예쁘고.

그래가지고 어느 날에 왕이 이제 동물 뭐지? (활 쏘는 시늉을 하며) 이게 [조사자: 활?] 활 옛날 보면 동물 잡는 거. [조사자: 화살] 네네네, 그거 산속으로 이제 다녔어요. 다녔는데 이제 산속에 왜 탑 있었어요. 그래가지고 깜짝 놀라가지고 [조사자: 그러니까 사냥을 다닌 거죠?] 네.

사냥 다니다가 그래가지고 계속 훔쳐다가 몰래 이제 있다가 누가 했냐고 궁금했으니까 거기 앉았다가 그녀를 봤어요. 예쁘고 이제 그녀를 봐서 며칠 계속 몰래 훔쳐보다가 푹 빠지는 거예요. 빠지고 이제 빠지니깐 자기 가서 고백을 한 거예요.

"나는 이제 이 나라의 왕이다. 내가 너 좋아하니까 너 나한테 결혼해줄 수 있냐?"고.

물어보고, 여자는 그냥,

"아, 저는 몰라요. 좋아하지만 아버지도 있으니까 아버지도 허락하면서 가야 되니까."

"너는 니가 나를 좋아하면 나를 따라야 한다. 왕국에 돌아가야 된다."고.

그래서 내가 자기도 결정도 못하고 이제 따라가면 아버지도 버리고 소식이 어디 갔는지도 못하고 그러니까 그래가지고 그냥 생각 한참 하다가 왕자를 따라갔어요.

왕자를 따라오고 아버지 어느 날에 돌아왔어요. 딸은 먹을 거를 구해 뭐 쌀 같은 거, 과일 아니면 멀리 갔었는데 돌아오고 이제 딸이 없어요. 이제 딸이 없으니까 아무리 불러 봐도 딸 목소리도 안 들리고 뭐 건네줄 때도 딸이 받아 주지 않고

'왜 그렇니? 딸이 어디 갔냐? 혹시 애가 잘못됐는지.'

코끼리는 거기 올라갈 수 없잖아요. 어쩔 수 없이 탑이 무너지면서 딸을 찾았어요. 딸을 찾으라고 탑을 무너트렸더니 딸이 없는 거예요. 없는 걸 계속 곳곳에 다녀서 찾아서 이제 어느 날 소식에 딸을 왕궁 안에 있었어요.

왕궁 안에서 소식 들으면서 이제 아무 생각 없이 딸에게 달려갔어요. 달려가니까 인제 왕궁 아무래도 벽도 단단하고 하필 그날에

딸이 결혼식이었어요. 결혼식이니까 아무래도 목소리 불러도 딸의 목소리도 안 듣고 안 들으니까, 아마 벽 뭐 옛날 이렇게 보면 뭐라고 그래요? [조사자: 병풍?] 아니 아니. 뭐 대문 왕의 문 뭐라고 그래요? [조사자: 성? 궁궐?] 네. 성에 그 대문이 뭐라고 해요? [조사자: 성문, 성문!] 아! 성문이요, 네네. (웃음)

거기는 아무리 몇 번을 부셔 봐도 인제 끝이 없이 단단하게 한 몇 일곱 개 여덟 개 돌로 쌓여 있었어요. 쌓여있고 그러니까 계속 부서지면서 코끼리는 힘이 지쳐서 많이 힘드니까. 또 죽을 만큼 이제 하니까,

'목숨이 이제 딸을 구하니까, 내가 목숨을 구하니까, 죽어도 괜찮다.'

하고 마지막을 부셨어요.

부수면서 이제 숨이 끊어지는 거예요, 죽어서. 딸은 이제 마지막 아버지 목소리 들으면 결혼식 올리는 중에 마지막 아버지 목소리 들으니까 밖에 달려왔더니 아버지 보는 거예요. 그래 아버지보고 미안하고 왜 미안하니까 뭐,

"제가 잘못 했어요. 먼저 여기 오면 아버지 기다리고 얘기했고."

이렇게 쭉 얘기해요. 그 후는 이제 코끼리는 죽었어요. 코끼리 죽이고 그 뭐라 그럴까 캄보디아에서는 그런 거 있어요. 그 뭐랄까? 여기 그림 보면 (책을 뒤적여 보여주며) 왕 그림 보면 그런 거 있어요. 그 [조사자: 유리? 기둥?] 그런 거 있고, 여기 안에는 신 [조사자: 신전.] 그 신은 태운 건데 그 옛날 왕궁에 했어요. 하면서 이제 코끼리 막 사람처럼 의식도 올리고 막 크게도 장사도 하고. [조사자: 그러니까 누군가 돌아가시면 관도 올려놓고 거기서 장례식을 치르는 거죠?] 네네.

그리고 코끼리 몸이 다 태워도 거기 안에 보면 코끼리 그림이 있어요. 그림이 있었고, 인제 지금은 이거 쭉 있어요, 옛날에. [조사자: 그러니까 지금도 아직 그게 옛날에 하던 방식으로 그대로 남아 있어요?] 네, 그대로 남아 있어요. 그때는 이제 사람 죽었던 이거 이렇게 하면서 의식에 따라서 했고 지금 이거 가면 또 있고.

[조사자: 그 성이 의미 있을 거 아니에요.] 네네, 코끼리 왕 탑이 있

었어요.

[조사자: 코끼리 왕 탑이라고 불러요?] 네네, 거기 캄퐁참* 이런 거 가면 있었어요. [조사자: 음] 캄퐁참에 [조사자: 캄퐁참.] 네네. 캄퐁참 그 70억. 아, 모르겠다. 70억 현터 그런가? 거기 지역에.

이 캄퐁참은, 캄퐁참 지역이 역사도 많고 거기. 거기 껑리 프놈 이야기도 [조사자: 냉경리산] 네, 냉경리산도 캄퐁참이에요. [조사자: 지역이.] 네네.

• 카보디아 수도 프놈펜 북동쪽에 위치한 캄퐁참 주의 주도이다.

잃어버린 아내를 찾아 떠난 프라스톤 왕자

● **구연정보**

조사일시 : 2018. 06. 09(토) 오후
조사장소 : 강원도 인제군 인제읍 상동리 제보자 자택
제 보 자 : 킴나이키 [캄보디아, 여, 1991년생, 결혼이주 6년차]
조 사 자 : 박현숙

● **구연상황**

제보자가 〈악어가 죽어서 생긴 산〉 이야기 구연을 마친 뒤 다음 이야기의 주인공은 '프라스톤 닝끼아오 모노리'라고 설명하고 구연을 시작했다. 장시간 구연을 마친 뒤 제보자는 속이 후련하다는 듯이 끝났다고 외쳤다.

● **줄거리**

옛날에 한 왕국에 똑똑하고 잘생긴 프라스톤 왕자가 살았다. 왕자가 결혼할 나이가 되자 한 신하가 자신의 딸과 짝을 맺어주려 했으나 왕자가 거절했다. 프라스톤의 신하가 어느 호숫가에 사는 용에게 무엇을 부탁하러 갔는데 용이 그물을 요구하여 가져다주었다. 용이 호숫가로 내려온 하늘 신의 딸 일곱 선녀에게 그물을 던져 막내 선녀를 잡았다. 신하가 프라스톤에게 선녀를 소개하자 둘이 첫눈에 반하여 결혼했다. 프라스톤이 행복하게 살던 어느 날 전쟁이 나서 전쟁터에 나가서 싸웠다. 왕은 자신의 내장이 몸 밖으로 나와 온 대륙에 퍼지는 꿈을 꾸었다. 왕이 마법사에게 꿈을 해몽하라고 했다. 신하가 딸을 거절한 프라스톤에게 앙심을 품고 마법사를 사주하여 길몽을 흉몽으로 해몽하게 했다. 마법사는 행복하기 위해서는 프라스톤의 아내를 화형시켜야 한다고 방비책을 제시했다. 선녀는 시어머니의 도움으로 날개옷을 입고 가까스로 탈출했다. 선녀는 깊은 산속에 있는 노인에게 프라스톤이 찾아오면 내주라며 자신의 날개옷을 맡기고 하늘로 돌아갔다. 프라스톤은 전장터에서 돌아와 아내를 찾으러 다녔다. 프라스톤은 노인을 만나 날개옷을 받고 노인에게 선녀를 찾는 방법을 들었다. 프라스톤은 여러 험한 산을 넘고 물거인을 물리치며 칠 년 칠 개월 칠 일간의 고난의 시간을 보내고서야 선녀들이 있는 하늘 호수에 당도했다. 프라스톤은 선녀들이 물을 길어 담은 병이 무거워서 들지 못하자 도와주는 척하며 아내의 반지를 병에 넣었다. 프라스톤의 아내는 반지를 발견하고 부모에게 프라스톤에 대해 말했다. 부모가 프라스톤을 찾아 둘의 결혼을 허락했다. 프라스톤과 선녀는 지상 왕국으로 내려가 행복하게 잘 살았다.

그 이름은 프라스톤 닝끼아오 모노리야. 프라스톤 그거 이름 주인공 이름이야. 프라스톤 닝끼아오 모노리.

아주 예전에 한 왕국이 있어요. 그 왕국에 왕 이름이 쁘야마아넥자웡. 쁘야마아넥자웡. 그리고 자기 부인 이름이 짠띠대위 그렇게 있었거든요. 그 왕국에 그리고 그 왕국까지 얘기했어. 왕국에는 왕국 이름이 옷따라받짤, 옷따라받짤 왕국 이름이에요. 그래서 왕에는 아들 한 명 있어요. 왕자님 이름은 프라스톤. 프라스톤은 되게 똑똑한 사람이에요. 똑똑한 사람 공부하는 거 너무 잘해요. 공부도 잘하고 똑똑하고 잘생기고 되게 특별한 사람 정도 그렇게 얘기하는 거예요. 그런데 그 예전 이야기는 다 마법하는 할 수 있는 거예요. 그렇게 하는 거 배우는 거예요. 싸우는 거 어떻게 우승할 수 있고 왕을 키우는 교육이에요. 그렇게 살았었어요.

그런데 이제 프라스톤가 다 컸어요. 몸이 그러면 엄마 아빠가 결혼해주는 거예요. 그래서 엄마가 그 왕국에 예쁜 여자 모아서 그 프라스톤에게 보여주고,

"마음에 드는 여자 있으면 얘기해."

여자가 너무 많아, 예쁜 여자가. 그런데 자기 마음에 드는 사람 한 명도 없어요.

"내가 마음에 들어 하는 여자 없어요, 엄마."

그렇게 얘기하고 그리고 그중에 그 뭐지? 신하. 큰 신하 한 명이 자기 부인 있어요. 그런데 욕심이 많은 거예요. 아, 부인이 아니라 딸, 자기 딸 있어요. 욕심해서 만약 프라스톤 같이 결혼하면 내가 프라스톤 시아버지잖아요. 얼만큼 강한 사람인데요. 누구도 못 건드리는 거예요. 그런 생각 욕심에서 자기 딸을 예쁘게 만들어주고 프라

스톤 보여주면 내가 그 딸이 프라스톤한테 들이고 부인 시키는 거예요. 그런데 프라스톤은 반대해서,

"아니야, 제가 마음에 안 들었어. 죄송해요."

그렇게 얘기해서 그 큰 신하, 그쪽 신하의 그 큰 신하 이름은 쁘린모라핫 이렇게 불렀거든요? 이름 얘기하면 쉽게 들어요. 쁘린모라핫 이렇게 불렀는데 화났어.

"내가 얼만큼 마음이 좋은데 이렇게 딸같이 드리는데 이게 받지도 않고 얼만큼 실망했는데."

그런 거 싫었어요. 그리고 그거 끝났고.

그 왕국 어느 거지? 해가 지는 쪽이 무슨 쪽이에요? [조사자: 서쪽.] 서쪽. 서쪽에서 쭉 걸어가다가 예쁜 호수, 예쁜 강? 호수. 예쁜 호수 하나 있어요. 그 호수가 사각형 호수예요. 사각형 호수인데 그런데 그 호수 옆에도 되게 예쁜 꽃 예쁜 나무 되게 잘 자랐어요. 왜 잘 자랐는지 그 호수 안에는 용, 용 살았어요. [조사자: 용이 사는구나.] 물 안에 사는 용, 용 살았는데 그 용은 마법 할 수 있는 용이에요. 그러면 그 동네 사는 사람이 농사하고 있잖아요? 그러면 음식도 준비하고 예쁜 꽃 준비하고 가서 기도하면 매년 농사하면 수확할 때 많은 수확할 수 있어요. 그래서 그 동네가 참 잘 살았어요, 그 용 때문에.

그런데 어느 날가 프라스톤 신하가 알아서 돈, 맞아 신하? [조사자: 응.] 프라스톤 신하가 한 명이 그 호수 찾으러 갔어요. 왜 찾으러 가는지 용아한테 뭐 달라 하고 싶은데요, 그거 못하면 그 쳠농가바 저도 그거 무슨 뜻인지 모르는데 그런데 그 쳠농가바는 그 뭐지? 우리 물고기 이렇게 당기는 거 [조사자: 그물?] 네, 그 비슷해요. 똑같은 거 아니고 그런 거 비슷해요. 그거 달라는 거예요. 왜 달라는지 모르지요, 얘기 안 하니까. 그 쳠농가바는 달라는데 용한테 얘기하다가 받았어요. 용한테 줬어요.

그거 줬는데 그런데 갑자기 펴오더니 나오는 길 있잖아요? 강 호수 안 지났는데 예쁜 신 여자가 공주님 신 공주님가 일곱 명이 있어요. [조사자: 일곱 명이나?] 일곱 명이 있는데 그거 누구 그거 일곱 명 여신들은 공주님 신들은 그 똠리엣 신의 딸이에요. 똠리엣, 똠리

엣, 똠리엣. 하늘 사는 신의 딸이에요. 그렇게 하는 거예요. 똠리엣, 하늘 사는 신 딸이에요. 그런데 너무 예쁜 거예요, 다들. 그래서 그 사람이 생각했어요.

'내가 그 사람을 잡으면 어떨까?'

다들 날개 있어요. 그래서 아까 봤다는 첨농가바있잖아요? 그거 던졌어 잡는 바람에 던지는데 여섯 명은 날고 갔어요. 한 명 막내만 잡았어요. 그 막내 이름은 닝까오노리 이렇게 불렀거든요? 여자 주인공. 닝까오노리는 잡아서 그때는요 잡았더니 신하가, 어떤 신하가 프라스톤의 신하는 그 닝까오노리 뒤로 가서,

'프라스톤 보여줄 거야. 예쁜 여자가 받았는데 어떻게 생각할까?'

그런데 프라스톤 보자마자 사랑 빠지는 거예요.

그래서 엄마 아빠 얘기하고 프라스톤 엄마 아빠하고 마음에 들어서 그 여자 너무 예뻐서 하늘 사는 신이니까 그래서 둘이 결혼했어요. 마음에 드니까 결혼은 되게 너무 사랑 서로 사랑하는 거야. 예쁜 여자 멋있는 남자 그런 거 정도예요. 같이 사는 거.

너무 행복하게 사는데 그런데 어느 날 그 프라스톤 아빠가 뭐지? 쁘야마아넥자웡 부인이랑 그냥 쉽게 얘기해 폐하하지 말고 그냥 폐하 안 하고 쉽게 얘기할게요. [조사자: 응.] 꿈 꿨어요. 음 그 꿈이 쁘야마아넥자웡가 되게 옆 다른 나라가 와서 캄보디아 나라가 왕국에 없어버리는 거예요. 싸우고 싶은 거예요. [조사자: 전쟁?] 응, 전쟁. 그거 싸우는데 전쟁하는데 그래서 그 왕국의 마법사? [조사자: 응.] 그 사람이 얘기한 거예요.

"쁘야마아넥자웡 가지 말고 그냥 프라스톤 시켜 가면 그 우승할 수 있는 거야. 그러면 직접 가지 말고 그냥 아들만 시켜 가세요."

아빠가 그런 소리 듣고 아들가 시켜 갔어요. 프라스톤이 너무 부인이 사랑해서 가기 싫었는데 그런데 나라 위해서 갔어요, 싸우니까. 가더니 시간 지나서 프라스톤 아빠가 꿈 꿨어. 어떻게 꿈 하면 자기 내장에 대, 대장? 대장. 똥 나오는 장. 그거예요. 대장이 배 밖에 나왔어요. 배 밖에 나오는데 보통 나오는 거 엄청 많이 나왔어.

그 세상에서 그거 어떻게 부르지? 그 지구에서 그전에 땅에 같

이 있잖아요? 시간 지나서 멀리 떨어졌잖아요. 뭐 유럽, 아시아, 이렇게 있잖아요. 그거 뭔데요? [조사자: 대륙.] 대류? 대륙? [조사자: 그러니까 그게 오대륙까지 쌓을 정도로 나왔다는 거예요?] 응, 그거예요, 오대륙까지 나와서 그래서 자기 뱃속에 또 들어갔어요. 그렇게 한 거예요.

그래서 너무 무서운 꿈 꾼 거예요. 그래서 깨었어요. 그래서 마법사한테 얘기한 거예요. 그런데 그 마법사가 그전에 쁘린모라핫 있잖아요? 자기 딸 좋은 데서 뒀는데 프라스톤이 안 봤다 했잖아요? [조사자: 응응.] 되게 프라스톤이랑 부인 닝까오노리 너무 싫어요. 왜냐면 그 둘이 때문에 자기 욕심 있는 거 못했잖아요. [조사자: 못 채우니까.] 못 채우니까, 그러더니 음, 어, 뭐지? 마법사한테 얘기했어.

"너는 나 시키는 대로 해. 시키는 대로 얘기하면 내가 너 부자 만들어줄게, 돈 많이 줄게."

그렇게 얘기한 거예요. 그래서 그 마법사 그 애 시키는 대로 얘기한 거예요. 그 꿈이 너무 좋은 꿈이에요. 싸우면 되게 우승하고 행복하게, 건강하게 행복하게. 그렇게 싸우면 우승할 수 있는 꿈인데 그런데 그 마법사가 돈 받으니까 이렇게 얘기했어요.

"세상에서 이 나라가 공주님 신의 한 명이 지구에서 내려와서 살잖아. 그 공주님 오래 살면 여기서는 행복하게 못사는 거야. 그렇기 때문에 그거 어떻게 행복하게 살고 싶으면 그 공주님가 데려가서 불 닿아야 돼요. 어떻게 해든지."

[조사자: 화형시켜, 불에 태우라고?] 불태우라고 이렇게 얘기한대요. 그래서 배 안에 두 번 그런 소리 듣고 이렇게 그 따라 얘기 따라 했어요. 그래서 따라 하더니 그 닝까오노리 데려가서 되게 예수 그리스도처럼 손에다 꽝 하고 그래서 불 밑에는 나무로 지우고 불타는 거예요. 그런데 가기 전에 공주님 얘기했어요.

"엄마한테 부탁이 있어. 그냥 타도 타는데 나라 위에서 뭐 할 수 있어. 그런데 우리 남편 오면 하는 거 안 될까? 맨 마지막 인사하고 싶은데, 인사가."

그런데 마법사가 남편 오면 못하잖아.

"그냥 뭐라 시켜도 하지 마. 빨리 해야 돼. 그래서 빨리 해야 돼. 그런 거 안 돼."

그래서 데려가는데,

"또 부탁하나 있어. 자기야, 왕국 들어오잖아. 남편이 자기의 날개를 빼어 넣으면 부인이 어디 갈까 봐 빼놓고 날개 주세요."

그래서 엄마가 불쌍해서 그 날개 줬어. 그 엄마 불쌍해서 날개 줬는데 그 넝까오노리는 그 행동하고 뭐 춤춰처럼 춤춰, 춤춰하다가 하늘 위로 날아갔어. 날고 갔어요. [조사자: 날아갔어?] 응, 날고 갔어요. 그래서 가더니 가서 산속에는 산속에 이름이 해머벤 산속이거든요.

그래서 그 산속에서는, 그 산속에서는 도사 살고 있는 거예요. 도사 살고 있는데 그래서 그 도사한테 처음부터 끝까지 얘기했어요. 자기 얼만큼 마음이 속상하든지 무슨 일 없어 이런 일 있어. 다 얘기했어요. 얘기해서 그래서 할아버지한테 얘기해서 도사한테 얘기하더니 자기 그 사는 자리 다시 가는 거야. 아빠 계시는 자리. 그 자리가 가는데 가기 전에 자기 치마, 마법치마 그리고 반지 하나 할아버지한테,

"보관해 주세요. 만약 우리 남편 저한테 찾으러 오면 그 물건들 주고 저한테 찾으러 오세요. 신 하늘에서 사는 거 찾으러 오세요."

그렇게 얘기하는 거예요. 그래서 날고 갔어요. 가서 아빠랑 같이 사는 거예요.

그래서 프라스톤가 이렇게 싸우다가 우승해서 왕국에 들어오는데 부인 찾아가니까 부인 없었어요. 그런데 아빠가 진짜 얘기 안 하고 거짓말 했어. 그 부인가 갔어요. 뭐 자기야 사람 타는 거 얘기 안 하고,

"그 부인이 부인가 그냥 날고 갔어요."

그렇게 얘기한 거예요.

그래서 프라스톤가 부인 너무 사랑해서 엄마아빠 얘기하고.

"가서 부인 찾으러 갈 거야."

어디 갔는지도 가서 찾았는데 갔어.

가서 가다가 그 할아버지 만났어요. 만났는데 할아버지가 처음

부터 끝까지 얘기해주고 그래서 어떻게 부인이 찾는지 방법을 알려줬어요. 그 부인이 할아버지 다 얘기해서 그 치마하나 반지하나 그리고 어떻게 부인 만나는 방법도 얘기해 줬어요. 그래서 어떻게 만났냐면 어떻게 엄청 길어. 그 마법 치마랑 그거랑 말하는 거 어떻게 얘기하면,

"그냥 니가 가서 부인 찾아라."

어떻게 얘기하면,

"그 약 있어. 마법약 마법약에 니가 기도하는 마음이 있으면 얘기하고 그래서 그 기도랑 마법이랑 합체하면 그거 새로운 마법약 나올 거예요. 그 마법약 이름이 꿀리까 이렇게 얘기하거든요? 많이 기도하고 마법약 그 부인 넣어주는 거 그 합체하면 새로운 마법약 나오고 그 마법약이 꿀리까 그렇게 나오는데요. 그래서 첫 번째는 어떻게 부인 찾을 수 있으면 첫 번째 가서 산속 한 속 지나가 그 산속에서는 되게 뚜칸 산속, 뚜칸 산속 그 세상에서 그 산속에 나무 다 독 있어 아무나 다 뚝 있어 막 먹으면 안 돼. 그러면 가서 만약 배고프면 가기 전에 꼭 원숭이 한 마리 데려가야 돼. 그러면 원숭이 먹는 야채면 과일만 먹을 수 있어. 그러면 죽지 않아요. 그 뚜칸 산속이 지나가면 쁘레이프나잇 산속 도착할 거야. 쁘레이프나잇 산속이 너무 더운 산속이에요. 그래서 만약 밤중하면 도착하면 그 치마 있잖아? 그 깔아서 덮고 주무세요. 그럼 편하게 주무실 수 있는 거예요. 그거 지나갔으면 그 치마가 그 저기에 몸이 덮어잖아요? 그러면 시간 지나면 독수리 한 마리가 그 치마가, 치마 물건들 데리고 그 치마가 마법치마니까 그 독수리가 그 마법치마가 당신 아내이잖아요. 그 데려갈 거야. 데려가는 거야. 그래서 어디 데려가면 반대쪽 바다에 데려갈 거예요. 그런데 바다 가다가 용 두 마리가 볼 거야. 바다에 사는 용. 그 용이 계속 싸우는 거야. 그래서 용 싸우는 중에 그 용의 가운데 있는 다리 있잖아요? 용 가운데 있는 다리, 다리 아니야. 그 팔 싸우다가 이렇게 쫙 빠지잖아요. 가운데 있잖아요. 가운데, 가운데 그 천천히 건너가요. 음, 그렇게 있는 거예요. 건너가다가 음, 그 건너가면 조금 걸어가면 산 두 개 있어. 그 두 개 부딪히는 산이라고 불러

요. 부딪히는 산이에요. 자꾸 마법산이가 되게 이렇게 멀리 있다가 또 와서 부딪히고 멀리 있다가 부딪히는 이렇게 부딪히는 산 얘기인 거예요. 그래서 그 산을 지나가야 돼요. 지나가면 어 그 산이 걸어다가 지나가면."

어, 뭐지? 물 사는 어, 뭐지? 큰 아까 잡아먹은 사람 이름 뭐지? 그전에, 음 잡아먹는 사람 [조사자: 거인?] 거인!

"그거 걸어가다가 그 산이 지나가면 물거인."

그거 보통 거인 아니고 [조사자: 물속에 있는 거인.] 네, 물거인. 그냥 물 거인 물속 얘기하는 거 아니고.

"물거인 집 도착할 거야. 그런데 그 거인은 보여주지 말고 잡아먹어봐봐."

그러면 살금살금 걸어가면 뭐지? 스파이클리앙, 스파이클리앙 산속도 지나가고 그렇게 여러 가지 스파이클리앙 산속도 지나가고 으릅라 산속도 지나가고 릇싸이 산속도 르버 산속, 라 산속, 여러 가지 산속까지 지나가는 거예요. 그래서 걸어가다가 걸어가다가 자기가 큰 거인 제일 큰 거예요."

세상에서 제일 큰 거인 얼만큼 크면 나무 캄보디아 밤나무 있거든요? 그 밤나무 일곱 개 위에 올라가야 돼 그 나무, 아마 그 나무 하나가 30, 40미터 정도? 일곱 개하면 엄청 200미터 정도. [조사자: 엄청 높다는 거죠?] 그거인가,

(아이가 귀가하여 잠시 구연 중단됨.)

그래서,

"그 거인가 무서운 거인이에요 그 거인 죽여버려야 돼요."

어떻게 죽여 버리면 그거 뭐지? 그 올람뻬떼 이렇게 있잖아요. [조사자: 활, 화살.] 활. [조사자: 활로 쏴서.]

"그거가 어떻게 쓰면 그 아까 마법약 있잖아요? 꿀리까. 그거 발라서 그래서 가슴 사이에 맞혀야 돼요. 그래서 죽을 수 있어요."

그거 맞히고 그 거인가 죽었어요. 그래서 그 높은 거인이 죽고 그래서 그 거인 지나가고 더 걸어가야 돼요. 그래서 크롭, 그 크롭은 무슨 동물 하면 되게 사람 몸이, 몸이 사람인데 얼굴이 되게 새처럼

생긴 거예요, 이름은 크롭. 날개 있어요, 날개. 날개 있고 그런데 [조사자: 얼굴은 새 모양이고 몸은 사람 모양이고?] 네, 이렇게 새 모양. 이렇게 이름은 크롭이에요.

"걸어가다가 크롭 호수가 도착할 거야. 이렇게 얘기했거든요. 크롭 호수 도착하면 그 아까 마법약은 꿀리까 약을 얼굴 바르고 그래서 그게 뭐지? 산속 쁘라이 산속, 쁘라이쁘라 산속도 지나가야 돼. 그래서 가다가 큰 나무가 볼 거야. 큰 나무가 보면 또 독수리 큰 독수리가 보고 그 독수리 보고 독수리 자고 있잖아? 그럼 살금살금 가서 독수리 털 사이가 가서 잡고 이렇게 꼭 잡고 큰 독수리니까. 그 신의 독수리 불렀거든요. 털 사이에 숨어서 그래서 얘는 갈 거야. 그래서 그 프라스톤 큰 독수리가 털 사이에 숨으면 그 독수리가 낮이면 우리 자리 사는 자리 올 거야."

어디 자리냐면 그 쁘놈깔라신의 산이거든요? 쁘놈깔라는 지나번 또 캄보디아 뭐지? 카마이에유 이렇게 얘기, 그전에 그거 똑같아요. 그래서 걸어다가 지나다가 걸어다가 지나다가 시간 얼만큼 걸리면 칠 년 칠 개월 칠 일 이렇게 있었어요. 시간 지났어요. 그래서 가다가 그 쁘놈깔라, 이렇게 쁘놈깔라산 쁘놈깔라 이렇게 도착했는데 그 새로운 공주님들 일곱 명 봤어요.

그 공주님은 가서 그 마법물, 씻은 마법물 받아 오는 거예요. 그 마법물이 어떻게 뭐 데려와서 그 댑소다짠 몸을 씻으는 거예요. 씻으면 자기 잘못해 지구에서 사는 동안 되게 다 없어버리는 버릇들 그렇게 없어지는 거예요. 또 있는데 근데 프라스톤 봤어요. 그래서 알고,

'그 사람들은 자기가 부인이 같이 사는 사람들이구나.'

그래서 기도했어.

'만약 제가 저 부인과 되게 예전에 부부하면, 전생에 부부하면 우리 꼭 만나러 해주세요. 그래서 그 여자들은 물 떠오잖아? 그 물이 무거워서 못 올라가게 해주세요.'

그렇게 된 거예요. 그래서 물 조금 하는데 캄보디아 병 이렇게 있거든. 그런데 못 올라가는 거 무거워서 못 올라갔어. 그래서 프라

스톤 와서,

"도와주는 거, 제가 도와줄게."

그런데 자기 바인, 부인 준 반지 있잖아요? 그 반지가 물 안에 넣었어. 물 안에 넣었는데 그 공주님 신들은 그 [조사자: 그러니까 하늘에서 내려온?] 아니, 하늘 중이에요. 그 프라스톤은 하늘에서 도착했는데 그런데 그 물을 떠오는 바람에 그 물 떠오는 자리가 먼저 도착해서 부인 어딨는지 몰랐잖아요. 그래서 그 물을 떴는데 목걸이 일(1) 반지가 넣었어.

그래서 그 공주님들 가서 그분이 그 착해 보인 거지. 닝까오노리의 목적해주잖아? 깜짝이야. 이렇게 손 들어가는데 그 반지가 자기 손가락에 들어갔어요. 그래서 보더니,

'어, 내 남편이 하늘에 도착했구나.'

이렇게 생각하는 거예요. 그래서 엄마아빠 얘기했어요.

"제가 남편이 있어. 그 남편 너무 사랑해서."

그렇게 여러 가지 얘기해주고 그래서 찾으러 갔어. 엄마 아빠가 찾으러 그 프라스톤 찾았어. 그래서 초대해 와서,

'어떤 사람이 내 딸이 이렇게 사랑 빠졌더니.'

데려와서 뭐 기질도 얘기해주고 똑똑한 사람이니까 몸매도 예쁘니까 이렇게 엄마 아빠도 신 엄마 아빠도 마음에 쏙 들었어요. 그래서 되게 얼굴 보더니,

"아, 그거 닝까오노리의 부부 천생이구나. 그러면 꼭 결혼해줘."

그래서 하늘 위에서 또 이렇게 행사해주고 결혼해줬어요. 그래서 외갓집 이렇게 불러. 짧게 얘기하고 외갓집 신들은 또 내려와서 프라스톤 왕국에 내려와서 그렇게 같이 얘기해주고. [조사자: 처가, 처가.] 응. 그렇게 와서 또 다시 결혼해주고 그래서 행복하게 살았어요.

[조사자: 그럼 어디에서 살아요?] 왕국에서 살았어요. 왕국 살고 그 아빠잖아, 그 아빠,

"뭐 자기 잘못한 거 미안해."

또 이렇게 얘기하고 그리고 그 쁘린모라핫 있잖아요. 그 드라마 보잖아요? 애들은 되게 잡혀서 되게 돈도 뺏어. 그냥 사람처럼 이렇

게 사는데 그 책에 나오는 거 보면 얘기 안 해. 그냥 직접 보는 거만 그렇게 행동 나오는데요.

그래서 프라스톤 아빠도 엄마도 이렇게 그 왕국의 프라스톤한테 주고 자기는 가서 스님 이렇게 편하게 살았어요. 끝났어요.

일곱 색 꽃다발 세 개로 선녀와 결혼한 왕

● **구연정보**

조사일시 : 2018. 06. 09(土) 오후

조사장소 : 강원도 인제군 인제읍 상동리 제보자 자택

제 보 자 : 킴나이키 [캄보디아, 여, 1991년생, 결혼이주 6년차]

조 사 자 : 박현숙

● **구연상황**

제보자가 〈꽃에서 태어난 여인의 생리혈로 만든 고양이〉 구연을 마친 뒤 이어서 구연한 설화다. 제보자는 구연을 마친 뒤, 이야기 속 결혼 의식에 고양이를 안고 세 바퀴 도는 일 때문에 캄보디아에서 고양이를 함부로 대하면 안 되는 금기가 생겼다고 했다. 이어서 캄보디아에서 숫자 3이 가지는 의미에 대해서도 설명했다.

● **줄거리**

옛날 어느 왕국에 결혼하지 않은 왕이 살았다. 왕이 신하들과 다른 지역으로 놀러 갔다가 신이 머무는 곳까지 들어갔다. 왕은 그곳에서 아름다운 선녀를 보고 사랑에 빠져 그녀에게 청혼했다. 그곳의 책임자 할아버지가 왕에게 결혼 조건으로 왕궁으로 돌아가 일곱 색의 꽃을 모아 세 개의 꽃다발을 만들라고 했다. 왕은 꽃다발 세 개를 만든 뒤 할아버지와 선녀를 왕궁으로 모셔서 결혼식을 거행했다. 할아버지는 신랑 신부가 새 궁에 들어가기 전에 고양이를 안고 세 바퀴를 돌아야 행복하게 산다고 했다. 왕과 선녀는 그대로 따르고 행복하게 살았다.

어떤 왕국에서, 근처에 있는 왕국 있어요. 그런데 그 왕은 부인 아직 없어요. 그런데 그 산속에서 가서 뭐 동물 잡고 뭐 먹고 아니면 놀러 가고 싶고 캠핑처럼. 캠핑하러 가는데 음악 가서 종 치는 거 그

렇게 노는 거예요. 많은 사람들 데려갔어요.

그래서 다른 사람들 인제 챙기고 음식 먹고 춤추고 있는데 그 밑에 있는 신? 어떻게? [조사자: 신하.] 신하 두 명, 왕 한 명 이렇게 깊은 산속 들어갔어요. 놀러 갔는데 깊은 산속 들어가더니 갑자기 왕이 큰 나무가 밑에 앉았는데 쉬고, 한번 쉬고 뭐 간식 먹더니 어느새 눈치 보더니 길, 길 있어요. 그런데 궁금해.

'왜 산속에서 깊은 산속에 왜 걸어간 길이 있지? 무슨 사람 살고 있나?'

그렇게 생각했는데 그래서 그 길 혼자 천천히 따라갔어. 그 길을 천천히 따라 가더니 그 아까 여자가 이름 뭐지? '오너모파'가 봤어요. 그런데 세상에서 그 여자가 하늘에서 사는 여자잖아요, 신에서. 그래서 예쁘잖아요. 보자마자 사랑에 빠졌어요. 그래서 그 여자가 말 안하고 할아버지한테 얘기했어요.

"세상에서 한 남자가 왔어요."

그렇게 얘기했는데 그 여자가 방에 들어갔어요. 그래서 그 할아버지 그 남자는 보고 그 남자 왕이 와서 뭐 인사하고,

"안녕하세요. 제가 뭐 왕국에서 와서 그냥 놀러오는데 이렇게 만나서 참 반갑습니다. 잘 지내요."

뭐 얘기 한참 했는데 그래서 할아버지 물어봐서,

"이름 뭐야, 몇 살이야?"

그래서 이름은 '까따세이'라 이게 이름이에요. 음음, 아니야. 이름은 얘기 안하고, 그냥 뭐 왕국에서 오는데 왕국 이름은 까따세이라 그래서,

"저는 지금은 스물네 살이에요."

그리고 얼굴 보더니,

"아, 얘는 그 아까 오너모파랑 되게 부부 이렇게 천생에 부부구나. 올해도 부부애는 지키는 거야."

그래서, 그러더니 할아버지가 얘기해서,

"어, 네가 왕의 얘기 문제가 그 여자 보고 되게 너무 마음에 들어서 사랑에 빠진 것 같아요. 그러면 제발 결혼해 주시면 안 될까요?"

“응. 그럼 그렇게 돼요. 그런데 결혼하기 전에 내가 시키는 거 있어요.”

그 집에, 자기 왕국에 가면 왕국, 집 같은 거 [조사자: 궁궐.] 응, 궁궐 그거 세 개 만들고 그래서 꽃 냄새 좋은 꽃 색깔 일곱 개까지 그거 묶어서 그 어떻게 꽃다발? [조사자: 응.] 꽃다발 세 개, 세 개까지 이렇게.

“꽃 일곱 색깔, 세 꽃다발 만들어서 내가 가서 너희 둘이 기도하고 행복하게 살게 해 줄게. 결혼하게 해줄게.”

그래서 왕이 너무 기뻐서 가서 또 그 할아버지 얘기한 대로 준비해두고 그래서 시간 지나서 밑에 있는 사람들 시켜서,

“그 할아버지랑 그 여자 데려오라.”

이렇게 된 거예요.

그래서 가서 데려오고 그 왕국에 가서 그래서 그 할아버지가 그 여자랑 왕이랑 결혼해주고 이렇게 시간 지나는 거예요. 그래서 삼 일 후에 할아버지가 그 자리가 데리러 갔어요. 그런데 할아버지 가기 전이잖아요? 이제 결혼하잖아. 그 할아버지가 얘기해서,

“니가 *에 있어서, 네가 행복하게 살고 싶으면 그 지금은 가서 새로운 집 살잖아, 왕궁이니까. 올라가서 살기 전에 그 고양이 있잖아. 자매 고양이가 안고 그 왕국가 세 개. 동그란 거 있는 거. 리코더 집에 있잖아요? 고양이 안고 세 번.”

[조사자: 음, 돌아?] 네.

“세 번 돌아라. 그 왕국 세 번 돌아가면 그러면 네가 행복하게 살 수 있을 거야.”

그래서 그 여자 할아버지 말대로 가서 하자마자 그 고양이 안고 세 번 이렇게 돌아서 그래서 둘이는 행복하게 살았어요. 그렇게 된 거예요.

그래서 그때부터 그 사람들 이렇게 의미 있어. 고양이는 어디 태어나서 그 여자 피가, 첫 피니까 그 고양이는 되게 건드리면 안 돼. 그런 거 있어요.

[조사자: 그러면 고양이랑 여자랑 캄보디아 문화에서 이렇게 관련이 있

어요?] 예전에는 너무 많이 걸렸는데 이제 지금은 그렇지 않아요. 우리나라도 애기 때 되게 고양이나 발차면 건너가면 안 돼요. 요즘은 그렇지 않아요. 막 할 것 같아요.

[조사자: 그리고 그 세 바퀴 도는 이유가 있어요?] 원래는 불교 하는 사람이 뭐 하면 세 개 같이 하잖아요. 그거는 일 번 부처님, 부치님? [조사자: 부처님.] 부처님 뜻으로 이 번 스님, 세 번 기도하는 말. 그런 거 세 번 그래서 무슨 일 하면 세 개 얘기하는 거예요. [조사자: 그러면 부처님한테 절 할 때도 세 번 해요?] 세 번, 캄보디아에서.

캄보디아 말로는 '쁘랫뿟', 쁘랫뿟은 부처님 감사하는 뜻 이렇게 쁘랫뿟 그래서 한번 또 그렇게 하는 거. '쁘랫토아', 쁘랫토아는 기도하는 말 있어. 캄보디아에서 기도하는 특별한 말이에요. 그 막 얘기하는 말 아니고 보통 사람은 그거 무슨 뜻인지 잘 몰라. [조사자: 모르고 해.] 응. 그런 거 기도하는 말 부처님 말 그런 거.

'쁘랫싸오.' 쁘랫싸오는 스님 스님들은 되게 부처님처럼 되게 좋은 일 하기 위해서 열심히 이렇게 부처님 법 배우잖아요. 그거 감사해서. 그렇게 해서 하는 거예요.

호랑이와 두 소녀

● 구연정보

조사일시 : 2018. 02. 06(화) 오후

조사장소 : 경상남도 진주시 상대동

제 보 자 : 썸마카라 [캄보디아, 여, 1988년생, 결혼이주 4년차]

조 사 자 : 김정은, 황승업, 강새미

● 구연상황

이야기판이 시작된 뒤 한국계 중국인 임향금 제보자가 먼저 짧게 〈까마귀의 지혜〉를 구연하자, 썸마카라 제보자가 자신의 이야기는 조금 길다며 구연을 시작했다. 조사자와 만남을 생각하고 미리 준비한 이야기였다.

● 줄거리

옛날에 가난한 가족이 있었다. 하루는 엄마가 딸에게 숲에 가서 고구마를 캐오라고 했다. 딸은 숲에서 고구마를 캐다가 호미를 떨어뜨렸다. 걱정이 된 딸은 울면서 만약 누군가가 호미를 꺼내준다면 꼭 은혜를 갚겠다고 외쳤다. 그때 호랑이 한 마리가 나타나서 자기 머리에 난 상처를 치료해주면 호미를 꺼내주겠다고 했다. 소녀가 호랑이 머리의 상처를 치료하는 동안에 호랑이가 자기 상처에서 냄새가 나느냐고 묻자 소녀는 향기롭다고 했다. 그러자 호랑이가 호미도 꺼내주고 보자기에 고구마를 넣어주며 집에 가서 가족들과 모여서 문을 닫고 보자기를 풀어 보라고 했다. 호랑이의 말대로 하니 보자기에서 금과 장신구들이 나왔다. 이를 알게 된 옆집에서도 똑같이 따라 했지만, 옆집 소녀는 호랑이 상처에서 냄새가 난다고 하며 제대로 치료해주지 않았다. 그러자 이번에도 호랑이가 보자기에 무언가를 담아주었는데, 집에 가서 열어보니 독사가 나와서 온 가족이 물려 죽었다.

먼 옛날에는 아주 가난한 가족 하나가 있었어요. 부모하고 열네 살 딸 한 명이 있었어요. 그 가족은 숲 근처에 살았어요. 그래서 엄마

가 항상 딸에게,

"숲에 들어가서 고구마를 찾으러 와라, 가지고 와라."

고 시켰어요.

그래서 딸은 항상 숲에 들어가서 고구마를 찾으러 들어갔어요. 그런데 어느 날 고구마를 캐다가 함정 밑으로 호미를 떨어쳤어요. 그래서 그 소녀가 이제 고구마도 못 찾고 호미도 잃어버려서 집에 가면 엄마가 때릴거나 혼낼 거라고 혼자 생각했어요. 그래서 그때는 너무 슬퍼서 막 울었어요. 소녀가,

"누가 나에게 호미를 꺼내줄 수 있으면 어떤 일을 시켜도 뭐든 것을 다 해주고 은혜를 갚을 거라."

고 크게 외쳤어요.

그때는 갑자기 호랑이나 이쪽먹는(이만한) 호랑이 한 마리가 나타났어요. 그 호랑이가,

"내가 그 호미를 꺼내줄 수 있으면, 만약 내가 그 호미를 꺼내줄 수 있으면 제 머리에 있는 상처를 치료해줄 수 있냐?"

고 그 소녀에게 물어봤어요.

그래서 소녀가 호랑이 말을 듣고 나서 고개를 끄덕했어요. 그래서 호랑이는 그 호미를 꺼내주고, 꺼내주고 나서 소녀가 본인 호랑이랑 약속한 대로 그 상처를 보기 시작했어요. 치료하기 시작했어요. (잠시 생각하며 웃음) [조사자: 이렇게 꿰매줬구나, 그죠? 약속을 지키고.] 네, 치료.

그래서 사실은 호랑이 머리에 있는 상처가 많이 심해요. 상처가 가득 심하고 벌레도 많이 생겼어요. 냄새가 가득해요. 근데 소녀가 피하지도 않고 열심히 깨끗하, 완전히 깨끗하게 그 벌레들을 빼버렸어요. 그때는 호랑이가 소녀에게,

"내 상처가 냄새 나냐?"

고 소녀에게 물어봤어요.

근데 소녀는 고마운 마음으로

"냄새 안 나고 향기롭다."

고 호랑이한테 알려줬어, 대답했어요.

얼마 안 돼서 또 호랑이 또 물어봤어요. 똑같은 질문으로. 근데 소녀가 또 똑같은 정답을 대답했어요. [조사자: 응, 냄새 안 나.] 네. 그리고 그 호랑이 머리 상처가 다 없어져서 머리도 안 아프게 됐어요. 그래서 호랑이는

"니가 보자기를 가지고 와라. 내가 고구마를, 산 위에 올라가서 고구마를 놓아 줄게."

소녀에게 얘기했어요.

그래서 그때는 호랑이는 고구마 대신 가득한 금하고 악세서리를 요술로 만들어 주었어요. 그래서 호랑이는 소녀한테,

"보자기를 아직 풀지 말고 집에 가지고 가서 부모님하고 친척들을 모으고, 문 닫고 풀면 된다."

고 알려줬어요.

소녀는 이제 고구마도 받았고 호미도 다시 얻으니깐 너무 기쁘고 호랑이한테 인사하고 집으로 떠났어요. 집에 도착하자마자 본인 부모하고 친척들을 모으고 방 들어가서 문 닫고 그 보자기를 풀기 시작했어요. 그 보자기를 풀기 시작하자마자 가득한 금하고 악세서리를 쏟아졌어요. 그래서 그분들이 너무 기쁘고 그때부터 잘 살게 됐어요.

그런데 이 소식은 얼마 안 돼서 옆집에게 알게 됐어요. 그 옆집 이웃도 딸 한 명이 있었어요. 그래서 옆집 이웃 엄마가 본인 딸한테,

"니가 고구마를 찾으러 가지고 오라고 시키면 고구마밖에 못 가지고 왔더라? 옆집 애는 고구마 찾으러 가라고, 가지고 오라고 시켰는데 가득한 금 많이 가지고 왔거든요?"

그렇게 애한테 얘기했어요. 그래서 그 옆집 애는,

"그럼 나도 거기 가서 일부러 호미를 떨어지게 하고 금을 가지고 오면 되지 뭐."

엄마한테 그렇게 얘기했어요.

그래서 두 명은 욕심 때문에 계획을 세웠고, 일부러 똑같은 방식으로 사용해서 숲으로 들어갔어요. 그때는 똑같은 호랑이 또 나타났고, 그 호랑이 머리에 있는 상처도 똑같게 치료하기로 했어요. [조사

자: 아, 또 상처가 있었군요.] 그래서 그때는 그 두 번째 소녀가 호랑이 머리에 있는 상처를 치료, 보자마자 치료하기 시작했어요. 근데 호랑이 머리에 있는 상처를 보자마자 토하면서 계속 피했어요. [조사자: 벌레도 있고 냄새도 나고.] 네.

그래서 호랑이, 그때 호랑이는 그 두 번째 소녀한테,

"내 머리 상처가 냄새 나냐?"고.

"아니면 향기로워요?"

그렇게 라고 질문했어요. 그 두 번째 소녀한테.

두 번째 소녀는 진심으로 열심히 벌레도 빼버리지도 않고 호랑이한테,

"냄새가 너무 심각하다."

고 대답했어요. 그래서 호랑이는,

"그럼 니는 보자기 가지고 와라. 고구마를 놓아줄 거라."고.

"그리고 보자기는 아직 풀지 말고 집에 가서 풀면 된다. 부모하고 가족을 모으고 문 닫고 풀면 된다."고.

그렇게 얘기했어요. 그 두 번째 소녀한테.

그 두 번째 소녀는 그 이제 본인은 금하고 악세서리를 가지고 갈 수 있는 줄 알았고 혼자 생각했어요. 그리고 호랑이한테 인사도 안 하고 막 서둘러서 집에 가버렸어요.

집에 가서 부모하고 친척들을 모으고 문 닫았고 그 보자기를 풀기 시작했어요. 근데 보자기를 풀자마자 고구마이나 금도 아닌 독사들이 가득하게 나왔어요. [조사자: 뱀이 나왔구나.] 그래서 그 가족 전체 물어서 죽여 버렸어요.

그 이 내용, 옛날이야기 내용 교훈, 그 얘기하는 내용은. 첫 번째 소녀는 진심으로 고마운 마음으로 그 상처를 치료해주고 욕심 없이 그냥 은혜를 갚기 위해 제대로 해주는 건데, 두 번째 소녀는 욕심 때문에 그런, 일부로 거짓말해서 이렇게 했으니까. 그래서 나쁜 결과 받는.

[조사자: 이거 제목이 뭐라고 얘기하세요, 캄보디아 분들은?] 그냥 '소녀와 호랑이'. [조사자: 아 네. 호랑이가 많나요? 캄보디아에도 호랑이가

숲에 많나요?] 네. 완전 옛날에는. 요즘에도 호랑이는 있어요. 계속 다 있어요.

까마귀 부부의 환생

● **구연정보**

조사일시 : 2018. 12. 07(금) 오전

조사장소 : 경기도 화성시 진안동

제 보 자 : 텝쏙레앙(박주희) [캄보디아, 여, 1986년생, 결혼이주 10년차]

조 사 자 : 김정은, 김민수

● **구연상황**

〈쭈쭈 할아버지〉 구연을 마친 뒤 할머니에게 들은 이야기라며 구연해 준 이야기이다. 이야기가 길어서 제보자가 적당히 줄여서 마무리하려고 했는데, 조사자들의 요청으로 뒷이야기를 다시 들려주었다.

● **줄거리**

까마귀 부부와 새끼가 살았다. 남편 까마귀가 먹이를 구하러 나갔다가 며칠이 지나도 오지 않아서 새끼와 어미는 힘들었다. 어미가 먹이를 구하러 가다 남편 까마귀를 만났는데 다른 여자 까마귀랑 있었다. 어미가 돌아와 보니 새끼가 다 죽어 있었다. 어미 까마귀는 신에게 다시 태어나면 새끼들은 만나고 남편 까마귀하고는 다시 결혼하지 않게 해달라고 했다. 남편 까마귀는 집 생각이 나서 새끼가 있는 곳으로 갔는데, 모두 없어진 것을 보고 후회했다. 남편 까마귀는 다시 태어나면 새끼와 부인을 만나게 해달라고 신께 빌었다. 그 후 어미 까마귀는 왕의 딸로 다시 태어나고 남편 까마귀는 가난한 나무꾼 남자로 태어났다. 왕이 딸을 결혼시키려 하는데 딸은 모든 남자를 싫어했다. 왕은 딸로 하여금 대답을 하게 하는 남자와 결혼시키겠다고 했다. 딸은 모든 남자들에게 대답을 하지 않았는데, 나무꾼이 남자 자랑 노래를 부르자 듣기가 싫어서 노래하지 말라고 했다. 그녀는 말을 한 탓에 나무꾼과 결혼하게 되었다. 공주가 이 세상 남자들은 끝까지 책임을 지지 않는다며 싫다고 하자, 나무꾼은 자신은 책임을 질 거라고 했다. 둘은 전생을 기억해냈고, 나무꾼은 진심으로 사과했다. 마음이 풀린 여자는 그와 결혼했다.

그럼 새 이야기예요. [조사자: 새?] 네. 할머니랑 살면서 동물 이야기 하면서 사람이 좀 뭐라고 할까? 마음성이 강하게 길러주는 어디 가도 부모 없이 강하게 살아야 된다, 그런 느낌 받는 거 같아요. 그래서 제가 한국 와서도 그런 이야기 너무 많이 들으니까.

'강하게 살아야겠구나. 어려운 일이 있어도.'

[조사자: 할머니가 강하게 스스로 강하게 크게 키우셨구나.] 스스로 해결하고 [조사자: 스스로 해결하고.]

"좀 어려워도 참고 빨리 모든 일 있어도 빨리 포기하면 안 된다."고.

그런 거. 어, 그 [조사자: 이제 하시면 돼요.]

까마귀 이야기예요. 어느 날 까마귀 부부가 있어요. 그 까마귀는 새끼 까마귀, 새끼 몇 명이 있어요. 몇 마리 있어요. (웃으며) [조사자: 몇 마리? 새끼가 몇 마리 있어요?] 네. 세네 마리 있는데 그 산속에서 먹을 게 너무 없는 거예요. 그래서 까마귀 남편이 말했어요.

"여보, 우리 애들 때문에 다른 지역 가서 먹을 거 좀 구해와야겠어요. 왜냐면 이 지역에 먹을 게 너무 없어서 애들이 굶어 죽게 될 거 같아요."

그래서 까마귀 남편은 그렇게 말하고 까마귀 아내가,

"그러면 가도 너무 오래 있으면 안 된다. 일찍 와야 된다. 그렇게 약속하고 가세요."

그래서 까마귀 남편은 갔어요. 날아갔어요. 날아갔는데 며칠 뒤에도 오지 않는 거예요. 그래서 까마귀 아내하고 새끼들이 있는데 배도 고프고 너무 춥고 힘들었는데, 남편이 안 오니까 걱정도 되고 좀 어떻게 할 수 없는 거예요. 또 새끼들이.

"엄마 나 배고파요. 뭐 먹을 것 좀 주세요."

그렇게 말했는데 먹을 거 줄 거 없는 거예요. 그래서 애들한테 말했어요.

"그럼 엄마는 먹을 거 구하러 갈 테니까, 너희들은 여기 꼭 기다리고 있어야 해. 어디 가면 안 돼. 위험하니까."

그래서 까마귀 엄마는 먹을 거 구하러 갔어요. 갔는데 뭐 벌레

한 마리 잡고 또다시 새끼한테 왔는데 그 하나 가지고 막 뜯다 먹다 보니까 [조사자: 아 모자라는구나.] 모자랐어요. 그래서

'그러면 다시 구하러 가야 되겠다. 그런데 남편은 왜 안 오는지 무슨 일 있는데 너무 걱정 돼서 그 지역에 가 봐야 되겠어.'

새끼들은 놔두면 다른 사나운 동물 잡아먹을까 봐 걱정하게 되고 무거운 마음으로 갔어요. 남편 찾으러. 그런데 찾으러 갔는데 그 동네에 산속에 남편 까마귀는 다른 여자 까마귀하고 같이 살고 있는 거 봤어요. 그래서 너무 슬펐어요.

"당신은 먹을 거 구하러 갔는데 왜 다른 여자하고 같이 있고 우리 생각도 안 하고 애들이 이렇게 굶고 춥고 힘들게 기다리고 있는데."

그래서 남편은 그 말 듣지 않았어요. 그래서 여자 까마귀는 다시 돌아왔어요. 돌아왔는데 애들이 없는 거예요. 새끼들이 사나운 동물한테 다 들켜서 잡아먹히고 말았나 봐요. 아무도 없어서,

"얘들아! 어디 갔어? 엄마 왔어. 엄마가 잘못 했어. 놔두고 가니까. 그래서 빨리 돌아와."

라고 아무리 불러도 없는 거예요.

그래서 까마귀 여자는 날아가다가 너무 속상해서 마음속이 기도했어요.

'만약에 다시 태어나도 절대 이런 남편 안 만나게 해주세요. 그런데 새끼들은 다시 만나게 해주세요.'

그래서 그렇게 맹세하고 막 높은 곳에 [조사자: 절벽 같은데.] 네. 떨어트리고 몸 떨어트리고 그 새끼 있는 곳에 함께 죽었어요.

그래서 한 몇 개월 뒤에 까마귀 남편이 새끼들이하고 부인이 생각났어요. [조사자: 이제 생각났어.] 몇 개월 뒤인데,

'아무 소식 없구나.'

좀 궁금한데 지금 같이 사는 여자하고 너무 눈치 보여서 가고 싶은 마음도 있는데,

'어떻게 하면 갈 수 있나.'

그래서 고민하다가 말했어요.

"여보 나 여기 잘 살다가 한번 먼 곳에 이렇게 양쪽 저기 날개를

한번 펴지 못해서 몸이 너무 약하고 있다. 멀리 가서 날개 좀 한번 펴고 싶다."

해서 그러면,

"갔다오라구. 그 대신 빨리 와야 돼요."

근데 갔어요. 갔는데 그곳에 저기 새끼들이 사는 곳에 갔는데 아무리 불러도 없어요. 조용하고 저기 까마귀 엄마하고 새끼들이 다 어디 갔는지,

"내가 잘못했다."고.

"버리고 가는 거 후회가 된다."고.

"다시 돌아오라."고.

노래 불러도 없어서,

"내가 잘못했어."

그리고 마음속으로 기도했어요.

'이 세상의 모든 신이여 제 소원을 들어주세요. 만약에 다시 태어나게 되면 다시 새끼들하고 부인하고 만나게 해 달라고.'

[조사자: 아, 슬퍼요.] 그래서 그렇게 하고 멀린 곳에 뛰고 돌하고 부딪치고 함께 죽었어요. [조사자: 네 그 까마귀 슬픈 까마귀 이야기네요. 정말?] 네.

[조사자: 근데 둘이 만났어요? 만나기 싫은데 여자는?] 그런데 그거 너무 길어요, 선생님. 이야기가. 이렇게 안 끝났어요.

그래서 인간으로 그 까마귀 여자가 인간으로 [조사자: 태어나는구나.] 태어나서 왕의 딸이 됐어요. 그래서 왕의 딸이 됐는데 남편은 또 같이 사람 몸으로 태어났는데 좀 가난한 사람. 좀 나무꾼처럼 같은 사람 일하다가 근데 왕은 아주 예쁜 딸 있는데, 근데 딸이 아가씨 돼서 다른 왕자하고 만나서 결혼시키고 싶은데 아무 왕, 남자도 만나기 싫어해요. [조사자: 싫은 거예요, 이제, 남자는 싫은 거예요.] 네. 절대 아무리 잘생겨도 아무리 높으고 훌륭해도 얼굴 보기 싫어요. 반감 있어요. 남자 얼굴 보기 싫어요.

그래서 왕 아버지가 왕과 왕비는 너무 슬펐어요. 딸이 왜 다른 나라 왕자하고 안 만나고 결혼하기 싫다고 이유가 뭔지. 그래서 왕

이 이런 광고처럼 올렸어요. 벽에 소문나게,

"만약에 딸하고 같이 와서 말 한마디만 해줘도 막 불러도 대답해주는 남자가 있으면 이 공주를 주겠다."

그런 소문이 있어요. 근데 막 여러 나라 왕자가 와서 아무리 공주한테 말 걸고 얘기해도 아무도 대답 안 해줬어요. 모든 남자들이다. [조사자: 모든 남자들이랑 말도 안 해요.] 말도 안 해요.

그래서 다 포기하고 가는데 그 나무꾼이 그런 소식 있어서 저기 어떻게 우연하게 왕궁에 왔어요. 신하로, 신하로 일해서 왕을 같이 왕궁을 지켜는 일. 그래서 왔는데 공주는 왜 어느 남자가 만나기 싫고 왜 남자 싫었는지 얼굴도 쳐다보지 않고 말도 안 걸어. 대답 안하고 말 같이 걸지 않는 이유가 뭔지 자기가 갔어요. 가서,

"공주님!"

하고 말 걸었어요.

그런데 아무 안 걸었어요. 근데 노래 불렀어요. 자기 마음속에 있는 노래 나무꾼이 자기 마음속에 있는 노래 불렀어요. 좀 남자 자랑스러워하는 노래처럼. 그런데 공주가 너무 듣기 싫은 거예요. 창하는데 말 걸기 싫어도 걸고 싶은 마음이 자꾸 드는 거예요. [조사자: 너무 듣기 싫어서?] 네. 그래서 [조사자: 너무 웃기다.] 너무 자랑, 남자 멋있다 뭐 잘난 척 하잖아요, 그래서,

'어떤 남잔지 너무 듣기 싫어도 말 걸고 싶다.'

그래서 걸었어요.

"당신은 누군데 왜 그런 자랑하고 있냐."

[조사자: 자랑하는 노래를 하고 있냐? 그거군요.] 그래서 왕이,

"오! 공주 말 했네!"

막 그런 북처럼 온 나라 정보 아는 것처럼 쿵쿵 쳤어요. 말 한번 걸었다고. 그래서 왕은 기뻐했어요. 그래서 또 세 번 걸면 공주 주겠다고 약속하잖아요.

(다음 제보자가 와서 잠시 중단됨.)

그래서 말 한번 걸잖아요? 북 한번 쿵쿵 쳤는데 두 번만 더 걸면 공주 주고 같이 결혼식 올리는데 근데 공주는 더 이상 말 걸기 싫은

거예요. 대답하기 싫은 거예요. [조사자: 이제 그만이야.] 네. 당장 나가라고.

근데 사람이 아무리 싫어해도 얼굴 보고 얘기하고 해결해야 되는데,

"공주는 왜 잘난 척이냐?"고.

"얼마나 예쁘길래 그래서 왜 사람을 무시냐?"구.

[조사자: 오, 무시하냐.] 그래서 공주는 참다 참다 또 걸었어요. (웃음) 그래서 걸었는데 같이 노래 부르면서 말싸움했어요. [조사자: 이번엔 말싸움을 했어요?] 네.

그랬더니 신하들이 듣고 왕한테 소식 전했어요. 그래서 한 번 더 북을 쿵쿵 울렸어요. 그래서 한 번만 더 걸면 성공한다고.

그래서 공주 이번에 더 이상 못 걸겠다고 결심하는데 [조사자: 진짜 결심했어.] 그런데 남자가 모든 남자들이 가족이 지키는 마음이 있다고 그래서 만약에 결혼하고 가족이 있고 애들 있으면 저기 뭐라고 할까? 책임지고 보호하고 그래서 자기가 맹세하고 죽잖아요. 아마 그런 옛날에 좀 생각(전생의 기억)이 담아있어서 그 사람한테 말했어요. 나무꾼한테,

"다 거짓말이라고, 그런 일 없다."고.

"이 세상의 어떤 남자도 자기 사랑하는 사람하고 사랑하는 새끼들이하고 끝까지 책임지지 않는다."고.

그렇게 말했어요. 그래서,

"다 오해라고 그런 일 없다."고.

막 서로 얘기하다가 나왔어요. 나와서 어떤 남자인지. 왜 내가 싫다고 해도 끝까지 말싸움하고 걸고 있어서 나와서 만났어요. [조사자: 얼굴을 봤어요?] 네. 그래서 만났는데 옛날 그런 생각이 떠올렸어요. 그 사람이 옛날 남편인 거. [조사자: (남편)이었구나] 네. 그래서 이 공주는 옛날 부인한 거.

그래서 왕이 공주가 그 방 안에 있다가 나오는 거 너무 신기해서, 그래서 막 북을 쳐서 너무 기뻐서,

"잔치 올려야 된다."고.

"이 사람이 정말 특별한 사람이다. 나무꾼이어도 아무 상관없다."고.

"공주하고 같이 결혼 시켜야 된다."고.

허락했어요. 결심했어요. 그래서 공주는 그 사람이 막 여러 가지로 노래하면서 말로 다 고백하고 자기 잘못한 거 뉘우치고, 그래서 마음이 녹아서 다시 나무꾼하고 결혼하게 되었어요. [조사자: 그래요. 너무 재밌어요.]

쭈쭈 할아버지 [1]

● **구연정보**

조사일시 : 2017. 01. 18(수) 오후
조사장소 : 경기도 화성시 향남읍 행정리
제 보 자 : 디다넬 [캄보디아, 여, 1988년생, 결혼이주 5년차]
포유미네 [캄보디아, 여, 1988년생, 결혼이주 6년차]
조 사 자 : 오정미, 이원영, 이승민

● **구연상황**

한국어교육 교사에게 소개받은 디다넬과 그 친구 포유미네 제보자를 화성문화원에서 만났다. 디다넬이 먼저 준비해온 자료를 구연했는데, 처음에는 자료를 한국어로 읽는 방식으로 구연했다. 조사자가 자료에 있는 것과 내용이 달라도 되니 기억에 있는 대로 말해 달라고 하자 자료를 쭉 훑어본 뒤 구연을 시작했다. 중간에 포유미네 제보자가 조금씩 내용을 덧붙였으며, 구연 말미에 이야기와 관련된 노래를 불러주었다.

● **줄거리**

옛날 산칙 왕자와 소바모떼 공주가 결혼하여 숲속에서 외산타오 왕자와 크리시나 공주 쌍둥이를 낳았다. 왕자와 공주는 마법을 부릴 수 있는 특별한 능력을 가졌다. 가난한 사람들을 도와주던 부모와 왕자와 공주는 오히려 가난한 사람이 되어 숲속에 가서 살게 되었다. 한편 숲속에 살던 쭈쭈 할아버지는 거지였는데 돈을 많이 모으고 나서 아므티다라는 예쁜 여자와 결혼했다. 아므티다는 사치가 심해 돈을 많이 쓰고 집안일도 하지 않았다. 동네 사람들이 아므티다를 미워하여 그녀를 보면 때렸다. 아므티다가 밖에 나갈 수 없게 되자 쭈쭈는 집안일을 도와줄 사람을 구하러 나갔다. 쭈쭈는 숲속에서 쌍둥이를 보고 데려가겠다고 했는데, 어머니가 없는 사이에 아버지가 자식을 주었다. 쭈쭈는 집에 오는 동안 쌍둥이를 때리고 끌고 가며 학대했다. 그러던 중 쭈쭈는 집으로 돌아가는 길을 잃고 어느 왕국으로 들어가게 되었다. 그 왕국의 왕비가 학대를 받아 온몸이 마르고 피투성이인 쌍둥이를 보고 쭈쭈에게 아이들을 놓고 가면 많은 재물을 주겠다고 했다. 쭈쭈는 기뻐하며 왕국에서 차려준 음식을 먹었는데, 너무 많이 먹다 결국 배가 터져 죽고 말았다. 왕은 아버지의 친구였는데 숲속에 가서 부모를 찾으니 이미 죽어버려서 쌍둥이를 제 자식처럼 길러주었다. 그리고 남매가 장성하자 왕위를 물려주었다.

옛날에 산, 산칙 왕자님이 왕국에 살았어요. 그리고 소바모떼 공주가 결혼했어요. 결혼하고 나서 애기. [조사자 1: 왕자와 공주가?] 네. 결혼했어요. 왕자하고 공주하고 둘이 임신했어요.

그 뱃속에서 쌍둥이에요. 그날에 뭐더라. 그 둘이 어디, 애기 낳잖아요. 애기 낳아서. 그날, 그날에 아직 안 낳았잖아. 그날에 거기 숲속에 놀러가요. 공주와 왕자가. 그리고 숲속에서 애를 낳았어요. 애를 쌍둥이. 남자 한 명, 여자 한 명이요. 거기 숲속에서 낳아서.

그, 그 사람이 보통 사람 아니에요. 그거 뭐지? [포유미네: 쭈쭈 할아버지?] 아니야. [조사자 1: 산신령?] 그거, 그 사람들이 뭐 쉭쉭 하는 거. 마술처럼. [조사자 1: 매직. 뭐지? 마술을.] 네. 마술처럼. 그 할 수 있었어요. [조사자 1: 누가?] 그 쌍둥이가. [조사자 1: 아 쌍둥이가. 태어나자부터?] 네, 아뇨. 태어나서 나이 열여덟 살에. 여덟 살에.

그 열여덟 살에 그, 둘이서. 뭐 이렇게 잘하는 거, 아까 무슨 말씀하셨죠? [조사자 2: 마법?] 마법. 마법처럼. 마법처럼 생기니까 그 아버지는 자리에 내렸고, 자기 딸, 아들하고 올라갔어요. 그 왕자 됐어요. 그 이름이, 그 이름이, 그 남자 이름이. 외산타오예요. 여자 애기는 크리시나, 크리시나입니다.

어느 날에, 어느 날에 왕자하고 공주하고 저기 동네 가요. 동네 가서 가난한 사람이 도와줘요. [조사자 1: 누가 도와줘요?] [포유미네: 가난한 사람.] 도와주고, 도와주고. 그 왕자하고 공주하고 다 저기, 돈 있는 거. 다 가난한 사람을 다 도와줬어요. 자기가, 아무도 없어요. 지금. 저기 왕자하고 공주하고 아버님하고 어머님하고 가난한 사람이 됐어요. [조사자 1: 아, 왕이었는데 가난한 사람 됐어요?] 그 마음씨 너무 착해서. 다 저기. [조사자 1: 사람들한테.] 네네. 다 도와줬어요.

그리고 이제 왕국에도 안 살고 숲속에 가서 스님? 거기 옷. 하얀 옷 입고, 바지도 하얀 거, 스님. 스님처럼. [포유미네: 남편 스님 됐어요.] 아버지는 스님 됐고, 어머니는 숲속에서 과일 같은 거 따고 먹고 남편도 따고 먹고 그래요.

그리고 저기 그 숲속에 할아버지가 있어요. 할아버지가 이름이 쭈쭈예요. 그 쭈쭈 할아버지가 뭐 '천 원 주세요. 천 원 주세요.' 그거 뭐예요? 한국어. [조사자 1: 구걸.] [포유미네: 거지.] [조사자 2: 거지?] 거지. 거지, 네. 거지. [포유미네: 거지 할아버지가.] 거지 할아버지, 그 거지 할아버지가 있어요.

그 할아버지가 와이프 있대요. 할아버지 거지에다가 거지. [포유미네: 거지 할아버지가 왕님, 왕.] 잠깐만요. 아니, 거지에다가 돈을 많이 모았어요. 근데 할아버지가 와이프가 너무 예뻐요. 근데 와이프가, 아므티다. 그 와이프,

[포유미네: 와이프 이름 아므티다예요.] 와이프가 아므티다예요. 근데 와이프가, 그 와이프가 뭐라고. 그 남편이 밥도 안 챙기고 돈만 쓰고, 그 쭈쭈 할아버지가 거지에다가 돈 많이 모았는데, 아므티다 결혼하고 나서 그 돈이 많이 다 써버렸어요. 네. 밥도 안 해주고 뭐도 안 해주고. 그리고 둘이 서로 싸웠어요.

저기 또 동네 사람들 다 숲속에 동네 사람들도 있어요. 그 동네 사람들 다 미워해. 그 아므티다 보고 막 때려요. 네. 그 돈 많이 쓰니까요. 그리고 집에 다시 들어왔어요. 쭈쭈 할아버지보고 다 얘기 하고,

"저기 동네 사람들이 나보고 때리고 욕하고 그래요. 이제 밖에서도 안 나가고 집에만 있을 거예요."

그리고 저기 쭈쭈 할아버지가 생각이, 웨이터? 웨이터? 집에 돕는 사람. 웨이터 맞으세요? [조사자 2: 아, 집에서 도와주는 사람?] 예예예. [조사자 2: 집사?] 집사? 그 집에서 살림하는 거. 밥도 해주고. 설거지. [조사자 1: 도우미? 가사도우미? 파출부. 그래.] 파출부? 네 파출부 찾아요. [조사자 1: 누가?] 쭈쭈가. 이제 와이프 밖에 못 가니까 밖에도 못가고 뭐 시장도 못가잖아요. 그 숲속에 동네 있어요. 네. 밖에도 못가고 이제. [조사자 1: 아, 그러니까 집에서 일해 줄 파출부를 찾았어요?

쭈쭈 할아버지가?] 네, 이제 찾고 있어요. 지금.

이제 며칠 동안, 며칠 동안 저기, 그 아까 왕자님하고 왕자님 가족이 며칠 동안 숲속에, 숲속에 가잖아요. 둘이요. 저기. 아까 이름 뭐였지? [조사자 1: 누가?] 왕자님이 만났어요. 왕자님 가족이 만났고. 잠깐만요. (가져온 자료를 찾아본 후) 이제 왕자님. 그 쭈쭈가 왕자님 가족 만났어요. 그리고 왕자님 보고,

"저기 쌍둥이 저 주세요. 저 집에 지금 사람의 도움 필요해요."

그랬더니 그 아버지가, 아버지 왕, 왕국이 아까 외선타오(산칙). 그 이름이. 마음이 너무 착해서 자기 자식, 자식도 쭈쭈 할아버지가 (에게) 줬어요. 그 집에서. 돈 없는 쭈쭈가 집에 갔어요. 그리고 쌍둥이들이 너무 무서워요, 쭈쭈가.

[포유미네: 계속 때리고.] 쭈쭈가. [조사자 1: 쭈쭈 할아버지가 애들을 계속 때렸어요?] [포유미네: 네, 계속 때렸어요. 끌고 가요.]

잠시만요. 그 와이프는 몰라요. 남편뿐이 애들은. 쭈쭈 할아버지 다 줬어요. 와이프 집에 와서,

"여보, 우리 애들이 어디 갔어요?"

그랬더니, 저기 외선타오(산칙) 왕자님이,

"우리 애들을 쭈쭈 할아버지 줬다."고.

말했는데, 말하고 나서 와이프가 안 된다고 막 울고 뛰고 다녀요.

근데 쭈쭈가, 쭈쭈가 데리고 갔어요. 멀어서 갔어요. 네, 멀리 왔어요. 쭈쭈 할아버지가 쌍둥이들이 집에 도착했어요. 도착. 그 오는 길에 막 때리고 야단치고 소리 지르고 그래요.

[조사자 1: 그러네. 여기 그림 보니까 줄로 묶어서.] 네. 그 쌍둥이 남자가 이름이. [조사자 2: 외선타오? 외선타오?] 네, 외선타오. 들었어요? [조사자 2: 아까 좀 전에.] [포유미네: 아버지 외선타오.] 아버지는 외선타오예요. (디다넬과 포유미네 모두 아버지 산칙의 이름을 쌍둥이 아들의 이름인 외선타오로 혼동하여 구연함.) 저 쭈쭈 지금 줬어요, 자식을.

(잠시 자료를 살핀 후 이야기를 중단한 지점부터 이어서 시작함.)

끌고 다녀. 그래서 쭈쭈가 길을 모르잖아요. 다시 돌아왔고, 다

시 돌아왔고. 드디어 왕국에 도착했어요. 그 왕국의 와이프(왕비)가 보니까 질리 크리시나, 그 쌍둥이 질리 크리시나 보고 여기 피도 났고 힘도 없고 많이 말랐어요. 그랬더니,

"잠깐 들어오라."고.

들어왔더니, 그 (왕비가 쭈쭈 할아버지와) 약속했대.

"만약에 그 두 분을 여기 놔두면 내가 돈 많이 줄게. 금 같은 거 많이 주라(준다)."고.

그리고 쭈쭈가 너무 마음이, 마음이 좋아서 기뻤어요. 과자 같은 거도 많이 주고. 그리고 쭈쭈가, 할아버지가 너무 기뻐서 거기 왕국이, 왕국에서 보고. 저기, 돈 아니 쭈쭈 할아버지가 너무 기분 좋아서 밥도 며칠 동안 못 먹잖아요. 거기서 맛있는 거 많이 해놓고 먹는데 많이 먹어서 배 터져 죽었어요.

[조사자 1: 배 터져 진짜 죽었어요?] 네, 죽었어요. [조사자 1: 아, 배 터져서 죽었어.] 네, 빵! 많이 먹었잖아요. 이거 노래도 있어요. [조사자 1: 진짜?] 네. 근데 죽을 때, 그 사람 그 노래 들어요. 쭈쭈 할아버지가 그 뭐 쌀국수 다섯 바구니도 먹고. 뭐, 뭐 그랬는데. [조사자 1: 노래 가사가.] 네, 노래 있어요. 그 노래 재미있어요. 아, 기억 조금만.

[조사자 1: 한번, 한 번만 불러 줘보세요. 아는 대로.] 아, 기억만. 조금만. [조사자 1: 아, 그래? 기억나요? 그 노래?] 진짜 기억 안 나는데.

[조사자 1: 안 나요? 노래 가사가 대충이라도 어떻게 돼요? 쭈쭈 할아버지가 쌀국수 다섯 그릇 먹고, 배 터져서 죽고.] 다섯 바구니, 큰 바구니 먹고. 아 잠깐만요. (잠시 생각하며) 이제 되는데.

"쭈쭈 할아버지가 그 쌀국수 다섯 바구니 다 먹고, 이거 과자. 과자 다섯 바구니도 먹고 배 터지고. 하하하."

큰소리 이렇게 웃는 거예요. 저는 그 노래 기억 잘 안 나는데, 그 노래 재미있어요. 뭐,

"쭈쭈가 할아버지가 국수 다섯 바구니 먹고 과자도 바구니 먹고 배 터져서 죽었어요. 하하하."

[포유미네: 아니야. 캄보디아말 잘 아는데.]

(포유미네 제보자가 캄보디아어로 노래를 부름.)

[조사자 1: 아, 재밌다. 그면 그래서 이제 끝난 거예요? 배 터져 죽고 끝나?] 배 터져지고 나서, 여기 왕국, 왕국 봐주는 사람이 그 자기 아버지가 친구래요. 그러더니 두 분 보고 나서, 두 분 보고 나서,

"아버지, 어머니가 어디 있어요?"

물어보더니, 숲속에 있길래, 근데 찾아갔어요. 근데 아버지가 어머니가 죽었어요. 그랬더니 두 분이 친한 친구잖아요. 두 분이 쌍둥이보고 자기 친딸처럼 친아들처럼 생각했어요. 이제 나이가, 나이가 됐으니 이제 자리가 올라왔어요. 왕자. 왕. [조사자 1: 왕이 됐어요?] 네, 왕이 됐어요. 네 쭈쭈 할아버지 죽었고 그럼, 끝났네요.

[조사자 1: 그러면 이제 이 왕이 이 쌍둥이 아버지랑 친했던 거죠? 지금?] 네네. 맞아요. 친한 친구. [조사자 1: 숲속으로 다시 찾아가 봤더니 둘 다 죽어 있었던 거예요? 진짜 친아버지, 어머니는? 그래서 이 왕하고 왕비가 쌍둥이를 '내 아이들처럼 내 아이들처럼 내가 키우마.' 하고 키우고 이 친구들을 그 왕국의 이제 어른이 됐을 때 왕으로 시켰던 거예요?] 네네. [조사자 1: 아, 그렇구나.]

[조사자 2: 그럼 원래 이 왕자랑 공주는 자기 나라가 아니고 다른 나라의 왕이 된 거예요?] 같은 나라예요. 근데 옛날에는 왕 하나, 왕도 하나 아니에요. 많이 있어요. 우리나라는 옛날에 되게 커요. 네.

쭈쭈 할아버지 [2]

● 구연정보

조사일시 : 2018. 12. 07(금) 오전

조사장소 : 경기도 화성시 진안동

제 보 자 : 텡쏙레앙(박주희) [캄보디아, 여, 1986년생, 결혼이주 10년차]

조 사 자 : 김정은, 김민수

● 구연상황

〈개가 농사짓기 싫어하는 이유〉 이야기를 구연한 이후 할머니와 가족 이야기를 잠시 이어갔다. 할머니는 낮에는 일을 많이 시키시고, 밤에는 엄마가 생각나지 않게 하려고 이야기를 들려주셨다고 했다. 이 이야기도 할머니에게 어린 시절에 들은 것이라고 한다.

● 줄거리

어느 동네에 구십 세 정도 된 쭈쭈 할아버지가 살았는데 매우 가난했다. 구두쇠였던 쭈쭈 할아버지가 친구에게 돈을 빌려주었는데, 친구가 돈을 갚지 못하자 친구의 예쁜 딸 아므티다를 데려왔다. 쭈쭈 할아버지는 예쁜 손으로 일만 하는 아므티다가 불쌍해서 모든 것을 다 준다고 소문난 왕을 찾아서 길을 떠났다. 왕이 코끼리를 타고 왕비와 남매를 데리고 백성이 사는 모습을 보러 왔다가 가난한 백성들을 보고 자신의 재산을 모두 나눠줬다. 맨 몸만 남은 왕은 아버지에게 쫓겨나 원두막에서 살게 됐다. 왕비가 과일을 따러 나갔다가 숲속에서 헤매고 있을 때 왕과 만난 쭈쭈 할아버지는 왕의 아이들을 달라고 했다. 오빠인 찔리와 누이인 크리스나는 울면서 엄마를 기다리다 연못에 들어가 숨었다. 쭈쭈 할아버지는 오누이를 발견하고 안 간다는 아이들을 때리면서 데리고 떠났다. 그때 천사가 나타나 왕궁으로 가는 길을 인도해주어 남매와 쭈쭈 할아버지는 함께 궁으로 들어갔다. 궁에서 남매는 할아버지를 만나 잘 살게 되었다. 쭈쭈 할아버지는 음식을 먹고 또 먹다가 배가 불러서 죽고 말았다. 혼자 된 아므티다는 동네 사람들의 미움 속에서 살았다.

우리 잘 때는 할머니 옆에 누워서 이불 덮어주고 이야기해 줘요. 이거저거. [조사자: 아, 그렇구나. 그 중에 또 기억나는 이야기 있으세요? 이야기하려고 했던 얘기 말고.] 아, 그럼 혹시 쭈쭈 할아버지 이야기 못 들으셨어요? [조사자: 못 들었어요. 쭈쭈 할아버지요?] 네. 쭈쭈 할아버지 이야기예요.

어느 동네에 쭈쭈 할아버지가 살았어요. 쭈쭈 할아버지는 너무 가난했어요. 나이가 많아서 아마 구십 세 정도 생각하면 돼요. 이렇게 허리 구부리고 지팡이 짚고 다녀요, 몸을 흔들면서. 그래서 쭈쭈 할아버지가 너무 가난해서 돈 쓰는 거 되게 안 썼거든요. 아껴서 구두 [조사자: 구두쇠?] 구두쇠, 네. [조사자: 구두쇠 할아버지셨군요. 네.]

그래서 근데 쭈쭈 할아버지의 친구 있어요. 그 친구가 너무 가난해가지고 쭈쭈 할아버지한테 돈을 빌렸어요. 그래서 돈을 빌려서 얼마 동안 갚겠다고 약속했어요. 그래서 쭈쭈 할아버지는 그 돈을 꿔줬어요. 빌려줬는데 몇 년 동안을 못 갚게 됐어요. 그래서 쭈쭈 할아버지는 가서 그 집이 막 싸우고 두드리고 그래서 근데 그 친구네 집에 딸 예쁜 딸 한 명 있어요. 그 딸 이름이 아므티다라고, [조사자: 아므티다.] 아므티다. 딸 한 명 있는데 할아버지가 그 딸 보더니,

"그러면 천천히 갚아도 된다."고.

"오늘은 그냥 집에 가겠다."고.

그래서,

"얼마 뒤에 또 와서 만약에 이 돈이 안 갚으면 딸을 대신 갚으라."고.

[조사자: 딸로 대신 갚으라고.] 네, 그래서 부모는 마음이 너무 아프지만 이 돈이 만약에 거기 천원 꾸면 몇 년 지나면 더 쌓이고 더 쌓이잖아요, 이자가. 그래서 더 이상 못 갚겠다고 평생. 그래서 딸을 줬어요.

딸을 줬는데 그냥 결혼하러 가는 거 아니라 할아버지 돌봐주러 가는 거예요. 그 할아버지 [조사자: 집안일 다 해주는구나.] 네, 뭐 집안일, 밥, 빨래, 발가락까지 다 씻어주고. 너무 예쁜 아므티다 보고 일 너무 많이 시켜서 할아버지 마음속이 안 좋아요. 그래서 어디 가서

여자아이 데리고 아므티다 밑에서 일하는 생각이 들었어요. 아므티다 도와주고 싶은 마음에 너무 예쁜 손에 일만 해가지고 안쓰러워서.

할아버지가 그래서 할아버지는 어디 저희 나라에 그런 불교문화 잖아요. 그 왕이 현명, 엄청 착해요. 국민들이 모든 필요한 거 다 줘요, 자기 가진 거. 딸도 부인도 다 줘요. 그래서 그 소식을 듣고 할아버지가 갔어요. 찾아갔는데 가는 중에 여러 가지로 힘들었어요. 호랑이도 만나고 호랑이 만났다가 할아버지가 나무 위에 올라가다가 호랑이가 할아버지 치마 잡고 막 벗기는 일도 있었어요.

그래서 왕의 부인 있잖아요. [조사자: 왕비?] 네, 왕비하고 두 자녀 있는데 아들 한 명 딸 한 명 있어요. 그 왕이 부인하고 딸 아들 데리고 코끼리 타고 국민들이 어떻게 잘 사는지 구경하러 나왔어요. 그런데 보니까 그 신하들이 얘기하는 거하고 실제는 그렇지 않았어요. 너무 어렵게 살았어요. 그래서 왕이 너무 마음이 안 좋아서 어떻게 하면 우리 국민들이 잘살 수 있는지 고민하다 보니까 이 왕의 모든 가지고 있는 재산들이 다 국민한테 나누어 주고 그런 일이 있었어요.

그래서 나눠줬는데 그중에 다 주다 보니까 맨몸만 남았어요. 왕이 나올 때는 다 부유하게 가지고 나왔는데, 어디 지역 가도 다 주고 싶어서 주다 보니까 코끼리도 다 주고 자기 옷 물건 이런 거 다 빼주다 보니까 맨몸만 남았어요. 그래서 다시 왕궁에 들어갔는데 그 왕의 아버지가,

"더 이상 왕하고 같이 살 수 없다고 떠나라."고.

"그냥 국민들하고 평범하게 살아라!"고.

쫓겨났어요. 그래도 쫓겨나도 화나는 마음이 없고 그냥 저기 딸하고 아들 한 명하고 부인 데리고 나갔어요. 그 숲속에서 원두막 하나 가지고 기도하고 있는데 저기 와이프는 부인은 먹을 거 없어서 열매 따러 나갔어요. 그다음에 아들, 딸은 이름이 찔리, 크리스나예요. [조사자: 남자는 찔리고 크리스나? 여자는 크리스나예요?] 네.

"찔리, 크리스나, 엄마가 과일 따러 가니까 여기 오빠하고 같이 놀고 있어. 엄마 올 때까지 절대 어디 가면 안 돼."

그래서 엄마는 나갔어요, 과일 따러 산속에. 근데 따러 가보니

까 그 산속에서 헤매서 빨리 못 왔어요. 하룻밤 자고, 그 안에서. 그런데 쭈쭈 할아버지 그 왕한테 찾아온 거예요. 그래서 찔리, 크리스나가 쭈쭈 할아버지 보더니 눈치 있어서 만약에 아버지가 뭐 달래도 다 주잖아요. 그 마음이, 아버지 마음을 다 아니까 그 연못 속에 들어가서 숨었어요.

찔리, 크리스나. 숨었는데 쭈쭈 할아버지는 왕한테 말했어요.

"왕 저희 애들이 필요하다."고.

"원하시면 저희 애들 데리고 집에 가서 같이 살게 하면 안 되냐."고.

"우리 아므티다가 너무 일 많이 해서 손이 너무 굳었고 마음이 너무 아팠습니다."

그래서 왕은 안 줄 수도 없고 줄 수도 없고 거절하면 안 되거든요. 그래서,

"그럼 주는데 엄마 올 때까지만 기다려 달라."고.

그래서 그 애들이 아버지 말 듣고 연못 속에서 나오지 않았어요. 숨어 있는데 울면서 엄마 올 때까지 기다리는데 엄마는 그 산속에서 헤매다가 못 나왔거든요. 그리고 사나운 사자나 동물들이 나타나서 너무 무섭고 숨어 있는데 하룻밤 자고 나서 나왔어요.

그런데 쭈쭈 할아버지는 왕한테 인사하고 나왔는데 찔리, 크리스나 발견했어요. 봤는데 막 강제로 끌고 가는 거예요. 강제로 끌고 가는데 막 심하게 울었어요. 아버지도 들렸어요. [조사자: 네, 우는 소리가?] 네, 왕이 나왔는데 근데 말려주지 않았어요. 왜냐면 준다고 약속했는데 엄마는 왜 빨리 안 오는지 이유도 모르고 그래서 막 데리고 가버렸어요. 그래서 엄마는 왔어요. 왔는데

"찔리, 크리스나 너 어디 갔어? 엄마 왔다."고.

그래서 아무 소리 없고 울었어요. 그래서 왕한테,

"우리 찔리, 크리스나 어디 갔어요?"

"어느 할아버지한테 주었다. 끌고 갔다."

"왜 그렇게? 주더라도 얼굴 보여주고 보내면 안 되냐?"고.

"왜 그렇게 못 기다려 주냐?"고.

그런데 왕은 화냈어요.

"하룻밤 기다려도 안 오지 않았냐?"고.

"왜 안 왔냐? 이유가 뭐냐. 왜 딸하고 아들 관심 없고 이렇게 오래 놔두고 어디 헤매다가 오냐고. 이제 와서."

그래서 마음이 슬프지만 울다가 못 찾았어요. 그런데 쭈쭈 할아버지는 찔리, 크리스나 애들 끈 묶어서 데리고 둘이 뒤에 이렇게 하고 손으로 이렇게 묶어서 끌고 가는데 울면서 막 때리면서 데리고 갔어요, 강제로. 아므티다한테 같이 이렇게 가서 좀 종으로 얘들은 와서 아므티다 다리도 주물러 주고 마사지 해주고 집안일 시키라고. [조사자: 왕의 자녀인데요?] 네. 왕의 자녀인데. 그런 일 있어요.

그래서 갔는데 신 있잖아요, 신. 신인데 천사 나타나서 [조사자: 신의 천사가 나타났어요?] 네네, 그 쭈쭈 할아버지 아므티다 가는 길 막고 왕궁에 가는 길 인도해 줬어요. 그래서 쭈쭈 할아버지는 아므티다 집에 가는 길 잃어버리고 그 왕궁에 가는 길 가게 됐어요.

그런데 왕궁에 가서 그 찔리, 크리스나, 할머니, 할아버지가 왕이잖아요. 왕궁 안에서. 그래서 만나게 됐고, 그 손자 손녀가 피부가 거지가 됐잖아요. 얼굴하고 손하고 그래서 너무 마음이 아파서 데려가고 목욕 다 시켜주고 (쭈쭈)할아버지한테 대접 좀 잘 해주라고 할아버지가 데리고 오니까, 그래서 할아버지는 이런 식탁에 왕의 집안 가봤잖아요. 배도 고프고 막 (음식이) 많은데 풍성하게. 이것도 먹고 저것도 먹고 막 욕심을 내서 점점 배가 크게 시작해서 터지고 말았어요. [조사자: 배가 터졌어요? 진짜?] 그래서 할아버지는 배 터지고 죽게 되고.

찔리, 크리스나는 왕궁에서 할머니, 할아버지 만나서 잘살게 되었고, 그 할아버지, 할머니는 찔리, 크리스나 데리고 왕 찾으러 갔어요. 그래서 왕은 또 애들 만나서 다시 왕궁으로 와서 살게 됐어요. 그런 이야기.

[조사자: 아, 재밌네요. 그럼 아므티다는 어떻게 됐다는 그런 이야기 없어요?] 아므티다는 쭈쭈 할아버지가 없고 나서 그 동네에 있는 여자들이 있잖아요. 아므티다 엄청 싫어해요. 왜냐하면 예쁘잖아요. 예쁘

고 귀엽고 어디 가도 사람들 관심 받잖아요. 그래서 질투 나서 맨날 아므티다 구박하고 막 심하게 막 싸우고 때리고 막 그래요.

그래서 아므티다는 저기 뭐라고 할까, 슬픈 여자예요. 쭈쭈 할아버지 만나고, 부모 빚 갚아야 해서. [조사자: 네네, 대신 왔고, 열심히 일하고.] 네, 그런데 아므티다는 사람 심성이 착하고 할아버지지만 그래도 남편처럼 생각해서 정성을 다해줬거든요. 그래서 근데 할아버지 너무 욕심이 나 가지고 왕 딸하고 아들 데리고 오려다 벌을 받아서 음식 먹다 보니까. [조사자: 배가] 배가 터지기까지, 그렇게 죽게 됐어요.

[조사자: 아, 네, 이야기 너무 재밌어요. 왕은 어때요? 자식까지 내주고 약속하면 자식까지 주는 그 왕은 뭐라고 그 할머니가 욕하고 그러지 않으셨어요?] 왕은 그때 왕이 태어날 때부터 그런 착한 심성 가지고 태어났어요. [조사자: 자기 걸 다 주는?] 네, 욕심이 안 나고 불쌍한 사람이 있으면 뭐든지 다 주고. 자기 가진 모든 것들을 다 주는 마음이에요. 거절하면 안 되고, 그 신처럼 되면 그런 착한 일 많이 행해야 하는 그런.

그 뭐지? [조사자: 진짜 멋있네요.] 그런 불교 국가인가 봐요. [조사자: 부처님처럼.] 네, 부처님처럼 착하게 살아야 되는 그런 이야기. [조사자: 자식까지 줘요? 그렇다고?] 그러니까요. (웃음) [조사자: 다른 건 다 이해가 되고 알몸 된 것도 이해가 되는데요. 그죠? 자식까지도 그렇게 주고 좀 충격이에요.] (웃음) 그래서 신하들이 왕을 싫어했어요. 주다가 나라까지 망하면 어떡하나 걱정돼서 그래서 왕 아버지한테 일렀어요.

"더 이상 왕 모시고 살면 안 된다."고.

"차라리 아무것도 없이 국민처럼 살게 쫓아내야 된다."고.

네, 그런. [조사자: 아, 재밌어요. 할머니한테 들었다는 얘기 되게 많으시네요.] 네, 많아요.

노인의 세 가지 말을 지켜서 성공한 사람

● **구연정보**

조사일시 : 2018. 06. 09(토) 오후
조사장소 : 강원도 인제군 인제읍 상동리 제보자 자택
제 보 자 : 킴나이키 [캄보디아, 여, 1991년생, 결혼이주 6년차]
조 사 자 : 박현숙

● **구연상황**

제보자가 〈공주의 변신 악어와 마법 머리카락의 여인과 산천의 유래〉를 마친 뒤 다음 이야기로 고른 설화다. '속담 세 개에 30념렁' 이야기를 해주겠다면서 구연을 시작했다. 이야기 시작 부분에서 캄보디아 화폐 단위를 설명했으며, 구연 도중에 설거지 중인 남편에게 적합한 한국어 단어를 묻기도 했다. 제보자의 남편은 적극적으로 이야기판에 참여하지 않았지만, 제보자의 질문에 성의껏 답해 주었다.

● **줄거리**

옛날에 한 부부가 있었는데 남편이 공부를 위해 집을 떠났다. 남편이 어느 마을에서 현명한 노인에게 가르침을 청하자 노인이 속담 세 개에 30념렁이라고 말했다. 노인은 남편에게 '배고파도 먹지 말라.', '행동을 잘하면 배부를 수 있다.', '밤에 같이 자는 여자와 이야기하지 말라.'고 말해주며 남편이 착해서 돈을 받지 않겠다고 했다. 남편이 배를 타고 가다가 사람들과 한 섬에 내려 큰 집에 도착했다. 사람들이 그곳에 있는 맛있는 음식을 먹을 때 남편은 먹지 않았다. 저녁이 되자 거인이 돌아와 자기 음식을 먹은 사람들을 모두 잡아먹었다. 남편이 대들보에 숨어 있다가 거인에게 큰소리를 치자 거인은 자신보다 무서운 존재인 줄 알고 도망쳤다. 남편은 거인을 물리치고 마법 방망이를 얻어 집으로 돌아왔다. 남편 몰래 바람을 피우던 아내가 남편에게 일찍 돌아온 이유를 물었다. 남편이 그간의 사정을 말하고 마법 방망이의 위치를 알려주자 아내의 내연남이 방망이를 훔쳐 도망갔다. 남편은 왕에게 마법 방망이를 찾아달라고 요청했다. 왕의 도움으로 아내와 내연남의 관계가 밝혀졌다. 남편은 둘이서 잘 살라고 말하고 다른 마을로 떠났다. 남자는 왕을 지키는 사람이 죽자 그 일에 자원했다. 왕의 시험을 통과해서 신뢰를 얻은 남자는 왕과 함께 일하며 큰사람이 되었다.

이 이야기는 속담 세 개, 30넘렁 이렇게 캄보디아 금 얘기인 거예요. 얼마인지 얼마인지 30넘렁 얘기하는 거예요. 30넘렁 [조사자: 그러면 속담 3개로 30넘렁을 벌었다는 거예요?] 네. 그 속담이 넘렁이 한국 돈 있잖아요? 금이 한 한 돈, 두 돈 있잖아요. 열돈 하면 1넘렁이에요. 그럼 30넘렁은 어마어마하게 비싼 속담이에요. 열 돈, 열 돈 하면 1넘렁 그런 거.

아주 옛날에 한 부부 있는데요. 근데 그 부부는 행복하게 살다가 남편이 이런 생각이 있어 내가 공부하는 거 너무 좋아서, 공부. 공부 뭐 새로운 거, 찾으는 거 좋았는데 근데 그 동네가 너무 작아서 잘 공부할 수 있는 것 다른 동네 좋은 선생님 찾아서 같이 공부한대요. 그래서 부인이 집에 혼자 있고 자기 혼자 떠나가는 거예요. 그래서 먼 동네에 갔는데 어떤 할아버지를 만났어요. 그 할아버지가 되게 똑똑한 사람이에요. 그래서,

"그 할아버지가 무슨 좋은 *** 뭐 좋은 생각 있으면 가르치는 법 있으면 저한테 좀 가르쳐 주세요. 뭐 돈 얼만큼 있으면 제가 다 드릴게요."

그래서 할아버지가 얘기했어요.

"그러면 내가 속담 세 개 있는데 이건 너무 비싸 너 살 수 있니? 속담 세 개는 30넘렁이어야 팔아줄 거야."

"네! 뭐 좋은 거면 제가 다 드릴게요."

근데 그 할아버지 얘기했어요.

"그 속담 세 개는, 1번 속담은 배고프면 먹지 말고. 2번, 행동 너무 잘하면 배불러."

[조사자: 행동 너무 잘하면 배부르다고?] 그 열심히 일하면 배부르고. 그렇게 얘기한 뜻으로.

"3번은 밤에 자면 같이 여자랑 얘기하지 말고."

(어린 자녀가 제보자를 찾아와서 잠깐 이야기를 들어줌.)

아까 어디까지 했어요? [조사자: 두 가지까지만 했어요. 세 가지, 밤에?]

"밤에 여자랑 얘기하지 말고."

그래서 끝나고 할아버지한테 그 30념렁 돈 드리는데 할아버지가,

"내가 보면 니가 너무 착해서 그런 거 안 받을게. 그런데 꼭 그런 거 잘 해야 돼."

그렇게 얘기한 거예요. [조사자: 꼭 지키라고?] 네, 꼭 지키는 거예요.

그래서 그 동네 지나가는데 그 자기가 사는 동네 가는데, 그런데 가는 길에 배 타고 가야 돼요. 배 가는데 배 없어서 그 사업하는 사람들, 사업하는 하는 사람들 같이 타다가 너무 늦은 시간에 어떤 섬에 가서 한밤 보내는 거예요. 그런데 갑자기 그 섬 가다가 되게 맛있는 음식 많이 있는 거예요, 그 섬이. 그 철 같은 집, 큰 집 하나 있는데 음식이 너무 맛있게 만들어. 금방 만든 음식, 뜨끈뜨끈한 음식이에요. 그런데 왜 그 음식 하는 거 생각 안 하지, 그 사람들? 해서 막 먹은 거예요, 그 음식들.

그런데 공부하는 사람 아저씨만 안 먹은 거예요. 그래서 집 꼭대기에 올라가는 거예요. 그런데 한참 자다가 거인 아저씨 왔어. 거인, 거인 아저씨 왔는데 와서 짜증 나 열 받는 거예요.

"누가 내 맛있는 밥 다 먹었어."

그래서 보더니 그 사람들 배불러서 자고 있는데, 그 사람들 잡아먹었어, 다. 배 타는 사람들 잡아먹었는데 다 먹었어. 그 아저씨만 안 먹었어.

그, 집 아니고 집에 어떻게? [조사자: 성?] 말고 [조사자: 그러면?] 뭐지? [조사자: 큰 집?] 집 짓잖아요? 가운데 놓는 나무 있잖아요. 그거 뭔데 [조사자: 아! 대들보?] 네, 그런 거. 숨어 있는 거예요. 거인이 너무 커서 집 안에 그렇게 못 보잖아요. 위에 있는 거. [조사자: 아, 거기 위에 처마에.] 네네. 그렇게 자고 있는 거예요. [조사자: 숨었어?] 네. 숨었는데 그래서 그 아저씨가 그렇게 하더니 그 아저씨가 생각했어

요. 그 거인이 찾는 거,

'뭐 누구 한 명 또 두 명 있나? 배 안 불렀는데.'

'내가 조금 있으면 그 거인 찾으면 죽을 거야.'

그러면 그전에 어떻게 그 거인이 무섭게 만들 거야. 그래서 두리번두리번 보더니 그 아저씨가 큰 소리 되게 집에 큰소리하면 밖에 나와서 이렇게 크게 큰 사람처럼 느끼는 거예요. 어떻게 소리 하면 야! 캄보디아 말로 비슷하게 하는 거예요.

"야, 이 나쁜 놈아! 너는 내가 죽여 버릴 거야. 내가 얼마나 큰데."

그래서 그 안에 소리가 어떻게, 우리 산에 가잖아요? 그 가면 산에 소리 크면 되게 길게 소리 나잖아요? [조사자: 아, 아주 크게 소리가 들리는구나!] 응, 크게 소리 나는 거. 그런 거 그래서 그 거인 아저씨가 그거 듣고,

'아이, 이게 무슨 소리지?'

하고 깜짝 놀랐어요.

'무슨 소리가 이렇게 크지? 나보다 더 크고 강하구나.'

무서워서 막 도망갔어요.

그래서 도망가는데 자기가 칼 말고 그 뭐지? 그거 도깨비 하는 도마? [조사자: 도깨비 방망이?] 응, 방망이처럼. 그 방망이 이름이 되게 넘뽕비엥 그거 마법방망이거든요? 마법방망이? [조사자: 마법 방망이.] 응, 그래서 그거 너무 무서워서 깜빡하고 그거 놓고 갔어요.

그래서 그 아저씨가 그거 갖다가 그 아저씨가 그거 줏어서 집에 간대요. 그런데 집에 가더니 부인이 생각한 거예요.

'왜 남편이 일찍 온 거야?'

왜냐면 자기가 다른 남자 있어서 그동안 남자 데려와서 밤도 같이 자고 막 같이 지내는데 남편 너무 일찍 와서,

"여보, 잘 왔네요. 잘 지냈어요?"

그렇게 여러 가지 밥 먹고 저녁 밤에 잤어. 자더니 부인이 남편 보는 모습이 참 기뻐하는 모습 봐서 그래서,

"여보, 무슨 일 있어요? 그동안 가서 무슨 일 있어?"

그랬더니,

“아, 일 있어. 그런데 아침에 당신한테 얘기해 줄게.”

왜냐면 밤에 여자하고 얘기하지 말랬잖아? 그래서 그전에 밥 먹잖아. 다들 밥 먹어 배고프니까 그런데 그 남자가 그 할아버지 얘기 배고프면 밥 먹지 말고 그렇게 얘기 그거 따라서 지금까지 사는 거예요. 그래서 그 여자가 하고 계속 물어보는 거. 그래서 얘기 안 했는데 그러니까,

“당신 나 안 믿는 거예요? 나 당신 부인인데 믿지 않으면 어떻게 같이 살 수 있어?”

그래서 그 남편 얘기했어.

“어느 섬에 가서 거인이 도망가서 마법방망이가 나한테 있어.”

부인이 물어봤어요.

“그 넘뽕비엥이 어디 있어요?”

“그거는 그게 땅 밑에 파고 넣었어요.”

그렇게 된 거예요.

그래서 집 밑에가 자기하고 바람피는 남자가 있잖아요? 그거 들어서 그거 그 넘뽕비엥 파고 가져갔어요. 그래서 그 아침에 보더니 가서 보더니 그 넘뽕비엥 없어졌어요. 그래서,

‘아, 내가 그 할아버지 말 안 들으니까 그런 거야.’

그런데,

‘되게 그거 너무 특별한 물건이니까 그 왕국에 가서 왕한테 얘기해주고 그러니까 왕이 그럼 그 넘뽕비엥 찾아줄 거야, 내가.’

그렇게 가서 왕한테 얘기했어요. 넘뽕비엥 없어져서 처음부터 끝까지 부인한테 얘기했는데, 그런데,

“그거 없어졌어요. 어떡해. 찾아주세요.”

그렇게 하는 거예요. 그래서 왕이 이런 생각 했어요.

“그러면 내가 너한테 향수 한 병 줄게. 그 향수 너무 냄새 좋은 향수야. 그 향수가 너 부인한테 줘.”

“왜요?”

“너 부인이 바람피우는 거야. 그 바람피우는 바람이 넘뽕비엥이 없어진 거야.”

믿지 않았어요.

"믿지 않으면 기다려봐."

그러더니 그 집에 가서 그 향수 부인한테 줘. 그래서 집에 가서 갑자기 오늘 밤이 동네에서 무슨 행사 있어. 그래서 부인한테 얘기했어요.

"여보, 내가 좋은 향수 누구한테 줬어. 그래서 나 당신한테 주는 거야. 그 향수 쓰고 오늘 밤에 놀러 가. 나는 피곤해서 못 가는 거야."

그렇게 얘기했어요. 그래서 그 부인은 향수 쓰고 그 파티 가잖아요? 그러면 자기랑 바람피우는 남자 만나서.

"나, 너 보러온 거야."

그래서 왕이 얘기했어요. 오늘 밤에 그 밑에 있는 사람들한테 얘기했어요.

"오늘 밤에 가서 그 향수냄새 나는 사람 다 잡아 와."

그렇게 한 거예요. 그래서 가다가 그 여자랑 남자, 바람피우는 남자. 그 향수 맡았어요. 그래서 잡혔어요. 그래서 물어봤어.

"봐봐, 이제 바람피우는 거 믿지?"

"네, 믿어요."

그래서,

"넘뽕비엥 어디 있어?"

그래서 가르쳐 줬어요. 가서 주웠는데 그 공부하는 아저씨가 얘기했어요. 그 넘뽕비엥,

"아이, 나는 필요 없어."

왕한테 드리는 거예요. 그거는 나라 위해서 뭐 싸우거나 우승할 수 있으니까. 뭐 마법 넘뽕비엥이니까. 그래서 부인은 어떻게 했냐.

"죽여버릴까?"

왕이 얘기했어요. 그래서 그 아저씨가,

"아니에요. 그냥 뭐 저는 부족할까 봐. 그냥 부인이 저 사랑하지 않으니까 그냥 둘이 행복하게 사세요."

그렇게 하는 거예요. 아 너무 착한 사람이죠? 그런 사람 없어요, 세상에서. (설거지하는 남편에게) 그렇지, 여보?

그래서 둘이는 그냥 가서 행복하게 산대요.

[조사자: 그럼 이 사람은 어떻게 됐어요?] 어 또 있어요. 잠깐만.

그래서 이제 그 동네는 상처 너무 마음의 상처 만들어 주니까 자기 사랑하는 부인이 떠나니까 그냥 다른 동네 가서 살 거야.

그래서 가다가 어떤 아저씨 만났어. 그 아저씨가 어떻게… (설거지하던 남편을 부르며) 여보! 똑똑처럼 어떻게 불러요? 똑똑 말고 그거, 그 똑똑 말고 그 뭐지? 소 두 마리 이렇게 넣고 기어가잖아요. [청자: 달구지] 달구지? 소달구지? [청자: 응, 소로 끌고 가는 거?] 응, 그거. 소달구지 만드는 아저씨예요. 그래서 소달구지 할아버지랑 같이 살고 그거 만드는 거 배워서 도와주는 거예요.

그래서 그 할아버지랑 지내다가 그 할아버지 같이 살다가 그 할아버지 얘기 물어봤어.

"왜 이렇게 소달구지 만드는 거예요?"

그래서 그 할아버지 얘기가,

"응, 그 동네가 자꾸 사람이 죽어서 그래서 만드는 거예요."

그래서,

"그 사람들 왜 그렇게 죽는 거예요?"

"응, 그거 왜 죽었는지 몰라. 그런데 왕을 지키는 일 하잖아, 다른 왕국? 지키는 일 잘 안 되면 죽는 거야. 왜 죽는지 몰라."

그렇게 얘기했어요.

"왜 죽었는지 몰라요."

그래서 그래서 그 아저씨 그럼,

"그러면 제가 그 왕 지키는 일 하고 싶어요."

"너 그 일 하다 죽어도 몰라."

"아니, 괜찮아요."

그렇게 얘기했어요.

그래서 가서 무슨 일이든지 잠깐만요. 이게 뭐야? 그 왕의 물건들 있잖아요? 그래서 그 사람이 비싼 물건 아니고 그냥 물건들 지키는 물건들이에요. 그런데 사람들은 되게 지키면 아침에 죽어있는 거예요. 저녁에 지키잖아요? 가서 밤중에 아침에 죽어버리는 거예요.

누가 죽여버렸는지 몰라요.

그래서 그 사람이 가서 지키는 거예요. 지키는데 갑자기 지키다가 어떤 남자가 왔어. 그런데 그 아저씨가 그거는 왕이야. 왕 오는 거예요. 왕 오는 거. 그래서 그 칼 있잖아요? 그 칼이 왕 아니까. 그런데,

"너 누구야? 나 왕 물건 지키는 거야. 너 오는 거 도둑이야. 그럼 난 널 죽여버릴 거야."

이렇게 얘기했고 그 칼이 틀리게, 맞지 않게 이렇게 한 두세 번 이렇게 찔른 거예요. 그런데 맞지 않았어. 그러니까 왕이,

"나야, 나야. 나 왕이야. 그렇게 하지 마라."

그래서,

"어, 죄송합니다. 전 몰랐어요. 그냥 왕이 시키는 대로 하는데 근데 이렇게 오더니 몰랐어요."

했더니,

"아니야. 니가 너무 착해서 그렇게 내 물건을 지키더니. 그동안 다른 사람들은 다 못 믿었어. 왜냐하면 내가 조금 지키라고 일 시키잖아. 못 지키는 거야. 계속 자. 술 먹고 그렇게 내 물건들 다 없어져 버리잖아. 그런데 니가 너무 잘 지키고 참 좋은 믿을 수 있는 사람이구나. 그럼 같이 일해. 내 밑에 있는 사람들."

그렇게 왕이랑 같이 일하더니 이렇게 행복하게 살았어요. 왕이랑 같이하고 되게 큰 사람 왕국에서 이렇게 만들었어요. 끝났습니다.

[조사자: 복 받았네, 그렇죠?] 네. 착한 사람 원래 그렇지 않아요?

용감한 사나이 꽁힌

● **구연정보**

조사일시 : 2018. 06. 09(토) 오후
조사장소 : 강원도 인제군 인제읍 상동리 제보자 자택
제 보 자 : 킴나이키 [캄보디아, 여, 1991년생, 결혼이주 6년차]
조 사 자 : 박현숙

● **구연상황**

제보자가 〈노인의 세 가지 말을 지켜서 성공한 사람〉에 이어서 들려준 이야기다. 짧은 이야기이고 주인공은 꽁힌이라고 하면서 이야기를 시작했다. '꽁힌'에서 이름은 '꽁'이고 뒤에 붙은 '힌'은 용감하다는 뜻이라고 설명했다. 구연 과정에 '꽁'과 '꽁힌'이라는 명칭을 중복해 사용했다.

● **줄거리**

옛날에 꽁힌이 두 부인과 함께 살았다. 꽁힌이 옆 동네에 가려는데 가는 길목에 사람을 잡아먹는 호랑이가 있어서 걱정했다. 두 아내가 걱정하지 말라면서 함께 가서 호랑이를 잡았다. 나무 뒤에 숨어 있던 꽁힌은 아내들이 잡은 호랑이를 옆 동네에 가져갔다. 마을 사람들이 꽁힌에게 호랑이를 잡아주어 고맙다며 꽁힌의 용기를 칭찬했다. 왕이 꽁힌의 용감함을 듣고 꽁힌을 장군으로 임명했다. 꽁힌이 전장에 두 아내와 코끼리 몇 마리를 데리고 나갔다. 아내들이 싸울 때 꽁힌은 코끼리 위에 타고 있다가 무서워서 코끼리 머리 위에서 설사를 했다. 코끼리가 놀라서 뛰어다니는 바람에 많은 사람을 밟아 죽여서 전쟁에서 승리했고 왕이 꽁힌을 크게 칭찬했다. 왕은 물고기가 많은 마을에 큰 악어가 나타나서 골치라는 이야기를 듣고 꽁힌을 그곳으로 보냈다. 부인들이 도와준다고 했지만 꽁힌은 자기 때문에 부인이 죽느니 자기 혼자 죽는 게 낫다고 생각하여 밤에 혼자 물에 뛰어들었다. 그때 악어가 꽁힌을 삼키려고 물 위로 뛰어올랐다가 나뭇가지 사이에 끼여 죽었다. 꽁힌은 살아 돌아와 왕에게 큰 보상을 받고 행복하게 살았다.

그다음에는 그 제목이 꽁힌 이렇게 불러요. 사람 이름이에요, 꽁힌. 그러면 그거 얘기 안 하면 되게 길게 얘기해요. 왜냐면 제가 준비한 건 사람의 이야기니까. 그래서 짧게 얘기 아까처럼 30넘렁 그것처럼. [조사자: 괜찮아요.]

그 꽁힌 이야기는 아주 옛날에 어떤 남자가 이름은 '꽁'이에요. 이름은 꽁이에요. 그런데 부인가 두 명 있어요. 부인이 두 명 있는데 부인 한 명 이름은 '암'. 한 명도 '꽁' 이렇게 똑같은 이름이에요, 꽁.

그런데 남편이 할 일이 있어서 옆 동네 가고 싶었는데요. 꼭 갔는데 근데 옆동네 가면 산속 스파이트 이렇게 코너 지나가야 해요. 그런데 그 산속에는 되게, 산속에는 강한 호랑이 한 마리 있대요. 그 호랑이가 되게 누구나 산속에 들어가면 다 못 살아요. 잡아먹는대요. 그런데 부인 두 명이 얘기했어요.

"걱정하지 마. 가고 싶으면 우리가 데려갈게. 도와줄게요. 가자. 조심하면 돼요."

이렇게 얘기했어요.

그래서 부인가 데려가더니 한참 있다가 그 큰 호랑이 나왔어요. 그 호랑이가 그 세 명 사람 잡아먹을 뻔했는데 그런데 꽁가 그 호랑이 보고 깜짝 놀라서 쉬 했어. 그래서 어디 나무가 가서 숨었어요. 가서 숨었는데 그 부인가 두 명 부인가 열심히 힘을 모아서 호랑이가 죽어버렸어요. [조사자: 잡은 거야, 호랑이를?] 응. 여자가 되게 강해서.

호랑이 죽여버렸는데 그래서 그 호랑이가 데리고 옆 동네 갔어요. 그런데 그쪽 사람이 보고 어떻게 그 (박수치며) 박수쳐 준 거야.

"어, 너 되게 용감한 사람이구나. 우리는 매일 불안하게 사는데 그 호랑이 때문에. 덕분에 행복하게 편하게 살 수 있네."

그렇게 얘기했어요.

그래서 그 동네 사람은 꽁한테 이렇게 불렀어요. 꽁힌. 꽁힌은 무슨 뜻이냐면 '꽁' 이름이고 '힌' 용감하게 다 할 수 있는 일 그렇게 얘기하는 거예요. 그래서 이름은 꽁힌.

그래서 그 강한 용감한 용감하게 강하게 그런 얘기하는 거 왕국에 들어갔어요. 왕국에 들어갔어요. 그래서 왕이 그런 소리 듣고,

“그럼 그 사람 데려와서 그 우리 왕국에서 일하자.”

무슨 왕국에서 무슨 나쁜 사람 와서 그 사람을 지키고 이렇게 왕국 지킬 거야. 그렇게 생각했어요. 그래서 그 사람이 꽁힌 데려와서 부인도 온대요.

“그 내가 니가 너무 용감하고 그러면 니가 지난번처럼 되게 일 큰 사람.”

왕의 [조사자: 신하?] 신하 그 싸울 때 조금 [조사자: 병사?] 네네, 병사? 그런 거. [조사자: 전쟁에 나가서 싸우는 군인?] 병사보다 더 높아. 되게 위에 큰 병사? [조사자: 장군?] 네! 그런 정도.

“네가 장군해 줄 거야. 일 잘해.”

그렇게 얘기했는데 그래서 어느 날가 옆 왕국 사람이 와서 이 왕국이 사람들 죽여버리니까 그 왕국 네 꺼니까 (자기 것으로) 만들고 싶어서 그래서 싸우는 거야. 그래서 왕이 꽁힌에게 가서,

“우리가 얼만큼 강한지 보여줘봐.”

그래서 그 가서 왕이 밑에 있는 사람이 말해줬어요. 그리고 부인 두 명. 코끼리 몇 마리도 데려갔어. 꽁힌이 그 코끼리 머리 타고 간대요. 코끼리 머리 타고 가서 또 무서운 거예요. 부인이 열심히 싸우는데 코끼리 위에서 이렇게 사람 죽이는데 꽁힌은 아무것도 못해, 너무 무서워서.

그런데 너무 무서운 바람에 똥을 쌌어. 설사똥을 쌌는데 그 코끼리가 그 똥을 싸는 뜨끈뜨끈하게 생각해서,

‘내가 뛰어가고 싶구나.’

그렇게 생각해서 그래서 막 뛰는 거예요. 그래서 그 상대방이 그런 거 보고,

‘오, 쟤는 참 강한 사람이구나.’

되게 무섭지 않게 뛰는 바람에 그 상대방 사람이 밑에 있는 사람이 많이 죽었어요. 코끼리 발 한 발 한 발 무겁잖아요. 그래서 죽었어요. [조사자: 밟혀가지고?] 네, 그래가지고 우승했어요. 아무것도 못 했어. 그냥 무서운 바람에 우승했어요.

그래서 꽁힌이 우승했고 대부분은 그렇게 꼼꼼해서 왜 꽁힌이

이렇게,

"코끼리 머리 위에 응아 하는 거야."

그렇게 하는 거예요. 그렇게 물어보더니,

"아, 내가 배 아파서 응아 하고 싶었는데 내려와서 응아 하면 어떻게 해 죽었잖아. 그런데 위에서 응아 하면 편하잖아. 그래서 응아 했어."

이렇게 얘기하는 거예요. 이렇게 잘난 척하게. 잘난 척하게 얘기 했어요.

그래서 왕도,

"꽁힌 너무 용감한 사람이구나. 되게 나를 지키는 일 참 잘하는 사람이구나. 되게 이런 사람은 어떻게 지낼 수 있을까? 신기하게."

그래서 그 시간 지나서 왕국인 동네 있어요. 그 동네가 강이 있는데 강은 물고기 엄청 많아. 그런데 그 사람이 물고기 잡고 음식 먹고 살잖아요. 그런데 문제는 물고기 잡는데 큰 악어가 사람을 잡아 먹는 거예요. 그래서 그렇게 동네 하는 (아이에게 괜찮냐고 묻고는 다시 구연하며) 그래서 그 동네 사는 사람들 되게 못 먹은 거예요. 그 물고기가 되게 살기 힘들었어요. 그래서 왕에게 얘기해서,

"꽁힌. 가서 그 악어 잡아줘."

한 거예요.

꽁힌은 그 소리 듣고 며칠 밤 몇 밤을 못 잤어요.

"내가 무슨 힘이 있어서 가서 악어를 잡지 그때그때는 부인이 되게 다 해줬는데."

그래서 부인에게 얘기했어요.

"여보 생각하지 마. 걱정도 하지 마. 우리는 가서 여보한테 도와줄게."

이렇게 얘기했어요. 부인이 되게 든든하네요?

그래서 시간 가까이 오는 밤에 꽁힌이 생각했어요.

'아, 무슨 예전에는 호랑이는 그냥 추운 옷 있어서, 옷 있어서 그렇게 지났지만 뭐 이번은 아마 죽을 거야. 나 그동안 부인 밑에 살았는데 이번은 뭐 부인 나 때문에 부인이 죽을 필요 없지. 그냥 가서

나만 죽어야겠다.'

그렇게 생각했어요.

그래서 그 강, 강 호수 같은 거 가서 그냥 물에 뛰어서,

'뭐, 악어 먹으면 끝이지 무슨 일이든 생각하지 마라.'

그렇게 생각하고 강에 뛰어서 물속에 뛰었는데 그 악어, 사람 보자마자 가서 먹었다. 그래서 자기가 악어 뛰어서, 물속에서 뛰어서 잡아먹었잖아요? 갑자기 그 나무가 그렇게 이런 나무 있어요. 그 뭐지? 가지 나무가 이렇게 위로 [조사자: 위로 이렇게 향했어?] 네, 위로 향했어요. 그래서 악어 띠아가 그 나무 가운데 (손을 내리치며) [조사자: 으아아] 끼었어요. 그래서 못 움직이잖아, 크니까. 그래서 죽었어요, 그 악어가. 그래서 꽁힌은 또 안 죽었어요.

아침에 사람이,

"오, 꽁힌 너무 잘했어요. 너무 감사합니다. 덕분에 악어도 잡고 참 너무 감사합니다."

그래서 왕도 더 사랑했어요. 뭐 돈도 주고 금도 주고 그래서 행복하게 살았어요.

네 불효자 이야기

● 구연정보

조사일시 : 2017. 12. 09(토) 오후
조사장소 : 경상북도 경산시 자인면
제 보 자 : 씨앙리티아(이민희) [캄보디아, 여, 1986년생, 결혼이주 7년차]
조 사 자 : 김정은, 황승업, 강새미

● 구연상황

〈여자산 남자산과 청혼 유래〉를 구연한 후, 캄보디아의 또 다른 유명한 이야기라며 이 이야기를 들려주었다. 캄보디아에는 효를 중시하는 문화가 있어서 결혼 후에도 부모님을 찾아가는 게 일반적이라고 했다. 베트남 출신 부티프엉이 함께 이야기를 들었다.

● 줄거리

부자가 네 명의 아들에게 며느리를 구해준 뒤 자신을 부양하리라고 여기고서 미리 재산을 똑같이 나눠 주었다. 원래 그들은 의좋은 형제였는데, 그 이후로 서로 작은 일에도 다투게 되었다. 부자는 가난하게 혼자 살게 됐고 자식들이 밥을 가져다주는 일도 잊어서 병들고 말았다. 그때 한 젊은이가 할아버지에게 단지에 똥을 넣은 뒤 숨겨진 재산이라고 말하라고 알려주었다. 재산을 탐낸 네 아들 부부는 죽을 때까지 노인을 잘 모셨다. 그가 죽은 뒤 단지의 재산을 놓고 네 형제 사이에 다툼이 생겼다. 재산에 욕심이 난 촌장이 자신의 머리 위에 단지를 올려놓고서 깨뜨려 쏟아지는 방향으로 재산을 나누자고 했다. 단지에서 분뇨가 쏟아지는 바람에 촌장이 뒤집어썼다. 사람들은 자식들이 불효해서 많던 재산이 똥이 되었다고 여겼다.

옛날 한 마을 부자가 살고 있어요. 그에게는 네 명의 아들이 있어요, 네 명 있구요. 아빠는 자기 새 아내가(와) 안 결혼하고 그래서

거기 집안일을 남자만 있잖아요. 그래서 힘들어요. 그래서 생각을,

'어, 내가 며느리 있으면 좋다.'

고 생각해요.

그래서 먼저는 큰 아들을 위해 며느리를 구했어요. 다음 내년에는 또 둘째 아들 결혼하고, 다음, 다음에는 또 셋째, 넷째 다 결혼을 시켰어요. 그래서 부자는 자기 자식들 내가 아마 잘 해줄까 봐, 줄 것 같아서 거기 재산 있는 거 다 나누어서 네 군데 다 놓았어요.

예전에는 아들이 사이좋고, 근데 결혼하고 나서 조금 일이 있어도 싸웠어요. 그래서 따로 따로 살았어요. 나머지는 아버지는 혼자만 살았어요. 그래서 거기 집에 따로 살기 전에 자기 아들이나 며느리는 밥을 매일 주거든요. 근데 시간 지날수록 지겹잖아요. 그래서 하루에 한, 하루에 어떤 때는 한 끼만 밥 주고 그 아버님은 잊어버렸어요. 그래서 나이 들어서 병도 생기고, 충분하지 안 드셔서 그래 병이 났어요.

그래서 어느 날은 거기 착한 젊은이 나왔어요. 만났고, 그 부자가 물어보니,

"할아버지 전에 자기는 부자한 집인데 왜 그렇게 가난 되었냐?"

그래서 그 부자가,

"어, 내가 며느리가 아들 잘해 안 줬기 때문에 그렇게 되었어요."

그래서 착한 젊은이는 꾀를 냈어요.

"그럼 할아버지 내가 좋은 방법 생각났어요."

그래서 거기 부자한테, 거기 분뇨 한 동아리 하나 가득하게 담아. 그래서 덮고 땅속에 숨어. 그리고 자기 자식들에게,

"만약에 누가 나한테 잘해주면 내가 거기 재산을 줄게."

그렇게 말했어요.

그날 다음 날은 거기 자식들이 진짜 잘해줬어요. 죽을 때까지 잘 챙기고. 그래서 다음에 그 할아버지가 죽어서 거기 재산을 나눌 때도 싸웠어요. 그 재산 때문에. 그래서 싸우다가,

"내가 큰아들이 많이 받아야 되고."

거기 나눌 때 자기 불만해서 거기 촌장, 촌장님 마을에 제일 큰

사람 있잖아요. 그래서 거기 불러서,

"내가 재산을 좀 나눠주세요."

나눠 달라고 했더니, 거기 촌장님은 또 욕심 사람이 되었어요. [조사자 1: 촌장님도요.] 네. 그래서 생각에,

'내가 그냥 무료로 어떻게 해.'

그래서 자기는 또 나쁜 생각났어요. 거기 촌장님이,

"자기 머리에 바구니를 놓고, 거기에 재산을 부어."

거기 머리 그래 부었잖아요. 그래서 부으면,

"거기 만약에 어느 쪽에 많이 나오면 자기 그만큼 가지고 가라."

고 했어요.

그래서 거기 재산을 나누는 날은 마을들이 모아서

'누가 제일 많이 받느냐.'

그래서 생각하고 그래서 거기 촌, 뭐지. [조사자 2: 촌장?] 네, 촌장님은 거기 동아리를 자기 머리 부었잖아요. 갑자기 거 재산 아니고 거기 분뇨. 그래서 자기 다 머리도 번지고 거기 주변 아들 네 명 다 붙었어요. 그래서 마을 사람들이,

"아! 네 명은 자기 아버지한테 불효해서."

그래 많은 재산을 분뇨를 변했어요. [조사자 1: 재산이 분뇨로 변했구나.] 네. (웃음)

화수분 게 등딱지로 부자 된 부부

● **구연정보**

조사일시 : 2018. 05. 22(화) 오전
조사장소 : 강원도 인제군 인제읍 상동리 제보자 자택
제 보 자 : 킴나이키 [캄보디아, 여, 1991년생, 결혼이주 6년차]
조 사 자 : 박현숙

● **구연상황**

제보자가 〈욕 안 하는 사위 뽑기〉 구연을 마친 뒤 곧이어 다음 구연할 이야기를 소개했다. 캄보디아에 있는 갑각류 '게'의 두 종류를 설명한 뒤, 구연할 이야기 제목이 '땅 파고 게 찾는 남자'라며 구연을 시작했다.

● **줄거리**

옛날 어느 가난한 집에 부모와 아들이 살았다. 어머니가 돌아가신 후 아버지도 돌아가셨다. 아버지 혼령이 아들의 꿈에 나타나서 산에 작은 신당을 짓고 기도를 올리라고 했다. 아들의 기도로 산신령이 흙에서 매일 한 개의 큰 게가 나오게 도와주었다. 아들이 매일 큰 게를 팔아서 경제적 어려움을 면했다. 한 부잣집 막내딸이 총각을 보고 반하여 사랑에 빠지자 언니들이 부자에게 일러 막내딸이 쫓겨났다. 막내딸이 총각과 결혼하고 살림을 잘하여 점점 재산이 늘어났다. 막내딸이 이제 게 찾는 일을 그만하자고 해도 남편이 매일 큰 게를 찾아왔다. 아내가 남편을 미행하여 게 나오는 곳을 알아두었다. 아내가 나중에 남편보다 먼저 가서 게를 찾다가 게를 죽였다. 남편이 죽은 게 등딱지를 집으로 가져왔다. 우연히 게 등딱지에 돈을 넣었는데 다음 날 돈이 가득 찼다. 부부는 화수분 게 등딱지로 부자가 되었다. 막내딸의 아버지가 막내딸 부부를 인정하며 딸에게 사과하고 유산을 물려주었다.

되게 아주 옛날에 한 부부가 같이 살았는데요. 아들 한 명 있는데, 한 명 있는데. 그런데 되게 살기 너무 힘들어요, 돈이 없어서. 살

기 너무 힘들어서 먹기도 없고. 그래서 살기 너무 힘들어서 먹을 것도 없어서 시간 지나서 엄마 아파서, 아들가 열두 살 됐고 엄마 돌아가셨어요.

그래서 엄마랑, 에이, 아들이랑 아빠랑 같이 사니까 엄마 돌아가시는 것도 엄마같이 사는 것보다도 더 힘들게 살았어요. 되게 옷 입는 정도도 힘들었어요. 그렇게 같이 사는데. 같이 사업도 사업 실패하고 또 못 살았어요. 그래서 시간 지나서 너무 힘들게 살아서 할아버지(아빠)가 돌아가셨어요. 그래서 아들가 혼자만 살았는데요.

그래서 아들가 너무 속상해서 엄마도 돌아가시고 시간 지나고, 아빠가 따라서 돌아가시니까 너무 힘들은 거예요. 그래서 아빠 돌아가시구 다섯 일, 오 일 후에 아빠 와서, 아빠 신 와서, 귀신. 귀신 와서 그 아들이 꿈꿨어요. 무슨 꿈 하면, 아빠가 아들한테 얘기했어요.

"아들아, 아빠가 너무 아들한테 미안하는 거야, 같이 사는데. 그런데 너도 못 키우고, 공부도 부족하고. 너 아빠한테 아들하는 거 너무 미안해. 예쁘게, 잘 살게 하는 것도 못 해주고. 그러면 아빠가 너한테 주는 거 있어."

그 산속에서 그, 뭐지? 그 산속에서 캄보디아에서 이렇게 기도하는 자리거든요? 그거 뭐, 작은 집 이렇게 조그만, 사각형 같은 거 만들구. 그래서 안에는 할아버지, 그거 뭐지? 아까 우리 얘기한 것처럼. 음, 산신령 이렇게, 이렇게 모양이 이렇게 할아버지처럼 만들구 이렇게 넣으는 거예요. 그런 거 있어요. 캄보디아에서.

[조사자: 그러니까 신처럼.] 신처럼 이렇게 만들구 그래서 사람 무슨 원하면 가서 그 신이 비는 거예요. [조사자: 산신.] 응, 산신. 그런 거 산신. 산신 자리는 되게 캄보디아 되게 조금 집 만들어주는 거예요. 사각형 비슷한 집. 우리 집 모양인데 사각형으로 만들고. 그 안에는 뭐, 사람 얼굴처럼 되게 강하게 만들어서 거기 넣고. 사람들 가서 기도하는 거예요. 응, 그렇게 하는 거예요. 그래서 그 아빠가 얘기했어요.

"그 산신 집 밑에서, 가까이 밑에서 되게 가서 게 찾으러 가."

그렇게 얘기하는 거예요.

그래서 아들이가 아침에 깨어서 그 아빠 얘기한 대로 찾으러 갔어, 그 자리가. 그 자리가 찾아서 땅을 파다가 큰 게 한 마리 잡았어요. 큰 게 한 마리 잡았는데 시장가서 팔았어요. 조그만 돈 받지만 근데 작게 사는 거만 살 수 있어요. 그래서 맨날 가서 똑같은 자리만 팠어요. 파고, 또 파고. 파고 또 파고. 그렇게 하는 거예요. 그래서 맨날 딱 한 마리 게, 큰 게 잡아서 시장에 파는 거예요.

그래서 시간 지나서, 그거 끝나고. 같이 동네인데 어떤 부자가 그 딸가 다섯 명 있어요. 딸가 다섯 명 있는데. 그런데 네 명 언니들은 다 결혼했어요. 한 명 막내만 같이 아빠랑 엄마가 같이, 다 같이 사는데, 그런데 결혼 안 했어요. 아빠가 어떻게 결혼해주, 좋은 남자 찾아주구, 어, 소개해줘도 결혼 안 했어요.

그래서 어느 날 그 막내가 그 여자가 '닝뻴' 이렇게 불렀거든요? 지난번도 있잖아요? 이름 비슷해요. 그 닝뻴가 시장 가는데 그 남자가 만났어요. 그 게 찾으는 남자가. 그 남자가 이름은 안 줬어요. 그냥 '게 찾는 남자' 이렇게 불렀어요. 그 남자가 찾으러 가는데, 아니 시장 가는데. 그 남자가 게 파는 거 보고 그래서 그 남자가 불렀어요.

"얘, 저기야."

우리, 한국말이.

"저기야, 뭐 팔고 있으세요?"

"응, 제가 게 팔고 있어요."

"그러면 그 게 저한테 팔아주세요."

그렇게 하는 거예요. 그래서 그 닝뻴가 그래서 얘기했어요.

"어, 뭔 게 찾아오면, 꼭 저한테 팔아주세요."

그래서 맨날 그 게를 사고. 왜냐면 닝뻴가 그 남자가 사랑 빠졌어요. 자기가 그 남자가 너무 잘생기니까 착해서 보더니 되게 사랑 빠지고. 어느 날 닝뻴가 되게 사랑하는 마음에 행동으로 보여주는데, 남자가 알고 있는데. 근데 자기가 생각했어.

'어머, 내가 돈도 없어. 돈도 없어 혼자도 못 사는데 어떻게 부잣집에 사랑해도 못 받으는 거예요. 어떻게 받을 수 있어?'

그렇게 생각했어요, 그 남자가.

그래서 닝뻴 어떻게 행동하는데 그것도 할 말도 없었어요. 자기도 좋으는데 그런데 어떻게 얘기할 수 있어요. 자기도 잘 못사는데. 그래서 그 언니들 그 닝뻴, 행동이, 사랑하는 행동 남자한테, 남자한테 하는 행동이 알고 보니까 그래서,

"얘는 되게 이상하네? 왜 이렇게 돈 하나도 없는 남자 이렇게 사랑하는 거야? 아이 참 못된 처자구만. 아빠한테 얘기할 거야."

그래서 시간 지나서 아빠한테 처음부터 끝까지 얘기하고 아빠 화났어. 그래서,

"닝뻴 불러와."

그래서 얘 불러와서,

"너 왜 그 게 잡는 놈이 좋으는 거야? 얘는 얼만큼 못 사는데 너는 이렇게 잘 사는데 왜 그렇게 얘는, 너 얘는 좋아하니? 많이 좋아하니?"

"네, 좋아요."

그래서 너무 화났어, 말 들으니까.

"그러면 니가 우리 같이 살지 말고 가서 얘 같이 살아. 우리 집을 떠나. 이제부터 너랑 나랑 아빠랑 딸 아니야. 가."

이렇게 얘기했어요. 그래서 그 딸이 갔어요.

그래서 엄마가 너무 불쌍해서 가기 전에 뭐, 조금 뭐, 돈이나 조금 주고 이렇게 갔어요. 그래서 그 닝뻴가 가서, 그 남자가, 그 남자, 그 게 잡는 남자가 찾으러 가서 집에 찾아갔어요. 그래서 얘기해서,

"제가 당신을 너무 사랑해서, 이제 아빠 알고 있어서 내가 집에 같이 살지 말고 이렇게. 그러면 내가 당신 같이 살 거예요."

그 남자가 당황스러운 거예요.

"내가 혼자 못 사는데 어떻게 당신 예쁜 여자가 같이 와서 같이 살 수 있어? 그런 거 안 돼요. 내가 같이 살려면, 만약 자기 여기 부잣집이니까 아빠가 어떻게 하면서 내가 죽어버리는 거 아니야?"

그렇게 했는데, 그래서 그 닝뻴가,

"아니야. 무슨 일이 있어도 나 당신이랑 같이 살 거야."

그렇게 하는 거예요. 그래서 그 남자가,

“오케이.”

그 여자가 받아서 같이 사는 거예요.

그래서 시간 지나서 그 남자는 맨날 그 게가 찾아서 뭐 하나, 하루 게 한 마리 잡구, 똑같은 자리가. 그렇게 게 한 마리 잡구 그래서 부인, 아니 시장가서 팔구, 돈 받아서 부인한테 주고. 돈 받아서 부인한테 주구. 시간 지나서 그 부인이 되게 좋은 여자니까 돈도 잘 정리하고, 밥도 잘 만들으니까. 그 원래는 여자 두 개(종류) 있잖아요. ‘집에 잘하는 여자가, 못 하는 여자.’ 이렇게 다르잖아요. 그런 거 있어요.

그래서 그녀가 잘하니까 시간 지나서 그 집이 되게 돈 모아서, 많이 돈을 모았어요. 뭐 잘 살게 안 되지만 그냥 편하게 살 수 있는 정도였어요. 그래서 남편한테 얘기했어요.

“여보, 이제부터 뭐, 산속에 가서 게 찾아지 말고, 힘들잖아. 그냥 나랑 같이 살아. 돈 있잖아, 우리 그동안. 힘든, 힘들게 게 찾아는 돈, 그 돈 있으면 분명 괜찮아요. 뭐, 잘 안 사니까 그냥 편하게 살 수 있어요.”

그런데 남자가 듣지도 않고,

“그렇게 하지 말고, 매일 집에 있는 것도 심심하잖아. 그냥 갈게.”

그래서 어느 날 남자가 매일처럼 가잖아. 아침 식사하고 가는데, 가서 부인가 남자 모르게 따라갔어요. 남자가 따라가는데 그 자리, 그 남자가 게 파는 자리 알고 그래서 부인이,

‘여기구나!’

그렇게 생각하고 집에 들어갔어요. 그다음 날가 남편을, 남편이 가기 전에 부인이 도착했어요, 그 자리가. 그래서 막 파는 거예요. 그 막 파는데 그 게 한 마리가 파는데 그 게는 잡지 않구 죽여버렸나? 그때? 이렇게 죽여버려서 그 게 등에 이런 모양, 게 등이잖아요.

[조사자: 게 등딱지?] 네, 등딱지잖아요. 그래서 그거 버렸어요. 그 자리가 버렸어요, 게 등 껍질. 이렇게 버렸는데 그래서 빨리 집에 왔어요. 그래서 남편 가더니 땅을 파놓은 거 봤어요. 그래서 파더니 게 못 찾았어요. 그런데 그 등껍질 있는 게가 있어요. 그거 큰 게, 큰 게

니까 잡았어요. 그 등껍질은 받아서 집에 왔어요.

집에 오더니 되게 부인한테 얘기했구,

“나, 이렇게 땅을 파구 게가 죽어버려서.”

이렇게 얘기하구 부인이 모른 척했어요.

그래서 그 게 등껍질가 집에 밑에 넣었어요. 그래서 그때부터 그 게를 안 팔고 그냥 산속에 가서 나무 파고, 자르고 이렇게 밥 만들었거든요?

그래서 그 어느 날 밤에 부인이가 돈이, 어, 돈이 잠깐만. 한 마이, 캄보디의 옛날 돈. 한 마이는 그 게 껍질가 떨어졌어요. 그 게 껍질 떨어졌는데, 그런데 부인이 봤어요. 그, 한 마이가 떨어지니까. 그런데 자기 집에 머니까. 그래서 한 마이 돈은 많지 않잖아요? 그냥 놔두고 그다음 날에 가서 찾으겠어, 아침에 밤이니까. 그래서 아침에 그 돈을 찾아, 돈을 찾았더니 그 돈이 되게 가득했어요. [조사자: 가득 들어있어요?] 응. 가득 들어갔어요. 그 가득하면 엄청 많거든? 그 게가 크니까. 게 껍질에 가득했어요.

그래서 남편한테 얘기했더니 깜짝 놀랐어요. 그래서 다음 날에 또 돈을 넣으더니, 아침에 또 가득했어요. 그래서 그다음 날에도 금 한번 넣고, 금이 가득하고. 다이아몬드 넣고, 다이아몬드 가득했고 그렇게 하는 거예요. 그래서 일 년 동안 계속 넣었어요. 돈 너무 낳아서 놓을 자리 없는 거예요, 맨날 받으니까. 그래서 땅속을 팠어요, 그래서 넣고서는. 땅속에 파고 그 속에 금을 넣었어요.

그래서 시간 지나서 돈 너무 많아서 아빠 찾으러 갔어요. 아빠 찾으러 갔는데 아빠 못 만나서 언니들 만났어요. 그래서 언니들 보고 이렇게,

“야, 닝뻘!”

이렇게 불렀어요. 이렇게. [조사자: 이야, 닝빨?] 네, 닝뻘. 이렇게 나쁜 얘기하는 거 되게 싫어하는 사람한테 만나면 그렇게 말하는 거예요.

“닝뻘! 왜 이렇게 집에 오는 거야? 니가 못 살아서 돈이 없어서 밥도 못 먹어. 와서 아빠 돈 좀 주라고 오는 거야?”

그렇게 얘기하는 거예요. 그래서 닝뻴이,

“아니야, 내가 돈 있어. 언니보다 돈 많았을걸? 그런데 아빠가 보고 싶어서 오는 거예요.”

“허, 큰소리는! 니가 어떻게 돈이 나보다 많아?”

그래서,

“언니들 믿지 않으면 그러면 우리집 가서 하루종일 우리 돈 세고 있으면 내가 그 돈을 언니들은 나눠줄게.”

그렇게 얘기하는 거예요.

그래서 그 언니들 가더니 돈 세는데 하루종일해도 반만 안 셌어요. 돈이 너무 많아서 반만 안 셌어요. 그래서 집에 왔어요. 그래서 아빠한테 얘기했어.

“닝뻴가 돈이 너무 많아서 우리 네 명 갔는데 돈 셌는데 하루종일 반만도 안 됐어요.”

그래서 아빠가 믿지 않았어요. 그래서 자기 밑에 있는 사람들 얘기해서,

“야, 니가 가서 확인해 봐. 닝뻴 돈 많아?”

그래서 갔는데 진짜 돈 너무 많았어요. 그래서, 그래서 닝뻴가 다시 와서 아빠가 만나는데. (제보자가 구연을 잠시 중단하며) 잠깐만요. 아, 그래서 아빠, 닝뻴가 이렇게 이제 예전처럼 이렇게 잘 살고 돈 많으니까. 어, 이렇게 아까 얘기처럼 사람 돈 많은 사람은 편하게 들어가잖아요?

“어, 딸. 이렇게 내가 그렇게 이렇게 내 딸 아니고 집에 나가는 거 후회해서 미안하고.”

여러 가지 얘기해주고. 그래서,

“그러면 이제부터 니가 우리 집 와서 같이 살고, 다시 살고. 이제 엄마 아빠 돌아가시면 니가 그 물건들, 니가 대신 니가 받아.”

그렇게 하는 거예요. 그런데 자기 물건들은 닝뻴은 더 많은 물건, 돈 많은 사람 니가. 그래서 그 얘기하는 거예요.

그래서 같이 뭐, 그 남편이랑 편하게 같이 살고 있어서 언니들도 닝뻴이나 게 찾는 아저씨나 편하게 되게 착하게 같이 살았어요. 행

복하게 살았어요. 끝났습니다.

[조사자: 아버지가 도와주셨나 보다.] 아버지 도와주니까.

살림 잘하는 아내와 예쁘고 사치스러운 아내

● **구연정보**

조사일시 : 2018. 05. 22(화) 오전

조사장소 : 강원도 인제군 인제읍 상동리 제보자 자택

제 보 자 : 킴나이키 [캄보디아, 여, 1991년생, 결혼이주 6년차]

조 사 자 : 박현숙

● **구연상황**

제보자가 〈화수분 게 등딱지로 부자 된 부부〉 구연을 마친 뒤, 메모해온 노트에서 다음 이야깃거리를 찾아 구연을 시작했다. 제보자는 구연 도중에 생각나지 않는 한국어에 대해 질문하면서 구연을 이어나갔다. 이야기 구연을 마친 뒤 캄보디아에서는 며느리를 얻을 때 시어머니가 신부집에 찾아가 부엌을 확인해서 친정어머니가 살림하는 방식을 본다고 덧붙였다. 제보자는 이 이야기를 어릴 때 동화책에서 읽었다고 했다.

● **줄거리**

가난한 남자가 예쁘지만 사치스럽고 살림을 못하는 아내와 살았다. 착하고 살림 잘하는 아내와 사는 한 사업가는 가난한 남자 아내의 미모에 반하여 서로 아내를 바꿔서 살기로 했다. 살림 잘하는 아내가 가난한 남편의 바닥이 뚫린 바구니를 메워 주어 물고기를 많이 잡았고 이웃에게 물고기도 나눠주어 이웃과도 잘 지냈다. 살림 잘하는 아내가 마을에 있는 비싼 나무를 발견하고 중국에 수출하여 부자가 되었다. 살림 잘하는 아내는 왕궁 신하들을 잘 대접하여 남편을 왕궁의 병사로 취업시켰고, 도시락으로 왕의 환심을 사서 왕이 남편을 가까이 두게 했다. 왕이 숲에서 남편에게 옛날이야기를 들려주다가 잠이 들었는데 이야기가 중단되자 화가 난 신령 나무들이 왕에게 복수하기로 했다. 남편이 나뭇가지 떨어뜨리기, 성문 넘어뜨리기, 뱀으로 변신하기를 통해 왕을 죽이려는 나무들의 계획을 엿듣고 왕을 두 번 살렸고 마지막으로 뱀을 죽이다가 뱀의 피가 왕비의 가슴에 튀었다. 살림 잘하는 아내의 남편이 왕비의 가슴에 묻은 피를 혀로 닦다가 오해를 받아 사형선고를 받았으나 세 명의 사형 집행관이 해가 뜬 후 사형을 집행하겠다고 하여 집행이 보류되었다.

왕이 아침에 깨어 죽은 뱀을 확인하고 남편의 사형 집행을 중지하고 큰 재물로 보상했다. 반면, 사업가는 천 판매 사업을 했는데 새로 얻은 사치스러운 아내와 아들이 귀한 천을 함부로 써서 점점 가난해졌다. 사치스러운 아내 부부는 거지가 되어 살림 잘하는 아내 집에 동냥을 갔다. 살림 잘하는 아내가 전 남편의 신세를 보고 마음보다 외모를 따진 전 남편의 행실에 대해 따끔하게 나무랐다.

그 아주 옛날에, 그 왕국에서 왕국 이름은 '비에리나사이' 이렇거든요. 왕국 이름은 '비에리나사이'인데 그 왕님이 이름이 '쁘로맛도왓' 이렇게 이름이에요. 그 폐하 왕이는, 왕비님? [조사자: 부인?] 네, 부인가 되게 예쁘게 생긴대요. 같이 살았는데.

그래서 왕국에서 한 남자가 사는데요. 그 남자 이름에 그 남자 이름은 없는데요, 아직. 그래서 그 남자가 되게 못살게, 힘들게 사는 거예요. [조사자: 가난해?] 네, 힘들게 사는데 그래서. 그런데 자기 부인가 되게 예쁘게 생긴 거예요. 예쁘게 생겼는데. 그런데 되게 못 하는 여자예요. [조사자: 못된 여자구나.] 네, 못된 여자예요. 되게, 못되는 여자니까 잘 못 사는 거예요, 여자가. [조사자: 살림을 잘 못해?] 잘 못하니까 그래서 사는 거 참 못 사는 거예요.

맨날 남편이랑 같이 사는데 아침부터 그, 바구니 잡고, 들고 그 작은 호수에 가서 생선 찾으러 가는 거예요. 그런데 그 바구니에, 바구니는 구멍, 밑에 구멍 있어. [조사자: 그 바구니가 구멍이 아래에 있어요?] 밑에, 밑에. 바구니가 밑에 구멍 있는데. 그 바구니가, 생선 찾았으면 그 바구니에 넣는 거예요.

근데 남편이 매일 열심히 생선 잡으는데 그 바구니는 그 생선이 넘어가잖아요. [조사자: 다 도망가 버리겠네?] 네, 다 도망가는 거예요. 그런데 왜, 왜 바구니가 고치지 않고 그냥 풀 뜯고, 이렇게 만들으면 그 구멍에 넣어주면 되게 흘리지 않게 하잖아요. 안 해, 귀찮아서. [조사자: 안 막아?] 네, 안 막아요.

그래서 그런데 예쁘긴 되게 예뻐. 남자들 원래 그러잖아요. 여자들 모양 보면 예쁜 여자가 되게 폭 빠지잖아요. 그 여자가 어떻게 하는 여잔지 모르잖아요. 그래서 어느 날 강에 가서 물고기 찾으는데,

"깜짝이야!"

여기 배에 탄 아저씨가 그 사업. 뭐 사업하는 사람이에요. 배, 잘 살고 돈 많은데. 그래서 부인가 되게 착한 부인이에요. 잘해. [조사자: 아, 그 사람 부인이?] 네, 그 아까 잘 못사는 남자 부인 반대예요. 되게 살림도 잘하고. 이렇게 이렇게 여러 가지 잘하는데. 그래서 그 배 남자, 여자가 건너 마주친 거예요. 보더니 여자가 깜짝 놀라서 얘기했어요.

"아니!"

보고, 그 사람 불러서.

"아니, 저기야!"

여자, 여자한테 얘기하는 거예요.

"바구니가 구멍 있잖아요. 왜 그거 고치지 않게. 남편은 열심히 물고기 잡으는데 다 도망가잖아요."

그래서 그 배에 사는 아저씨가, 남편이, 사업하는 남편이 보고,

"아니야, 여보 당신 일이야? 마음이 아프게 보는 거 왜. 그 남자가 사랑 빠졌어?"

이렇게,

"그 남자가 힘들까 봐 걱정해? 이렇게 마음이 있으면 그냥 이 큰 배에 내리고 그 남자가 가서 그 남자 같이 살아!"

그렇게 하는 거예요, 남편이. 왜냐면 그전에 그 여자가 못된 여자가 되게 예쁘니까. 가슴 이렇게 보여주구 이렇게 보여주니까 사랑 빠지고. 부인한테 막 하는 거예요.

그래서 부인이 할 말 없어서 내려가서, 그래서 그 부인가 그 못사는 여자가 같이, 못사는 남자가 같이 살고. 그 못된 여자가 그 배에서 사업하는 아저씨 같이 가는 거예요. [조사자: 짝을 바꿨어?] 응, 바꿨어요.

그래서 시간 지나서 그 맨날 남편이랑 강에 가서 뭐, 어, 물고기 잡았잖아요? 매번 몇 마리 잡았는데요, 바구니 때문에. 바구니 때문

에. 그런데 그 여자가 너무 착해서 그 바구니가 고치고 그래서 물고기 엄청 많이 잡았어. 그런데 집에 도착해더니 되게 옆집은 하나도 없어. 옆집 한 명도 없어요. 그래서 남편한테 물어봤어요.

"왜 우리집에 옆집 사람도 없어요?"

"아, 저 부인가 너무 못해서 사람들 너무 싫어서, 가까이 사는 거 싫어서 도망갔어요."

그래서 착한 부인 얘기했어요.

"그러면 그 물고기가 우리 옆집 있는 사람들 갖다 주세요. 갖다 드리세요."

얘기하는 거예요. 그 옆집 사람들 사이좋게 만들게 남편한테 시켜주는 거예요.

그래서 남편가 그 옆집 한 사람들 생선 갖다 주는 기쁜, 그 사람들 기뻤어요. 착해지고,

"응, 이렇게 오늘부터 사이좋게 지내자."

이렇게 하는 거예요.

그래서 시간 지나서 남편가 산속에서 가서 그 캄보디아 원래는 가스 없잖아요? 그 나무 찾아서, 그 나무 불 만들어서, 그 불 뜨겁게 만드니까 물이나 끓여 먹고 밥 이렇게 부글부글 만드는 거예요. 한국도 옛날에 그렇게 했잖아요. 그렇게 하는 거예요. 그래서 그 남자가 부인한테 얘기해서,

"여보, 내가 산속에 가서 나무 찾으러 올게."

이렇게 얘기하구. 그래서 찾아오더니 되게 그 나무가 보통 나무 아니에요. 전 부인가 그 나무 무슨 나무 몰라서 막 이렇게 불타고 버렸는데, 그런데 착한 부인가 보고 그 나무가 비싼 나무예요. 그 나무 이름이 '클럼잔크리스나' 이름이거든요? 클럼잔크리스나. 아니면 '크리스나클럼삐아' 이렇게 불렀거든요. 저도 어떻게 생겼는지 몰라요, 옛날얘기니까.

그래서 그 부인이,

"그 나무가 팔면 돈 엄청 많이 받을 걸."

그래서 그 사업하는 배 사업 사람들 중국에서 그 나무가 중국 사

람들 필요하대요, 뭐뭐 만들으니까. 그래서 그 중국 사람들 팔아주니까 그 집에 되게 사업한 사람들 계속 와서 그 나무가 사는 거예요. 그게 그 남자가 맨날 가서 찾아오구. 이렇게 그 나무가 찾아와서 많이 팔으니까 돈을 많이 받아서 그 집에 되게 좀 잘살게 됐어요.

좀 잘살게 됐고, 그 부인가 착한 부인이 돼서, 시간 지나서 그 왕국에 있는 사람, 아까 뭐지, 신하? [조사자: 신하. 왕국.] 밑에 있는 사람. 신하 하는 사람들한테 얘기하구, 뭐 칭찬해주고 맛있는 것도 해주니까 그래서 부탁해서,

"우리 남편 어떻게 왕에서 일 같이 해주면 좋겠어요."

그렇게 했는데 그 사람들은 되게 그 여자 착하니까 그 부탁을 듣고. 그래서 남편이한테 부탁해서,

"여보, 나는 여보한테 운동 많이 하면 좋겠어. 어떻게 운동하면, 빨리 뛰는 운동."

그렇게 시켰어요, 부인가.

그래서 그 남편이 착한 남편이니까 부인시키는 대로 하는 거예요. 뛰는 운동 많이 해서. 처음에는 되게 너무 힘들어서 죽을 뻔했어요. 그다음 날, 그다음 날에 열심히 하니까 되게 말보다 더 빠르게 뛸 수 있었대요. 그렇게 얘기했어요, 거짓말이니까. 말보다 빠르게 뛸 수 있는데요.

그래서 시간 지나서 그 신하 하는 사람들 그 뭐지? 그 부인가 부탁했잖아요? 부인, 부인. 여부인. 부탁하는 거 듣고, 시간 지나서 그 남자가, 착한 남자가 데려와서 왕이 같이 일했어요. 근데 밑에 있는 사람가. [조사자: 신하들이랑 일을 같이했어요?] 아니, 아니. 왕. 그냥 폐하랑. 신하들, 그다음에 그 사람이. [조사자: 아, 그니까 왕궁에서 일하는 사람으로?] 네, 그 뭐지? 그, 우리 폐하 그다음에 신하. 신하 그다음에 뭐지? 어느 나라 싸우잖아. 그 사람도 많이 모아서 싸우잖아요. 그거 뭔데요? [조사자: 병사?] 네, 병사 이렇게. 싸우는 사람들 이렇게. 병사. 병사 됐어요, 이제.

병사 됐는데 그런데 어느 날, 어느 날 그 왕가 그 산속에 가고 싶은데요. 그 캄보디아에서 산이 많이 없어서 그냥 편하게, 편하게 나

무만 있어서. 그 나무 안에는 옛날에 동물 엄청 많아요. 그래서 왕들은 그 산속에 들어가서 그 나무가, 에이. 그 동물을 잡아먹는 거예요. 되게 재밌대요. [조사자: 사냥?] 사냥, 네, 그게 재밌대요. 그래서 그 왕가 되게 빠른 말 타고 오는 거예요. 그래서 그 신하들은 보여주고 싶어서 자기 얼만큼 잘하는지. 그래서 빨리 말 뛰으고 싶으니까. 그런데, 그렇고 그러는데.

그전에, 그 착한 여자가 남편한테는 가기 전에 되게 도시락 만들었어요. 그래서 그 도시락가 그 왕의 드시는 밥처럼 만들어줬어요. 맛있게 만들어주는데 왕이 드시는 잔치처럼 만들어주고. 그런데 그 왕이 잘난 척처럼, 잘난 척 한 때문에 그 말이 빠르게 따라가다가 신하들은 못 따라갔어요, 너무 빠르니까. 그런데 그 사람만 그 착한 사람만, 착한 남자만 뒤에 뛰어갔어요. 한참 앉아서 사람 한 명도 안 왔어요. 점심시간이니까 그 남자, 그 폐하가 얘기했어요.

"야, 병사야. 너 병사. 병사야 너 뭐 그런 거 있나? 나 배 너무 고파서."

그 병사한테 얘기했어요.

"네, 제가 먹는 거 있는데요. 근데 제가 집에 잘 못 사니까 밥을 막 먹는데요, 폐하가 드실 수 있나요?"

그렇게 얘기했어요.

"어, 내가 못 먹어도 먹어야 돼. 배고파 죽겠는데 먹을 거야."

그렇게 하는 거예요. 그래서 그 사람이,

"네."

그래서 그 밥을 갖다 줬더니 되게 먹어도 너무 맛있는 거예요. 부인이 만든 밥이.

"어떻게 밥이 너무 맛있네? 니 밥 먹는 밥이 내 밥처럼 비슷하네."

그렇게 얘기하는 거예요.

그래서 너무 고마워서, 배도 불렀으니까 기분도 좋게 그, 큰 나무 밑에 밥 먹고 있잖아요? 큰 나무 밑에 밥 먹어서, 밥 먹었으니까 되게 졸리는 거예요. 그런데 졸리기 전에 그 병사한테 얘기했어.

"나는 너 감사하는 마음이 있어서 그러면 내가 옛날얘기해 줄게."

그러는 거예요.

"옛날 옛적 얘기해 줄게."

그런데 얘기 안 하는데 너무 졸려서 잠들었어요. 그런데 그 나무 신의, 그 나무가 신이 있어요. 그 신가 그 폐하가 옛날얘기 듣고 되게 기뻤어. 어떤 사람가 와서 옛날얘기, 한 명도 없는데 그런 소리 듣고 기뻤는데 갑자기 얘기도 안 하고 잠들었더니 기분 나빴어요. 그 신들. 그래서 화났어. 그 신들 화나니까 그러면 생각했어. 얘기했대.

"그 폐하가 자기 폐하 하는데, 왕 하는데, 그런데 거짓말 너무 잘하네. 그러면 내가 그 폐하가 어떻게 죽여버릴 거야."

그렇게 얘기하는 거야, 그 신들.

"한 번 죽여버리는 법이 내가 큰 나무 잘라서 그 폐하한테 던져버리고, 이렇게 던져버리고."

[조사자: 뭘 던져버려?] 나무. [조사자: 나무.] 큰 나무. 큰 나무 자르고. [조사자: 나뭇가지를? 던져버려?] 응, 가지를 던져버리는 거예요.

"그래서 죽여버릴 거야. 만약 던져도 죽으지 않으면 왕국에 가잖아? 왕국 대문 들어가자마자 그 대문가 떨이, 망가져버리고 떨어져서 폐하 위에 떨어지고 이렇게 무거워서 죽을 거야. 그런데 만약 또 안 죽으면 밤 잘 때는 큰 뱀 한 마리가 독한 뱀 있는 뱀 한 마리가 보내서 물어."

뭐지? [조사자: 물어.]

"물어서 죽여버릴 거야."

그렇게 생각했어요.

그런데 그 얘기는 병사, 착한 남자가 다 들었어요. 그래서 빨리 폐하 깨웠어요.

"폐하, 폐하 빨리 가세요, 빨리 가세요. 무슨 큰일 있어요."

그래서 폐하 깨우고 그래서 빨리 그 공간이, 자리가 피해서. 아마 피하자마자 그 나무 떨어졌어. 그래서 그 폐하가,

"어, 니가 덕분에 내가 살았구나. 너무 고마워요."

그렇게 생각했고. 그래서 왕에 가서,

"너는 신하."

아니야, 아니야. 잠깐 뭐지? [조사자: 병사?] 병사.

"큰 병사 해줄 거야."

아니야, 큰 병사 말고. 큰 아까 (앞서 구연한 이야기의 주인공을 말하며) 토늑짜이가 뭐지? [조사자: 신하?] 네. [조사자: 신하를 올려주는 거야?] 네.

"큰 신하 만들어줄 거야. 내가 옆에 하는 사람. 지키는 사람들."

그래서 또, 또 가다가 대문. 왕국 대문. 응, 왕국 대문. [조사자: 성문.] 성문? 네, 왕국 성문, 대문 아니에요? [조사자: 성이잖아, 성. 왕궁이 엄청 크니까.] 네.

왕국 성문 도착하자마자 가까이 들어가는데 그 병사 아저씨가,

"폐하! 빨리 말이 빠르게 뛰어가세요."

그래서 빠르게 가더니 지나가는 조금 지나가서 그, 성문이 떨어졌어요.

"어우, 너 너무 착하구나. 나 두 번째 이렇게 만들어 주구나."

그렇게 하는 거예요.

"살게 해주구나."

그래서 밤에는 그 폐하 자다가 얘는 또 밤, 여기 뭐지? 방을 같이 지켜봐 주는 거예요. 그래서 그 밤이 지나서 또 뱀 안 왔어. 아직 안 왔어. 그런데 시간 지나서 그림자 뱀 봤어요. 그 뱀은 봤어. 큰 뱀, 길은 거. 그런데 뱀이 와서 그 폐하가 죽어버렸는데. 그런데 그 병사 보고 뱀을 죽여버렸어요. [조사자: 뱀을 죽였어요?] 네, 죽었어요.

죽여버렸는데, 그런데 그 뱀 피. 그 왕비님이 가슴 위에 떨어졌어요. [조사자: 아, 그 피가.] 피가 가슴 위에 떨어지는데 병사가 생각했어.

'만약 내가 가서 손 이렇게 닦으면 안 되잖아. 왕비잖아. 그러면 어떻게 할까?'

선생님 생각 어떻게 할 수 있어요? [조사자: 어떻게 해야 되지?] 그래서 가서 자기 혀 했어. [조사자: 혀로?] 네, 되게 바보죠. [조사자: (웃음) 손으로 안 되는데 혀로 했어?]

그래서 가서 혀로 (웃음) 그 부인 날름했어요. 그런데 깨끗이 날름했는데 그 왕비가 깨었어. 그니까 큰일 난 거예요, 왕비가 깨어서.

그 남편을 깨우는 거예요. 폐하 깨우더니 폐하가 화나서,

"니가, 내가 얼만큼 너 믿었는데. 니가 나한테 이렇게 하는 거, 빨리 애는 데려가서 죽어버려. 머리 잘라버려."

이렇게 하는 거야.

그래서 데려가는데, 그 데려가서 그 머리 자르는 문이 세 문이 있어요. 세 문. [조사자: 그니까 그, 사형시키는 데 가는 문이 세 문 있어요?] 네, 세 문 있어요. 자르는 사람이 세 명, 되게 세 팀이서 이렇게 얘기하는 거예요. 쉽게 얘기하면 세 팀 있어요. 그 이쪽 문 한쪽 있고, 이쪽 문, 또 이쪽 있고. 그런데 이렇게 세 팀 있으니까 그 사람이 그 병사 데려가서 한 번 머리 자르는 문 가는데. 그래서 한 번은 얘기했어.

"내가 밤에 사람 안 죽어버려."

그렇게 얘기하는 거예요.

"왕 얘기도 나 안 들어. 왜냐면 무슨 일 있어도."

무슨 판? 어떻게. 우리 법적처럼 무슨 잘못하면 또. [조사자: 재판?] 네.

"재판 잘 해야 돼. 그러면 밤에 무슨 재판해서 사람 죽이는 거 잘못하는 거야. 죽여버려도, 만약 내가 죽여버려도 아침에도. 잘못하면 나도 잘못했잖아. 그러면 밤에 절대 사람 안 죽여버려. 죽여버리고 싶으면 내일 아침 와."

두 번 죽여버리는 문 가는데 똑같은 얘기하고, 세 번도 똑같은 거. 그 결과 사람은 아직 안 죽어서 아침까지 했어요. 아침까지 했는데 그 폐하가, 아침 해님 뜨니까 햇빛 하얗게 보이잖아요? 그러면 갑자기 자기 밑에 피 엄청 많았어. 침대 밑에가. 그래 보더니 큰 뱀, 엄청 큰 뱀 여기 침대 밑에 있어서. 그래서 생각했어요.

'어, 내가 잘못했잖아? 왜 이렇게.'

(뭔가 생각난 듯) 어, 죄송해요. 아까 이름이 줬어요. 그 왕 들어가자마자 두 번째 되게 그 사람이 왕 살려주잖아요. 두 번째, 되게 뭐지? 대문 말고 아까 뭐지? [조사자: 성문.] 성문이 이렇게 피할 수 있잖아? 왕이 들어가자마자 그 사람이 자기가 지키는 사람 만들어주잖아요. 방에, 방까지 들어갈 수 있는 사람 그거. 이름을 불렀어요.

"미으영"

이렇게 불렀어요. 이렇게,

"미으영"

불렀는데. 그래서 그거 아침에 눈 뜨자마자 뱀 보고,

'내가 잘못했구나.'

그래서 너무 후회했어요.

[조사자: 사형시키라고 한 걸?] 응응.

그래서 불러와서,

"그 사람이 죽었어요? 이렇게 죽어도 좋은 무덤 이렇게 만들어 주지."

만약 실수 있으니까 다시 아무것도 못했잖아요? 그런데 그 사람들 얘기해요,

"안 죽었어요."

죽어도 이렇게 문 안 열어줬는데 아침에 장판하고, 뭐지? 장판? [조사자: 재판.] 재판하고 이렇게 후회하는 사람 밤에 안 죽여버려.

"어, 다행이다."

불러와서 미안하고, 감사하고. 이렇게 그때부터 진짜 가족같이 뭐 친척해 주고 부인도 데려와서 이렇게 돈도 많이 주고. 큰 성 만들어주고 그래서 행복하게 살았어요.

[조사자: 그러면 그, 뭐야. 살림 잘못하는 여자는?] 어, 잘했어요, 잘했어요. 잘 불렀어요. 제가 깜빡했네요.

그래서 어느 날 그 여자가 너무 못하는 여자가, 맨날 거울 위에 서서, 거울 앞에 서서,

"아, 예쁘다. 예쁘다."

비싸는 명품 사오고, 자기 예쁘게 몸매 예쁘게 하고. 그래서 밥 남편도 안 만들어주고 뭐. 막 돈 막 쓰는 거예요. 그래서 그 결과가 돈 점점 없으는 거예요. 그래서 시간 지나서 아들 한 명 낳았는데요. 그런데 아들 한 명 낳는데 그 사람이 되게 이렇게 옷 만들기 전에 그거, 그거 뭐지? 옷 만들기 전에. 그거, 그거 뭐지? [조사자: 재단하는 거? 옷 자르는 거?] 그거. [조사자: 그게 뭐야?] 그거 그거, 그거 그거. 그

거 그대로. 옷 안 만들었어. [조사자: 천?] 네, 천. 천 파는 사업이에요. [조사자: 아들이?] 아니, 아니. 그, 배 사업 남자가. 그 천, 그거. [조사자: 천 파는 사업해요?] 네, 천 파는 사업하는데.

그런데 그 아들 한 명 낳았잖아요? 그 천들을 잘라서 똥 싸고, 똥 쌀 때는 그거 닦고. 한두 번 닦고 바다 던지고. 한두 번 닦고 바다 던지고. 되게 한 배 천 있는데 다 없애 버렸어, 얘 때문에. 그래서 너무 되게 아끼게 안 쓰니까. 그래서 물건 다 없어졌어. 그래서 돈 하나도 없고. 그래서 배도 팔고. 돈, 돈 없어서 배도 팔았어요.

그래서 되게 돈 없어서 다른 집 가서,

"밥 주세요."

그러는 거예요.

[조사자: 거지? 동냥 다니는 거야?] 네, 거지네요.

"밥 주세요."

그러는데 걸어가다가 그 착한 여자 집에 도착했어요. 착한 여자 도착해서, 도착했는데 그 여자가 너무 잘했으니까 잘 못 사는 집들은 돈 주고 밥도 주고 그렇게 하는 거예요. 좋은 일 들어주니까. 근데 어느 날 그 사람들 보더니 깜짝 놀라서,

"왜 그렇게까지 하는 거예요?"

그래서 그 남편, 전 남편한테 얘기했어요. 되게 가슴 찌르는 말?

"외모 보고 사랑 빠지구 마음 생각도 안 하고, 그냥 예쁜 사람이 좋으니까 이렇게 같이 사니까 이제 편하게 사시네요."

이렇게 얘기하는 거예요. 그 둘이가 그런 말 듣고 되게 부끄러워서 그 밥도 못 받고 그냥 건너갔어요. 못 살게 살아갔어요. 끝났습니다.

[조사자: 망했네, 완전히.] 네, 망했어요.

그래서 캄보디에는 한 집은 잘 살든지 안 잘 살든지 여자 때문에 그러는 거예요. [조사자: 아, 잘 살고 못 사는 게 여자 손에 달린 거예요?] 네, 그렇게 하는 거예요. 집에 들어가자마자 그 집에, 어떻게 하든지 잘 알고 있으는 거는 부엌 들어가면 알아요. [조사자: 부엌 들어가면 알아요?] 네. [조사자: 부엌이 어때야 돼?] 부엌이 깨끗하면 그 집에 살림

잘하는 거예요. 그렇게 생각 들어요. 그래서 만약 결혼 아들 며느리 찾고 싶으면, 시엄마가 캄보디에는 집에 가면 여자 집 가면 부엌 제일 먼저 가서 보는 거예요, 옛날에.

요즘은 그렇지 않아요. 부잣집 있으면 그냥 가서,

"어, 사랑해, 사랑해. 좋아요. 좋아요."

이러는 거예요.

[조사자: 엄청 재미있는 이야기네, 이거.] 네.

착하고 유능한 여자와 사치스러운 여자

● **구연정보**

조사일시 : 2018. 02. 06(화) 오후
조사장소 : 경상남도 진주시 상대동
제 보 자 : 썸마카라 [캄보디아, 여, 1988년생, 결혼이주 4년차]
조 사 자 : 김정은, 황승업, 강새미

● **구연상황**

제보자가 〈프놈펜 유래〉를 구연한 후, 조사자가 동물이나 뱀에 관한 이야기가 있는지 묻자 뱀 이야기는 기억이 안 나지만 다른 이야기가 있다며 이 이야기를 구연했다. 어릴 때 어머니에게 이 이야기를 들었는데, 그때마다 어머니가 잔소리를 많이 하셨다고 했다. 한국계 중국인 임향금 제보자가 청자로 참여했다.

● **줄거리**

옛날에 배에서 사업을 하는 부유한 부부가 있었다. 부인 이름은 크로블레인데, 심성이 아주 착했다. 하루는 그들이 배를 타고 가다가 가난한 부부가 사는 곳을 지나게 되었다. 가난한 부부는 남편이 물고기를 잡아 오는 것으로 생계를 유지했는데, 어망에 구멍이 뚫려 물고기를 많이 잡을 수가 없었다. 이를 본 크로블레는 그들에게 조언을 해주자 크로블레의 남편이 그럴 거면 가난한 남자와 함께 살라고 했다. 가난한 집 아내였던 칼레 역시 부자 남자와 살고 싶어서 서로 남편을 바꾸게 되었다. 가난했던 어부는 크로블레의 도움 덕택에 부자가 되어 이웃들에게도 베풀면서 살게 됐다. 반면, 부자와 결혼한 칼레는 물건을 낭비해서 가난하게 되었다. 나중에 크로블레 부부가 거지잔치를 열었는데, 칼레와 남편이 찾아가서 밥을 얻어먹었다.

예전에는 그 남자가 사업가예요. 배에서 사업하는 남자예요. 부인도 예뻐요. 그 칼레 그 여자는, 그 여자랑 같이 살았어요. 아, 칼레

여자랑 아니고, 크로블레 여자랑 같이 살아요. [조사자: 착한 여자하구요, 완벽한 여자하구요.] 네, 그 배에서 사업해요. 엄청 큰 배하고 돈도 꽤 많아요. 백만장자 정도 돈 엄청 많았어요. 그래서 강에서 계속 사업하러 갔다 왔다 진행해요. 근데 칼레는 남편은 가난해요. 그 뭐지 물고기 잡는 일을 해요. [조사자: 아, 어부구나.] 네.

근데 어느 날은 그 뭐지 돈 많이 있는 남자하고 크로블레 여자랑 같이 배를 사업하고 그쪽으로, 물고기 잡는 부부, [조사자: 집으로?] 아니, 물고기 잡는 강 쪽으로 배를 지나갔어요. 근데 크로블레 여자는 그 칼레 부부 발견했어요. 남편은 물고기를 엄청 열심히 잡고 있어요. 근데 물고기 넣는 거. (동그라미를 그리면서) 그 뭐라고 하지? [조사자: 어항처럼, 이렇게 물고기 넣는 통처럼.] 네, 어항 같은 거. 구멍 있어요, 큰 구멍 있어요. 남편 엄청 계속 열심히 잡아도 구멍 크니까 계속 빠져요. 그래서 크로블레는 그 쳐다보니까,

'그 여자는 왜 그래? 남편 열심히 물고기 잡아주는데. 뭐 막혀줘야 하는데 왜 안 막히지?'

그래서 본인은 소리를, 좀 답답해서 그 여자한테

"거 좀 막혀지면은 물고기 안 빠질 텐데."

그렇게 알려줬어요. 그래서 배만 더 많이 있는 남자는 화를 냈어요.

"니가 왜 신경 써. 신경 쓰면은 그 남자랑 같이 살지 그래."

[조사자: 차라리 그 남자랑 살지 그래?] 네. 그렇게 신경 쓰면은(쓰이면). 그랬고 그 칼레 여자 이쁘게 생겼어요. 크로블레 여자보다는 많이 잘 이쁘게 생겼어요.

그래서 남편은 부인 화를 내서,

"그럼 니는 그 남자랑 바꿔서 살지 그래!"

그래서 칼레는, 칼레 여자는 그 말 듣고 나서는 '그래 맞아.' 그 욕심 생겨요. 그 돈 많이 있는 남자 발견했을 때도.

"뭐 그렇게 하면 더 좋지 뭐."

남편, 본인 남편,

"당신은 물고기를 아무리 찾아도 얼마 되겠어. 제가 못 살게 살

았는데 맨날 맨날."

근데 그래서 그 부부는 서로 [조사자: (웃음) 바꿨어요.] (웃음) 네, 바뀌었어요. 부인 바뀌었어요. 근데 크로블레는 그 가난한 동물 잡는 남자랑 같이 살게 됐어요. [조사자: 네, 어부.] 그 칼레는 그쪽에 가서 살게 됐어요. [조사자: 부잣집 하고 살게 됐어요.]

그래서 그 크로블레는 남편이랑 같이 살게 되고 나서 남편 잡는 물고기들을 그 구멍이 그거 막혀주고 가득한. 그 칼레랑 같이 살 때는 물고기가 못, 거의 못 가지고, 집에 못 가지고 갈 정도. 그 맨날 맨날 조금 밖에 집에 못 가지고 가요. 그 부인 때문에. 막혀주지 않아 물고기 계속 빠졌어요. 근데 크로블레랑 같이 살았을 때는 그 여자 막혀주어요. 그 생선, 물고기 넣는 거 막혀주고 많은 생선도 가지고 집으로 갔어요. 그리고 집에 가지고 갈 때는 그 물고기 너무 많아서 옆집 이웃사람한테 나누어 주었어요. [조사자: 그럴 정도로 많이 잡았어요.] 그래서 그냥 이웃이랑 친하려고. 그래 이웃사람들이 서로 더 얘기했어요.

"옛날 부인은 우리한테 아무것도 안 주고. 그리고 이제는 새로 온 부인은 착하네. 그리고 물고기도 많이 잡구나."

그렇게 서로 얘기했어요.

그다음에는 부인은 크로블레 때문에, 완벽한 여자 때문에 남편은 물고기만 잡는 거 아니고 산에 올라가서 마른 나무. 본인 집, 그때는 가스레인지 없고 그냥 손으로 하니까 마른 나무로 밥을 해요. 남편 어느 날은 아주 좋은 나무 한, 좀 자르고 가지고 왔어요. 그래 부인은 옛날에는 부자 남자랑 같이 살았을 때 나무 좋은 나무인지 비싼 나무인지 잘 알아요. 사업될 수 있는지. 그런 남편한테 물어봤어요.

"자기는 이거 어디에서 자르냐?"고.

"많이 있어요, 그거? 거기에서 그런 나무 많이 있냐?"고.

많이 있대요. 그럼 본인 남편한테,

"많이 자르고 가지고 와라."

그 가지고 와서 팔았어요. 비싸게, 좋은 나무 때문에. 돈도 계속 생겨요.

그리고 칼레 편에 얘기하면은, 그 돈이 있는 남자랑 결혼하고 나서 임신하고 애 낳았어요. 근데 그때는 기저귀 사용 안 하고 천 같은 거 써요, 흰 천. 그래서 그 천들을 가지고 막 닦고, 애 엉덩이 닦고 버려요. [조사자: 아, 그 천을 한 번 쓰고 버리고, 한 번 쓰고 버렸구나.] 네. 한 번 쓰고 버려요. 빨래도 안 하고, 막 쓰고 강으로 던져버려요.

근데 그 천들은 흘리고 가난한 집 쪽으로 흘리고 갔어요. 그래서 크로블레는 남편한테 이렇게 알려줬어요.

“그 천들은 만약 가지고 오면 우리 깨끗하게 빨래하고 시장에 가서 팔면 된다.”

그래서 그 (강을 막는 동작을 하면서) 막혀서 그 천, 흘리는 천들을 앞바닥에요. 가지고 와서 빨래하고, 시장가서 좀 새 것보다 조금 싸게 팔았어요. 그래 두 부부는 계속 돈 생기고, 나무도 팔고, 천도 팔고. [조사자: 물고기도 많고.] 네, 그래서 백만장자 되었어요. 근데 칼레는 모든 게 다 아끼지 않아요. 한 번 쓰고 버리고 뭐 한 번 쓰면 버리고. 그리고 애 기저귀도 안 입고 그 천은 막막 닦고 버리고. 그래서 남편은 가난하게 됐어요.

너무 가난하게 됐으니까, 어느 날은 크로블레 집에 가서. 그 크로블레 집인 줄 몰랐어요. 근데 거기 가서 그 집, 크로블레 집은 그때는 행사해요. 가난한 사람한테 나누는 거. 거지한테 돈이나 밥 싸주는 거. 그래서 칼레하고 남편은 거기 가서 얻어먹어요. 그래서 발견했어요. [조사자: 아, 내 전부인이구나.]

그래서 그런 부인은 좋은 부인 만났으면 가족도 발전하고, 좀 아낄지도 모르는 여자랑 같이 살면 가난하게 되고. 그런 내용. (웃음)

두 친구의 부지런한 아내와 게으른 아내 [1]

● **구연정보**

조사일시 : 2017. 12. 09(토) 오후
조사장소 : 경상북도 경산시 자인면
제 보 자 : 씨앙리티아(이민희) [캄보디아, 여, 1986년생, 결혼이주 7년차]
조 사 자 : 김정은, 황승업, 강새미

● **구연상황**

〈네 불효자 이야기〉 다음에 구연했다. 제보자는 본래 이 이야기의 배경을 바다로 알고 있었는데, 구연을 위해 찾아보니 마지막에 등장하는 물고기가 강에 사는 것으로 돼 있어서 구연할 때 바다를 강으로 고쳤다고 했다. 베트남 제보자 부티푸엉이 청자로 참여했다.

● **줄거리**

옛날에 사이좋은 두 친구가 있었다. 두 사람은 부자가 되면 서로 도와주며 살기로 했다. 한 친구의 아내는 부지런한데, 다른 친구의 아내는 게을렀다. 부지런한 아내가 난파선에 재물이 많을 테니, 강 아래 물을 퍼내자고 했다. 물을 자꾸 퍼내자, 물고기들이 용왕과 의논하여 물을 그만 퍼내는 조건으로 금을 주었다. 그 말을 듣고 다른 친구가 따라 했는데, 일을 게을리하자 닷새가 지나도 용왕이 나타나지 않았다. 부부가 서로를 탓하며 싸우다가 옷이 다 찢어져 벌거숭이가 됐다. 그 모습을 본 물고기들이 너무 웃어서 입이 크게 찢어진 아귀가 되었다.

여기 옛날에 아주 사이좋게 하는 친구 있거든요. 그래서 두 친구가 누가 부자 되면 서로서로 도와준다고 했어요. 그래서 얼마 지나고 거기 두 친구는 결혼했어요. 한 친구는 거기 착한 아내가 결혼하고, 다른 친구는 한 명은 게으른 아내를 결혼했어요.

그래서 첫 번째 부부는

'자기 어떻게 부자 되냐.'

고 생각했어요. 그래서 남편은 거기 내가 생각할수록 한 방법을 생각났어요. 아내에게,

"당신은 아무리 일이 힘들더라도 참을 수 있냐?"

그래서 아내는 착한 아내여서,

"괜찮아, 내가 당신을 따라할게."

그래서 그럼 남편은 아내에게,

"그럼 자기는 하루 종일 일하는 만큼 밥상을 준비하세요."

그래서 자기 아내는 아침 새벽에 일어나고 밥을 다 차려하고 둘이는 강으로 갔어요, 강으로. 그래서 아내는 남편,

"여보 뭐 하냐?"

그래서 남편은,

"우리 물, 강물에 파자. 파면 거기 물이 없을 때는 우리 거기."

뭐지 배. 배 가라앉는 거 [조사자: 난파선이요.] 네.

"난파선과 재물이 또 받고, 거기 물고기도 있잖아요. 그래서 잡을 수 있다."

고 해서 거기 같이 그 물을 팠어요.

거기 계속 매일매일 가서, 가서 닷새 지나가고 거기 아내가,

"여보 물이 좀 빠지네. 좀 줄었네."

그래서 남편이,

"좋아. 그럼 우리 더 힘내자."

그래서 물고기 안에 들어봐서,

'안 되겠다. 우리 물 없으면 다 죽을 거야.'

그래서 물고기는 용왕, 용왕에 그 이야기를 용왕에게 말했어요. 그래 용왕이 걱정해서,

"그럼 우리 재산을 가지고 가서 그 두 분 부부는 금을 주고, 물을 그만 자."

[조사자: 그만 하게 하자.] 네. 그래서 용왕이 거기 가서,

"두 부부는 너 물에 더 이상 파지 말고. 내가 많은 금을 줄게."

그래서 두 분,

"어, 좋아. 그럼 내가 금 좋아. 물을 안 파도 돼."

그래서 그 금을 받고 집에 들어갔어요. 그래 부자 됐잖아요.

그래서 다른 친구는 얼마 뒤 그 친구 집에 놀러 와서,

"자기 뭐 하냐?"

그래서,

"왜 그렇게 빨리 부자 됐지?"

그래서 그 착한 부부는 그 이야기,

"이거저거 내가 그렇게 해서, 그렇게 했다."

고 해서,

"어, 그럼 우리도 그렇게 하자."

근데 아내는 게으르잖아요. 밥을 할 때는 거기 보통 우리 한 컵 하면 그 아내가 반 컵에. 싫다고 반 컵만 붓고 그래서 나머지는 밥솥, 원래는 가득한데 반 밥솥만 남았어요.

그래서 둘이는 또 강으로 가고. 매일 파는데 닷새, 닷새 지나가고 아직도 물고기 금 안 주잖아요. 그래서 아내는 거기 물 파는 거 던지고,

"내가 안 할 거야! 힘들어서. 왜 금이 안 생겨?"

그래서 부부는 싸움을 시작했어요. 싸우다가, 자기 너무 싸우다가 옷에 다 벗었잖아요. 벌거숭이 되었어요. 그래서 거기 물고기가, 그 부부는 벌거숭이를 되어서 웃겼어요.

근데 어떤 물고기는 너무, 뭐지? 그, 어떤 물고기 [조사자: 너무 많이 웃어가지고] 너무 너무 웃겨서 거기에 입이 찢었어요. 이 물고기는 이름 뭐지? [조사자: 메기인데 우리나라는.] 아 벌, 벌거숭, 아 아니. 너무 웃던 이거, 아귀. [조사자: (웃음) 아귀가 강에 있네요.] 아귀가 강에 있죠? 맞아요? [조사자: 메기 아니에요? 아귀는 바다 깊은 곳에.] 바다예요? 그럼 이거 원래는 저 이거 물고기,

'제 입은 찢으는 거 뭐야?'

그래서 남편이 찾아보니, 거기 강에 살 때예요. 원래는 이 제목은 바다에 물 파는데, 그래서 이거 고기 때문에 거기 바다으로(바다

에서) 강에(강으로) 고쳤어요. [조사자: 아, 그래서 얘기가 조금 어색해졌구나.] 그래서 찾아보면 아귀에 거기 바다 속에 있었는 거예요. 왜냐면 이거 우리 물고기는 한국 어떤 때 한국에 있고. 우리 한국에서도 없잖아요. 그래서 찾아보니 모르겠어요.

[조사자: 입이 하여간 찢어져버린 거예요? 너무 웃어가지고?] 네 너무 웃어가지고 그래서 입이 찢어졌어요. [조사자: 벌거숭이가 되도록 싸우는 걸 보고 이제 입이 찢어진 거죠.] 네, 너무 웃겨서.

두 친구의 부지런한 아내와 게으른 아내 [2]

● **구연정보**

조사일시 : 2018. 01. 12(금) 오후
조사장소 : 강원도 인제군 인제읍 남북리 사회복지관 2층 교육실
제 보 자 : 킴나이키 [캄보디아, 여, 1991년생, 결혼이주 6년차]
조 사 자 : 박현숙, 김민수

● **구연상황**

제보자가 결혼해서 아기를 낳고 살아가는 이야기에 대해 구술한 뒤, 결혼이라는 소재와 관련이 있는 설화를 골라서 구연을 시작했다.

● **줄거리**

옛날에 친한 친구 A와 B가 있었다. 둘은 나중에 결혼해서 돈을 많이 버는 사람이 다른 사람을 돕기로 했다. A는 부지런한 여자와 결혼했고 B는 게으른 여자와 결혼했다. A는 돈 벌 궁리를 하다가 아내에게 바닷물을 다 퍼내어 바다 밑에 있는 보물을 건지자고 했다. A의 아내는 남편을 믿고 내조하며 같이 물을 퍼냈다. 바닷속 물고기들이 A부부가 서로 격려하며 성실하게 물을 퍼내는 모습을 보고 물이 없어질 것을 염려하여 보물을 찾아 올려주었다. A는 부자가 되어 B에게 돈을 나눠주고 부자가 된 방법도 알려주었다. B도 A가 알려준 방법을 시도했으나 게으른 아내가 일을 돕지 않았고 부부가 계속 다투었다. 바닷속 물고기들이 매일 다투는 B부부를 보고 물이 없어지지 않겠다며 안심했다.

그 우리나라는 어떻게 말하면 되게 문화 너무 강해서 특히 여자가 잘 해야 돼요. 엄마 아빠 말씀 잘 듣고 그 문화 잘 가꾸면 앞으로 잘 살고 해서 의미 있고 그래서 좋은 남편 만날 수 있는 거예요.

그래서 그 옛날 옛적에 두 남자가 되게 친구 친정 친구? [조사자

1: 친구?] 너무 친한 친구. [조사자 1: 친한 친구!] 네, 친한 친구. 그 두 남자가 친한 친구였는데 근데 그때는 돈 둘이 없어서 그런데 계속 무슨 일 하면 같이 하는 거예요. 그래서 둘이 얘기했어요.

"친구야, 니가 제일 친한 친구야. 만약 니가 부인 있으면 돈 잘 벌면 나도 줘. 나도 나 돈 많이 벌면 너도 줄게."

이렇게 얘기한 거예요. 그래서 시간 많이 지나서 둘이 결혼했어요.

이름은 얘기 안 하지만 우리가 이름 잘 모르지만, 얘기하면 그 A 남자, B남자. A남자는 아까 말씀처럼 현모양처 여자랑 결혼했어요. 그런데 한 명 B남자는 악처 여자랑 결혼했어요. 그래서 결혼했고 돈 없으니까 그래서 그 A부부가 얘기했어요.

"우리가 돈 없는데 어떻게 살아야지. 그러면 당신 무슨 좋은 생각 있어? 무슨 일 하면 돈도 잘 벌고 잘 살 수 있나?"

이렇게 생각했는데 그래서 둘이 생각하더니 남편이 부인한테 얘기했어요.

"내가 좋은 생각이 있어. 만약 우리가 잘 생각해 봐. 바다에서 사람들 많이 죽었어. 그 죽었는 동안은 큰 배나 바다 밑에 많이 떨어지잖아요. 그래서 금 돈 많은 거 바닷속에 있잖아요. 바닷속 밑에 있잖아. 만약 우리가 그 바다가 물 없어 버리면 그 금이나 돈이 많이 있잖아. 그럼 우리 부자 할 수 있지."

그래서 부인이 착한 부인이니까,

"응, 괜찮아. 나는 당신 마음대로 내가 다 할 수 있어. 당신 생각대로 해줄게. 그러면 내가 내일부터 내가 일찍 일어나서 밥도 만들고 우리 아침부터 그 물 어떻게, 그 물 옮기는 거야."

그 물 옮겨서 바다에 물 없고 다른 자리에 옮기는 거예요. 그래서 아침부터 둘이 계속 물 옮기는 거야. 계속 이렇게 어떻게 어떻게 어떻게 이렇게 있잖아요. [조사자 1: 그물로 이제 이렇게 끌어?] 끌어요? [조사자 1: 그러니까 끌어올린다는 거 아니에요?] [조사자 2: 아니아니. 물을 퍼 낸다고] [조사자 1: 아, 물을 퍼낸다고?] 퍼다? [조사자 1: 물을 이렇게 퍼서 버린다고.] 네네. 네 물 퍼요. 이렇게 했는데 파요? [조사자 1: 푸다, 푸다. 그걸 이제 행동하면 퍼내는 거예요. 담아서 끄집어 내는 거.]

이렇게 펴요. 퍼서 물은 되게 빠지지 않지만 바닷물 많으니까. 건데 뭐 사이좋게 지내니까 둘이가. 그래서 남편이,

"여보 걱정 마. 봐봐. 물가 우리 하루만 했는데 되게 많이 빠졌네? 아마 한 달 후에는 되게 물 다 빠질 거야. 그래서 우리 부자 될 거야."

그래서 일주일 동안 했는데 그래서 남편이랑 부인이랑 계속 똑같은 말 쓰는 거예요. 왜냐면 물 잘 안 빠지지만 어떻게 마음에 할 수 있는 말을 계속 꺼내면 계속 힘 해주잖아요. 계속 얘기하니까 그래서,

"어, 그러면 좋겠어."

이렇게 얘기했는데, 그런데 갑자기 물고기들은 그 소리 맨날 들었어. 물고기들은 그 소리 들어서 그래서 이렇게 얘기해요.

"어머, 우리 어떡하지? 그 물이 없으면 바다가 물 없으면 우린 죽고 말아."

그래서,

'그러면 우리 그 소식은 우리 왕 물고기한테 얘기해야겠다.'

이렇게 생각하고 왕 물고기한테 처음부터 끝까지 얘기해주고 왕 물고기도 무섭고 이렇게 얘기해서,

"그러면 너희들 빨리 금, 많은 금 모아서 그 부부한테 갖다 줘. 그래서 '그 물이 푸지 마, 제발 푸지 마 우리도 살고 싶어.' 가서 얘기해 봐."

그래서 가서 그 부부가 얘기하고 그 부부가 많은 돈 받으니까 그래서,

"괜찮아. 우리가 물 안 풀게. 너희도 잘 살고, 우리도 잘 살게."

이렇게 사이좋게 지내는 거예요.

그래서 예전에 B친구가 약속한 돈 있으면 그 돈 조금 주잖아요. 우리 친구한테 불러서 그 돈을 좀 줬어요. 그래서 A친구한테 물어봤어요.

"어떻게 이렇게 짧은 시간에 부자할 수 있어. 무슨 좋은 일 있어? 나한테 좀 알려줘."

그래서 A부부가 B부부한테 처음부터 끝까지 얘기했어요. 알려줬는데 근데 B부부가 그 A부부처럼 하는 거예요. 바다에 물 푸는데 그래서 부인한테 얘기했어요.

"니가 아침에 일찍 일어나서 밥 만들고 가서 물 같이 푸자."

그런데 그 여자가, 악처 여자니까 아침에 한 9시 정도 일어나고 [조사자 1: 게으르구나.] 네. 그래서 밥도 씻어야 되는 쌀도 이렇게 이만큼 버리고 뭐 그랬을 때도, 밥 만들 때도 밥은 한 냄비 만들었는데, 그런데 반 만 남았어요. 너무 잘못해서. [조사자 1: 탔구나] 네.

그래서 아침밥 먹는데 그런데 점심 오후 밥 먹은 거예요. 그래서 남편 화났어요.

"아이 참, 네가 무슨 여자야? 아침에 일찍 일어나라고 왜 이렇게 안 일어나."

그래서 계속 싸우는 거예요. 그래서 물 푸고, 물 푸고 계속 싸우니까 물고기들도 물 푸는 사람 또 있어 무서운 거 다시 온 거예요. 근데 둘이 계속 싸우니까 계속 듣고 있어서 뭐 여자가 너무 잘못해서, 일 너무 잘못해서 남편 계속 화났어요. 그래서 계속 싸워서 뭐 때리고 다 빠지고 밑에 애들 옷 없고 물고기들 보고,

'아, 그 여자가 악처 여자구나. 그래서 신경 안 써도 돼. 이런 사람은 대개 무슨 일 해도 잘 못해. 우리는 이런 거는 걱정 안 해도 돼.'

그래서 집에 갔어. 그래서 그때부터는 여자는 꼭 엄마 아빠 말씀 잘 듣고 남자친구도 없고 잘 살아야 돼요. 네 이런 이야기예요.

[조사자 1: 그럼 이 아내는 엄청 게을러서 결국은 부자가 되는 기회를 놓친 거네요. 앞의 아내는 엄청 부지런하고.] 네네. 그래서 어떻게 캄보디아에 이런 말 있어요. 부부 있잖아요. 만약 그 부인과 잘 되면 그 남자가 돈 잘 안 벌어도 그 집은 꼭 부자 될 거야. 왜냐면 부부가 여기 부인과 너무 잘 되니까. 뭐 돈도 잘 쓰고 생활도 잘 되고. [조사자 1: 부인이 살림을 잘 하면 남자가 돈을 많이 안 벌어도 부자가 돼요?] 네, 부자 돼요. 그렇게 얘기해요. 그래서 여자 꼭 문화처럼 잘 지켜야 돼요. 잘 살 수 있는 얘기예요.

두 친구의 부지런한 아내와 게으른 아내 [3]

● **구연정보**

조사일시 : 2019. 01. 15(화) 오전
조사장소 : 경기도 화성시 진안동
제 보 자 : 텡쏙레앙(박주희) [캄보디아, 여, 1986년생, 결혼이주 10년차]
조 사 자 : 신동흔, 김정은, 한상효

● **구연상황**

〈욕 안 하는 사위 뽑기〉를 구연한 후에, 제보자는 떨린다며 잠시 숨을 가다듬고 원래 첫 번째로 하려고 했던 이야기를 시작했다. 구연을 시작하자 별다른 어려움 없이 차분하게 이야기를 이어나갔다.

● **줄거리**

옛날에 사이좋은 두 친구가 서로 돕고 살기로 했다. 한 친구는 결혼을 한 뒤, 바닷물을 다 퍼내고 난파선의 보물을 찾겠다고 했다. 남편과 부인이 합심해서 닷새 동안 쉬지 않고 바닷물을 퍼낸 뒤, 조금만 더하면 바닷물이 없어질 것 같다고 했다. 이 말을 들은 물고기들이 왕과 상의해서 부부에게 금을 가져다주고 바닷물 푸는 일을 멈추게 했다. 다른 친구가 이 말을 듣고 부인에게 바닷물을 퍼내자고 했다. 부인은 물을 푸기가 싫어서 화를 내면서 싸웠고, 그 소리를 들은 물고기들은 안심했다. 이 부부는 계속 가난하게 살게 되었다.

옛날에 두 남자 친구가 두 남자 이야기예요. 옛날 옛날에 두 남자 친구가 있었어요. 그 두 남자 아주 사이좋은 친구였어요. 그래서 이렇게 말했어요.

"우리 나중에 서로 각자 장가들었더라도 우리가 서로 챙겨주고 보살펴주고 만약에 친구 한 명 형편이 안 되면 서로 도와주는 걸로 우리 서로 약속하고 그렇게 하자."고.

그래서 친구가 그렇게 약속하고 나서 서로 헤어졌어요. 몇 달 뒤에 첫 번째 친구는 결혼했어요. 아주 지혜로운 여인, 지혜로운 여인하고 결혼했어요. 그래서 결혼하고 첫 번째 밤에 남편이 이야기했어요.

"우리 앞으로 무슨 일 하고 빨리 부자 될 수 있는 일 하자."

그래서 부인이 대답했어요.

"당신 나한테 무슨 일, 무슨 일 하라고 해더라도 나는 순종하겠다. 무조건 당신 편이라."고.

그래서 그렇게 얘기하고 두 부부는 잤어요, 그다음 두 번째 밤에 남편이 이야기 했어요.

"나 좋은 생각 떠올랐어. 우리가 빨리 부자 되는 일."

"무슨 일인데요? 왜 이렇게 쉽게 생각해요?"

"어, 우리 바닷가 가서 바닷물 빼내는 일 하자."

그래서,

"바다 속에는 아주 옛날 옛날부터 배 타고 구경, 아니 장사꾼 여러 사람들이 여행하는 분들이 와서 잘 지내는 사람도 있고, 와서도 바람이나 폭풍이 만났을 때 배 속에 다 빠, 잠겼잖아요. 그러면 귀한 물품이나 금은 속에 있으니까 우리가 바닷물 다 빼내면 그 모든 재산 모든 게 다 우리 거다."

그래서 아내가 대답했어요.

"어, 좋은 생각이네. 당신 그러면 새벽이 아주 일찍 일어나서 밥 준비해서 일찍이 바닷물 빼는 일로 하자."

그래서 지혜로운 여자는 새벽에 일찍 일어나서 밥 여러 가지 밥하고 반찬 간식 다 챙겨서 바구니 안에 담아서 머리 위에 이고 남편은 일찍 갔어요. 바다 가서 막 바닷물이 저희 나라는 옛날 기계 없어요. 없는데 그냥 바구니로 막 물 퍼는 일 했어요. 남편하고 열심히 막, 해서 네, 아무시지(아무도 쉬지) 않고 남편하고 다 같이 열심히 빼다가 남편이,

"어머 우리가 열심히 해 보니까."

막 큰 소리로,

"바닷물 어느 정도 빠질 거 같다. 약거, 작거도(적어도) 한 15일

동안 열심히만 하면 우리는 좋은 결과 얻을 수 있다."

그래 아내,

"그래, 여보 더 열심 하자. 그래서 열심 하자."고.

열심 하고 밥 먹고 또 열심 해다가 집에 갔어요. 그래서 또 일찍 와서 한 5일째 5일째 왔는데,

"어머, 우리 조금만 더 힘내면, 이 바닷물 금방 다 물 뺄 수 있겠다."

그래서,

"어, 맞아요. 저기 우리 서로 힘을 합해서 이 바닷물 빨리 빼낼 수 있도록 다 같이 하자."고.

근데 그 옆에 있는 물고기들이 들었어요. 그래서 물고기들이 너무 걱정한 거예요.

"이 바닷물 다 빼면 우리는 어떻게 살 수 있겠냐?"고.

그래서,

"우리 빨리 왕 물고기한테 가서 일러주자."

그래서 왕, 물고기들이 왕 물고기한테 가서 일러줬어요.

"어, 왕 물고기님. 왕 님. 이렇게 밖에 어떤 부부가 이 바다를 물 빼는 계획 세우고 열심하고 있다."고.

"매일매일 와서 금방 다 물 뺄 수 있겠다."고.

맨날 목소리 외쳐요.

"저희들이 불안해서 못 살겠어요. 어떤 방법, 찾아서 어떻게 이 부부 막아야 돼요."

그래서 왕이 고민해다가,

"그러면 우리 저기 가져있는 보물들이 금이나 은 같은 거 비싼 물건들이 이렇게 다 물고기들이 모여서 이 금은 입으로 물어서 이 부부한테 갖다 주면 아마 이 바다 물 빼는 계획이 안 할 거예요."

그렇게 생각해서 물고기들이 왕의 명령 받아서 그렇게 가서 부부한테 빌었어요.

"더 이상 바닷물 빼내는 일 하지 마시고 이 물건들이 다 줄 테니까 집에 가서 편하게 사세요."

그래서,

"우리 이 바닷물 다 빼면 이 물고기들이 다 가져가서 다 갈라서 생선 말라서 팔 수도 있고 그리고 젓갈도 만들고 간장도 만들 수 있는데, 물고기들이 그렇게 우리 부탁했으니까 그냥 들어주자."

고 해서 뭐든 귀한 것들이 다 가져갔어요. 집으로.

그때 잘 살게 돼서 그 두 번째 남자 친구 그 친구가 생각나서

"이 지혜로운 그 친구 어떤 지혜로운 아내를 얻은 친구 집에 놀러 가고 싶다."

그래서 생각해서 놀러 가는데 가보니까 결혼 얼마 안 되는데 왜 이렇게 귀한 물품이 집에 가득 있고 너무 잘 사는 모습에 그래서

"야 친구 너는 무슨 일 하는지 왜 이렇게 빨리 부자 됐어?"

"아, 내가 얘기해 줄게. 우리 부부는 바닷가에 물 빼는 일 했다. 그래서 빨리 부자 됐다."

"어떻게 하는데?"

그래서,

"우리가 물 열심히 빼내니까 물고기들이 너무 겁이 나서, 무서워서 이렇게 귀한 물품들이 금은 다 우리한테 갖다 주었다."고.

그렇게 얘기했어요. 그 남자가 아내는 미련한 아내 얻었어요. 그래서 그 두 번째 친구는 미련한 아내 얻었는데 집이 형편이 안 되는 거예요. 그래서 친구가 뭐 물건이나 돈 조금씩 받아서 자기 집을 들어갔어요. 그래서 자기 아내한테 말했어요.

"우리 친구는 이렇게 바다가 물 빼는 일 하다가 이렇게 빨리 부자 했다. 새벽 일찍 가서 열심하고 우리도 오늘부터 새벽 일찍 일어나서 바닷가 물 빼는 일 하자."

그래서 미련한 아내는 새벽 한 번도 일찍 못 일어나는데 그날 남편이,

"일어나."

라고 하니까 일찍 일어나서 밥 그 쌀통 있잖아요. 쌀통 어디 있는지도 밥 하니까 찾아.

찾았다가 쌀 퍼다가 이만큼 땅에다 흘러버리고 또 씻, 물 씻다가도 반을 내버리고. 엉뚱하게 막 조심하지 않고 막 일하다 보니까 낭

비 계속하는 거예요. 하는 일. 해서 밥하는데 밥해도, 밥 그 뭐지 그 뜸 들이는 일도 뜸 들이다 가도, 밥 막 타고. 그래서 새벽 한 번 일찍 일어나는 일 없으니까 타고도 다시 버리고 다시 하고.

그래서 반복해서 밥이 익어서 챙겨서 머리 위에 이고 남편이랑 같이 바닷가 갔어요. 갔는데 가자마자 막 승질을 내는 거예요. 막 새벽부터 막 여러 가지 힘들게 밥 해왔으니까 기분이 안 좋겠죠? 그래서 남편한테,

"우리 이 일 꼭 해야 되냐?"고.

근데,

"아직 해지도 못했는데 우리가 하면 친구처럼 부자 될 수 있다."고.

그래서 하는데 하면서 막 급하고 막 하니까 해다가, 해다가 남편이랑 집에 갔어요. 가는데 이번에 다섯 째, 다섯 째나 하는데 오자마자 그 밥그릇 던지고,

"나는 더 이상 못 하겠다."

그래서,

"당신이 만약에 일 좋아하면 혼자 하라."

그래서 남편이도 화났어요. 근데 물고기들이 처음에 긴장하다가, 또 어떤 부부가 와서 바닷가 물 빼는 일 또 하다, 한다고 하니까 얼마나 불안하겠어요. 그래서 물고기들이 지켜보다가 이 사람들이 막 외쳐서 '우리 열심 하자.' 먼저 부부처럼 아니고 매일매일 우는 소리 다섯 째 날도 싸우는 소리만 나는 거예요. 그래서,

"우리가 우리는 더 지켜보자."

그래서 막 싸우다가 물, 바닷물은 빼는 생각 안 하고 남편하고 서로 싸우다가 아내는 남편 어머니한테 욕하고, 또 아내는 남편 어머니한테 서로 욕했다가 싸워서 머리 잡아댕겼다가 그냥 아무도 이렇게 일 안 되고 서로 그 바닷가 있는 그 뭐지, 미역 같은 거 그런 거 바구니만 담고 집에 그냥 갔어요. 그래서 가는데 가자마자 그 미역도 막 구석에 던져 버려놓고, 그냥 서로 아무 관심 없이 그때 미역도 며칠 지나니까 다 썩어버리고, 그 부부는 그냥 형편없이 계속 살게 됐어요.

그런 이야긴데 그래서 저희 나라 속담 있어요.

'좋은 냄비 있으면 좋은 뚜껑이 있고.'

그런 속담. 그래서 좋은 아내 있으니까 남편도 좋게 가는데 그래서 둘이 서로 마음이 안 맞으니까 아무런 좋은 계획 세워도 이뤄지지 못해서 그런 이야기. 네.

고아가 된 형제

● 구연정보

조사일시 : 2019. 01. 15(화) 오전
조사장소 : 경기도 화성시 진안동
제 보 자 : 텡쏙레앙(박주희) [캄보디아, 여, 1986년생, 결혼이주 10년차]
조 사 자 : 신동흔, 김정은, 한상효

● 구연상황

〈두 친구의 부지런한 아내와 게으른 아내〉를 구연한 뒤, 제보자는 이런 이야기들을 할머니한테 들었다며 할머니와 살았던 시절을 회상했다. 할머니와 살 때에는 너무 일을 시켜서 싫었는데, 지금은 할머니 덕분에 다양한 이야기를 할 수 있게 됐다고 했다. 그 시절에 할머니한테 들었던 이야기를 더 청하자 이 이야기를 구연했다.

● 줄거리

가난한 형제가 아버지와 살았다. 아버지는 둘째에게 대나무로 그물을 만들게 한 뒤 첫째와 물고기를 잡으러 다녔다. 아버지가 세상을 떠나자 형은 구걸을 다니자고 했지만 동생은 아버지에게 기술로 살 수 있다며 숲속 동물을 잡을 수 있는 그물을 만들었다. 동물의 가죽을 벗겨서 팔던 동생은 가죽을 사주는 마음씨 착한 부자 딸을 아내로 맞이하고 싶었다. 부잣집에 코끼리가 필요할 것 같다고 생각한 동생은 큰 그물을 만들어서 코끼리를 잡았다. 부자는 남자가 코끼리를 탄 모습을 보고 용감한 사람이라고 그를 자기 딸과 결혼하게 했다.

그 옛날에 두 고아, 고아 형제가 있어요. 그 형제는 나이 많은 아버지가 있어요. 어머니는 없어요. 어머니는 일찍 돌아가시고 아버지만 같이 살, 살았어요.

근데 너무 가난했어요. 아버지는 아무 직업은 없어요. 근데 그

고기 잡은 일, 어부 그런 일 했어요. 근데 산속에서 이 어린 아이들, 나이 한 여섯 일곱 살 아이들을 길러야 돼서 그 물고기 잡는 그런 물건들이 만들었어요, 대나무로. 그래서 작은 아들은 집에 있게 하고 큰 아들만 데리고 다녔어요.

데리고 다녔는데 이 대나무 펴서 하나하나 만드는 일, 계속하고 근데 둘째 아들은 열심히 다녀도 그런 아버지 하는 일 관심 없었어요. 그래서 아버지가 그물이나 뭐, 옛날에 그런 대나무, 동그랗게 만들어서 이 물속에 덤벙, 덮으면 손으로 생선 잡는 거 있어요. 그런 거도 여러 가지 만들었는데 그래서 물고기 몇 마리 잡아서 집에 가져와서 작은 아들하고 큰 아들 같이 멕여줬어요.

근데 며칠 되니까 아버지가 몸이 너무 약해져서 그만 아프고 돌아가, 돌아가고 말았어요. 돌아가게 돼서 이 두 아이들은 부모 없이 고아가 됐어요. 그래서 그때는 고아 되면 이 동네 사람들이 되게 싫어해요. 같이 아무 일도 안 주고 그리고 데려와서 사는 생각도 없어요. 그래서 보호자 없으니까 너무 불행하게 살다가 형한테 말했어요.

"형 이제 아버지도 없고 보호자 아무도 없는데 우리 어떻게 살아야 돼요?"

그래서 형이,

"우리는 아직 어디 가서 일할 수도 없고 무거운 일도 못 하고 아무 기술도 아무도 배운 일 없으니까 우리는 그냥 거지처럼 가서"

뭐지, [조사자 1: 동냥?] 네네.

"그런 거 하는 일밖에는 다른 일은 없다."

그래서 동생은 말했어요.

"형. 우리는 남들하고 다를 게 없잖아. 우리도 손 두 개 하고 다리도 두 개 있는데 왜 그 일 빼고는 다른 일 없다고 생각하냐?"

그러니까,

"그러면 우리는 어려운 데 무슨 무거운 일 할 수 있겠어?"

"그러면 우리 그런 일 하지 말고 다른 일 하자. 왜냐하면 돈 없고 거지처럼 '돈 주세요.' 하면 주는 사람도 손 두 개고 발 두 개 있는데 착한 사람 쉽게 주고 막 기쁜 주게(기분 좋게) 주지만, 나쁜 사람은 주면서 막 우리 욕하면서 우리 구박하잖아. 그런 일 하지 말고 우리 다른 일 하자."

"그럼 무슨 일 할 수 있겠어?"

형이 말했어요.

"형은 아버지 따라 다니면서 무슨 일 배웠냐?"고.

그래서,

"나는 아무것도 배운 거 없다. 아버지가 다닐 때마다 그냥 따라 가기만 했다."고.

근데 동생은 집에 있으면서도 아버지가 만드는 물건들이 계속 관찰했어요. 어떻게 만드는지 어떻게 뭐하면 할 수 있는지 계속 관심 가졌어요. 같이 따라가지 못해도. 그래서,

"나는 아버지 만드는 거 다 할 수 있다. 그러면 우리 아버지가 물고기 잡는 일 계속 잡다보면 나중에 그 물고기 가져가서 팔 수 있다."고.

그래서 형도 동생이 나보다 똑똑하고 더 지혜로우니까,

"그렇게 하자."고.

그렇게 하기로 했어요. 그래서 산속 가서 물고기 잡고, 근데 아버지는 물고기만 잡는 일 잘 하는데 그 동물들이 산속에는 호랑이나 멧돼지는 못 잡았잖아요. 그래서 자기는 생각했어요.

'어떻게 하면 그 멧돼지나 그런 호랑이 잡을 수 있는 기술이 있을까?'

그래서 궁금하게 생각하고 그 대나무나 나무 피어서 그런 큰 동물들이 잡는 방법을 이렇게 생각해서 만들었어요. 근데 그 생각해서 만들었는데 그 밤에 멧돼지 한 마리가 잡혔어요. 밤에 그때 잡혔는데 멧돼지 가져와서 살코기는 먹고, 가죽이나 그런 멧돼지 뿔 같은 거 모아서 나중에 시장에 가서 팔를 걸로 생각하고 또 호랑이, 호랑이도 잡혀서 호랑이 가죽도 벗겨서, 여러 가지 그런 일 모아다가 시장에 갔어요.

시장에 갔는데 장사해서 그 부자, 아주 부자한(부유한) 저기 딸, 시장에 구경하러 나왔는데 그 멧돼지 뿔하고 그 호랑이 가죽 파는

그 형제, 두 형제 보니까 너무 불쌍하게 생각해서 이 멧돼지 뿔이하고 호랑이 가죽 샀어요. 그래서 사서 이 두 형제 돈 가지고 이렇게 생활하게 됐어요. 그래서 또 산에 가서 저기 동물들이 잡고 또 시장에 와서 파는데 공주(부자 딸)가 또 왔어요. 왔는데,

"만약에 딴 데 못 팔고 형편이 없으면 나한테 팔아주라."고.

계속 매일매일, 그래서 그 두 형제는 이 공주(부자 딸)가 이렇게 마음씨 착하고 예쁘니까, 너무 사랑스럽고 마음이 갔어요. 그래서 그 집에 가고 싶으지만 자기는 저기 가난하고 형편없으니까. 그래서 그 부자 딸은 집에 가고 이 형제는 자기 집 있는데 그래서,

'어떻게 하면 그 집에 가서 같이, 같이 살 수 있을까?'

그렇게 생각했는데 동생은,

"그러면 형 우리 필요하는 그런 코끼리 같은 거 왜냐하면 부잣집은 코끼리 필요하지 않겠어?"

그래서 코끼리 어떻게 잡아하는 방법을 해서 만들었어요. 그래서 코끼리 한 마리 잡혀서 가져와서 둘이는 태우고 그 부자네 집에 갔어요. 그래서 그 부자의 보니까. 우와, 엄청 저기 용감하게 보이는 거예요. 그래서 그러면 용감하게 보이니까,

'작은 동생이, 지혜로운 사람하고 우리 딸하고 이렇게 결혼하면 우리 집안에 이렇게 튼튼하게 잘 지킬 수 있다.'고.

아버지가 생각해서 딸하고 같이 이렇게 결혼하게 해줬어요. 네, 그런 이야기.

[조사자 2: 너무 재밌어요. 혹시 제목을 뭐라고 했어요? 옛날 어릴 때 할머니가 제목을 뭐라 그러셨어요?] 아, 저기 고아, 고아 형제 이야기.

고아 형제 이야긴데. 보니까 부모님 같이 살았을 때 우리가 저기 그냥 편하게만 살다가 부모님 없이 아무 배우는 거 없으면 안 된다고. 그래서 어른이랑 같이 살면서도 어른 밑에서 배우는 거 있으면 빨리빨리 배워서 나중에 그런 나가서 이렇게 지혜롭게 살 수 있다. 그런 이야기예요.

바보 남편 아째이와 지혜로운 아내 미크럴

● **구연정보**

조사일시 : 2019. 01. 15(화) 오전
조사장소 : 경기도 화성시 진안동
제 보 자 : 텡쏙레앙(박주희) [캄보디아, 여, 1986년생, 결혼이주 10년차]
조 사 자 : 신동흔, 김정은, 한상효

● **구연상황**

제보자가 〈고아가 된 형제〉를 구연한 뒤 조사자가 이야기를 더 청하자 잠시 생각을 한 뒤 기억이 났다며 이 설화를 구연했다. 다음 제보자인 인도네시아 국적 영산티 화자가 들어와 잠시 함께 이야기를 들었다. 이 이야기를 마지막으로 이날 제보자의 구연을 일단락했다.

● **줄거리**

미크럴이 아째이라는 남자와 결혼을 했는데 남편이 바보였다. 그는 소를 사오라고 하면 쥐를 가져오고, 계란을 사오라고 하면 알을 품는 짚을 가지고 왔다. 그래도 미크럴은 아째이를 받아주었다. 하루는 다른 나라 사람들이 배를 타고 마을에 와서 귀한 것들을 모두 가져가려고 했다. 아째이가 이를 듣고 마을 사람들에게 말했지만, 사람들이 바보의 말이라고 무시하는 바람에 귀한 물건들을 빼앗겼다. 아내 미크럴은 아째이에게 배로 헤엄쳐 가서 그들이 하는 이야기를 듣고 오게 했다. 배에 있는 사람들은 수박씨와 배씨의 개수를 문제로 내서 못 맞추게 한 뒤 마을의 재물을 다 가져오자고 했다. 그 말을 전해 들은 미크럴은 아째이를 높은 신분의 사람으로 꾸며서 그 사람들을 만나게 했다. 아째이가 수박씨와 배씨의 개수를 맞추었지만, 뱃사람들은 재물을 빼앗고 아째이까지 데려갔다. 가던 중에 뱃사람들은 폭풍을 만나 다 죽었는데, 헤엄을 잘 쳤던 아째이 혼자 살아남아 배를 몰고 마을로 돌아왔다. 마을 사람들은 나쁜 사람들을 물리치고 귀한 보물을 찾아온 아째이를 높이 받들었다.

옛날에 두 부부가 있는데요. 남편은 아째이라고, 아내는 미크럴이라고. 근데 아째이는 좀 바보처럼 그런 남편이었어요. 근데 아내는 좀 지혜로운 아내였어요.

근데 어느 날, 미크럴은 자기 부모랑 같이 살다가 이 아째이 남자를 만났어요, 그래서 둘이 서로 좋아서 결혼하, 결혼하게 됐어요. 결혼하는데 남편은 아무, 저기 뭐라고 할까. 아무 기대할 거 없는 거예요. 그래서 아내는 어떻게 같이 살아야 되나 남편이랑 같이 살다 보니까 너무 모르는 거 많은 거예요. 그래서 좀 바보처럼. 그래서 아내가 시켰어요.

“당신 소 한 마리, 시장가서 소 한 마리 좀 사오라.”

그랬는데,

“소는 어떻게 생겼는데?”

“소는 다리가 네 개 있어요. 그래서, 그래서 얼굴은 조금 도톰하고 양쪽 귀 있어요.”

그래서, 그래서 아째이가 그거 듣고 시장에 갔어요. 시장 가는데 시장가면 소 아무리 찾아도 없는 거예요. 그래서 소 없는데,

‘집에 가면 미크럴 나한테 화 날 거 같아. 어떡하지?’

그래서 그 나무 뒤에 지나가다 보니까 쥐가 한 마리 나온 거예요. 뛰어나오는데,

“아, 소 여기 있네.”

그래서,

“어, 이 소 잘 됐다. 소 없으면 집에 빈 손 가면 미크럴 나한테 화 나는데 이 소 만나면 잘 됐다. 다행이다.”

그래서 쥐 한 마리 가져갔어요. 가져가서,

“미크럴, 나 왔어. 소도 같이 데리고 왔어.”

근데 보니까 소 아니고 쥐는(쥐인) 거예요. 그래서

“이거 소야?”

“어, 다리 네 개 있잖아. 그리고 귀도 있고. 얼굴 뿌죽 나오고.”

그래서 미크럴은 그냥 아무 말 없이,

“잘했다. 소 그러면 나한테 줘라.”

그래서 미크럴은 그냥 쥐, 쥐 집에 그냥 놔뒀어요.

그래서 또 아째이한테 말했어요. 이번에는 뭐 사 오라고 시켰어요. 그래서 이번에는 소 말고 다른 거. 다른 거 뭐냐면 닭알. [조사자 1: 계란?] 네, 계란. 계란 사오라고, 근데 아째이는,

"계란은 어떻게 생겼는데?"

"계란은 동그랗게 하얀 이렇게 알처럼 생겼어."

그래서 아째이는 시장에 가는데 아무리 계란 찾아봐도 없는 거예요. 없는데 이번에 계란 못 가져가면 자기 아내한테 혼나는 거 너무 무서워서,

'이번에 계란이 없어서 집에 가면 안 되는데 그래서 뭐 찾아야 되나?'

그래서 보니까 그 남의 집 밑에에 계란 말고 그 닭에 품어 논 동그란 짚 같은 거, 지푸라기처럼 그런 거 가져왔어요.

'이거도 동그라니까 집에 가져가니까 자기 아내 좋아하겠다.'

그래서 그거 가져갔어요.

"나 계란처럼 생기는 거 가져왔다."고.

그래서,

"이거 계란 아닌데."

근데 미크럴은 그냥 계란 아니래도 받아줬어요. 잘했다고 칭찬하고 그거는 그냥 집에 옆에다 놔뒀어요.

그래서 어떡하면 남편한테 좀, 이렇게 똑똑하게 살아야 되는지 너무 고민하다가 저기 아째이는 고민하다가 어디 가게 됐어요. 남편이 뭐지, 배 타고 옆 그 저기 배 지나, 배 타고 그 바다 근처에 동네에 가게 됐어요. 그래서 가게 됐는데, 거기서 그 높은 방에 있는 신하들이 그 배 타고 왔어요. 그 배 타고 왔는데 이번에 우리가 이 마을에 가서,

"그 아주 귀한 물건들이 다 가져와서 우리나라에 가져가자."

그렇게 말했는데 아째이, 그 배 안에서 들으는 거예요. 들었는데 그래서 타고 가는데 아째이 그런 정보 아니까 그 신하 그 근처에 있는 신하한테 말했어요.

“이번에 우리나라에 와서 나쁜 사람들이 우리 물건 훔쳐가는 일 그런 거 있다.”고.

그래서 아째이 그렇게 말하니까 안 믿은 거예요. 왜냐하면 바보처럼 생기니까.

그래서 안 믿었는데 며칠 후에 그 신하들이 와서 그런 그, 그 안에 있는 왕의 물건들이 그리고 그 나라의 물건들이 다 훔쳐 가져갔어요. 뭐 귀한 금이나 보물들이 다 뜯고 가고, 그리고 나라에 지역도 그 지배 받았어요. 가족들이 하고 마을들이.

그래서 아째이 미크럴하고 같이 얘기해서,

“우리도 어떤 방법이 그 나라나 마을이 찾, 다시 찾을 수 있을까.”

그래서 아째이,

“방법 있다.”고.

“자기는 강물에 그 바닷물 속에 들어가서 헤엄치다가 그 신하들이 그 배 밑에에, 숨겨서 그 숨겨서 자기 계획하는 거들이 듣자.”고.

그래서 아째이 바다에 헤엄쳐다가 배아래 밑에서 숨었어요. 그래서 숨었는데 그 신하들이 다 이번에 어떤 계획 생각해서 그 뭐지, 수박,

“이번에 우리가 수박하고, 배, 가져가서.”

그런 뭐라고 할까,

“그 수박이 씨 몇 개 있고, 배가 씨 몇 개 있는 거 우리가 다 알고 그 마을에 가서 마을에 가서 만약에 이 수박 속에 씨 몇 개 못 맞추는 사람이면 우리가 그 마을에 물건들이 다 훔쳐 가지고 가자.”

그런 계획 세웠어요. 근데 아째이 다 들었잖아요. 수박이 씨 몇 개고 과일들이 씨 몇 개인 거 다 듣고, 다시 헤엄 왔어요. 그래서 미크럴한테 얘기했어요.

“나 그 나쁜 신하들이 얘기하는 거 다 들었어.”

“그러면 당신이 멋진 사람처럼 이렇게 높은 사람처럼 옷 멋지게 입어서 그래서 그 사람들이 대하라. 그래서 우리 마을이 이렇게 지킬 수 있다.”

높은 그런 대장처럼 세웠어요. 아내가. 그래서 아내가 세웠는데

아내 말대로 했어요. 가서 이렇게 멋지게 옷 입고 그 이렇게 나쁜 사람들이 와서 얘기했어요. 같이 뭐라고 할까, 아까 말하는 것처럼,

"이 안에 수박에 씨 몇 개 있고, 이 똑똑한 사람 박사 있으면 나와서 맞혀보라. 그러면 너희 나라 다시는 안 괴롭히고 그때 옛날 우리가 훔쳤던 물건들이 다시 주고 만약에 못 맞히면 이 마을이 우리 물건 다 빼가고 그리고 이 마을 우리가 지배한다."

그래서 아쨰이 나서나서,

"나는 알 수 있다. 그래서 나는 이 마을에서 제일 똑똑한 사람이다."고.

그래서,

"그러면 너가 맞혀 보라. 이 수박 속에."

"나는 만져보면 알 수 있다."

그래서 아쨰이 그냥 수박 이렇게 만져보고 배 만져보고, 이렇게 하니까,

"아, 이 속에 수박씨가 스물 몇 개 있다."고.

"이 배는 열 몇 개 있다."고.

그래서,

'어떻게 정확하게 알지?'

근데 갈라보니까 자기가 미리 그 심어 노는(놓은) 그런 씨 넣는 거 다 열어 보니까 다 맞는 거예요, 정답하게.

그래서 그러면,

"다 맞혔을 수 있으니까 너희는 이 물건을 가져가라."

근데 쉽게 안 주는 거예요. 그러면 이 비싼 물건들이 다 배다(배에다) 올려놓고 그래서,

"우리가 이 수박 물건들이 다 맞추니까 이 물건들이 다 태우고 너도 다 같이 가라."고.

그래서,

"가다가 만약에 우리 이런 속담, 저런 속담 못 맞히면 이 물건들이 못 가져가겠다."

그래서 아쨰이는 같이 타고 갔어요.

이 배 타고 바다 건너가는데 그래서 폭풍에 막 만났어요. 비바람 쳤는데 그 사람들이 배에서 물 들어가고, 저기 물속에 빠져서 죽고, 아째이는 그냥 배 그 밑에서 잡고 혼자 살아남았어요. 왜냐하면 자기가 그 이 소식 듣기 위해서 이 바닷물 헤엄하는 거 많이 배웠었거든요.

그래서 이 바다 속에 물속에 안 죽고, 빠져서 안 죽고 살아남아서 이 배 운전해서 자기 마을에 오니까 마을 사람들이 이 아째이 똑똑한 사람처럼, [조사자 1: 영웅이네요.] 영웅이 돼서,

"이 나쁜 사람들이 다 물리치고, 물리치고, 이 귀한 보물들이 다 가져왔으니까. 그러니까 대장으로 세우자."고.

그렇게 다시 이렇게 훌륭한 사람처럼 세워놨어요.

[조사자 2: 아째이 완전 멋있고. 마을을 다스리는 사람이 되는군요. 오! 온달이군요.]

잃어버린 도끼와 깨진 도자기

● **구연정보**

조사일시 : 2018. 02. 06(화) 오후
조사장소 : 경상남도 진주시 상대동
제 보 자 : 썸마카라 [캄보디아, 여, 1988년생, 결혼이주 4년차]
조 사 자 : 김정은, 황승업, 강새미

● **구연상황**

임향금 제보자가 〈제비가 물어다준 박씨와 형제〉 구연을 마친 뒤, 조사자가 제보자에게 프놈펜 유래를 아는지 물었다. 제보자는 자세히 기억나지 않는다며, 준비해온 다른 이야기를 구연했다. 중국계 한국인 임향금 제보자가 청자로 참여했다.

● **줄거리**

옛날에 가난한 가족이 있었다. 나무꾼인 남편이 나무를 하러 가야 하는데 도끼가 망가져서 부잣집에서 도끼를 빌렸다. 그가 도끼질을 하던 중에 도끼가 날아가 사슴에게 박혔는데 사슴이 그대로 도망가서 도끼를 찾을 수 없었다. 부잣집에 가서 솔직하게 말했지만, 부자는 그 도끼가 조상에게 물려받은 것이라서 새로운 도끼로는 안 된다고 했다. 그래서 가난한 부부는 자기 아들을 부잣집에서 일하도록 하고, 도끼를 찾아 나섰다. 얼마 뒤 부부는 사슴 시체에서 도끼를 찾아 부자에게 돌려주었고 아들을 데리고 왔다. 어느 날, 부자의 딸이 그 집을 지나가다가 맛있는 냄새가 나는 걸 보고 그한테서 과자 만드는 도자기를 빌렸다. 그런데 부잣집에서 그만 도자기를 깨뜨리고 말았다. 그러자 가난한 집에는 조상으로부터 물려받은 도자기니 새 도자기로 안 된다며 그 대신 딸을 달라고 했다. 그래서 부잣집 딸은 가난한 집 아들과 결혼해서 살게 됐다.

옛날에는 아주 가난한 가족 하나 있어요. 그 가족은 남편은 나무꾼이에요. 맨날 맨날 숲 들어가서 나무 자르는 일을 하러 갔어요. 근데 본인 도끼는, 도끼는 고장 나서 새로운 도끼 살 수 있는 돈 없어서 백만장자 집에 가서 도끼를 하나를 빌리러 갔다 왔어요. 그 도끼를 빌리고 나서 그 숲에 가서 그 나무 자르러 들어갔어요.

근데 어느 날 자르다가 그 도끼, [조사자: 날?] 날이 뭐지, 그 튀어버렸어요. [조사자: 네, 날아가 버렸구나.] 날아가 버렸어요. 사슴 맞았어요. (웃음) 근데 사슴은 그 도끼를 맞으면(맞고) 아프면서 도망가 버렸어요. 빠른 속도로. 어디 도망갔는지 못 찾았어요. 그래서 집에 와서 부인한테,

"이제는 백만장자한테 빌렸던 도끼가 없어졌어요. 잃어버렸어요. 어떡하지?"

그 백만장자한테, 부인은,

"그럼 백만장자한테 솔직하게 얘기하고 갚으면, 갚을 거라."고.

그렇게 남편이랑 상의했어요.

"부탁할 거라."고.

그렇게. 근데 백만장자 집에 가서 솔직하게 얘기하고,

"갚아줄 거라."고.

그렇게 부탁했는데, 백만장자는 이렇게 말했어요.

"안 돼요. 새로운 거 사서 갚아주면 안 돼요. 절대 안 돼요. 그 도끼는 제 조상에서, 조상부터 남겨준 도끼예요. 그래서 새로운 거는 필요 없대요. 조상부터는 엄청 아끼는 물건이에요."

그래서 두 명은, 부부는 어쩔 수 없이 그냥 뭐지, 그때는 판사? 법원 같은 곳에 판결하러 갔어요. 그래서 그 판사도,

"그 백만장자한테 갚아줘야 한다."고.

"그렇게 안 하면 안 된다."고.

그 판단해주었어요. 그래서 두 명 부부는 집에 다시 와서, 돈으로 새로운 거 사서 갚아줄 수도 없으니까.

"이제는 우리 어쩔 수 없이 우리 아들 그 백만장자의 집에 가 보내줘야 할 것 같아요. 일하러. 그 도끼 갚는 돈 대신. 그래서 만약 나

중에 우리는 그 도끼 다시 찾으면 우리 아들 다시 데리고 올 수 있을 것 같아요."

그래서 아들은 좀 고생하고, 그 집. 아들은 좀 아직 어린데 그래도 어쩔 수 없어요. 그래서 그 아들을 백만장자한테 데리고 가서, 집에 데리고 가서. 그 백만장자는 동의했어요. 그 부부 아들은 일해 주는 거.

그래서 아마 몇 년 뒤에는, 몇 년 아니고 일 년 정도? 일 년 인가. (웃음) 몇 달 뒤에는 숲에 계속 가서 그 나무를 자르러 갔어요. 근데 그때는 죽는 사슴 한 마리가 발견했어요. 그때 도끼 맞았던 사슴을 발견했어요. 그래서 그때는 본인 잃어버린 도끼를 발견했어요. 그 사슴 시체 붙이는 상태로 다시 가지고 왔어요. 그래서 그 도끼를 백만장자한테 다시 돌려주고, 본인 아들을 다시 집으로 데리고 왔어요.

근데 어느 날은 백만장자 딸 한 명 있어요. 그 딸은 그 부부 집에 지났어요. 가난한 부부 집에 걸어 지나가 봤어요. 근데 그때는 목화장 냄새가, 향기 그런 맡았어요. [조사자: 목화장?] 그 우리나라는 그 과자 만드는 도자기, 이런 도자기 있어요. 그 솥으로 불타고 그 과자 만들 수 있어요. 냄새, 그 향기, 냄새 좋아요. 그래서 그 백만장자 딸은 그 집 지나갈 때는, 그거 맡았어요. 엄청 먹고 싶어요, 그 과자. [조사자: 과자 냄새가 자꾸 나. 그게 목화장이에요?] 그 '먹', '먹'라고 불러요.

그래서 그 집에 그 딸은, 백만장자 딸은 집에 가서 본인 아버지한테 얘기했어요.

"제가 그 먹 엄청 먹고 싶어요. 만들어주라."고.

그래서 그 백만장자는,

"지금 안 된다. 그 도자기가 없어요, 우리 집은."

근데 본인 딸은 꼭 지금 먹고 싶대요. 바로 먹고 싶대, 너무 먹고 싶대요. 그래서 백만장자는 아직 사러 못 가니까,

"그럼 그 부부 집은 있으니까 잠깐 빌리러 오라."

가지고 오래요.

그래서 본인 노예? 하인? 하인한테 시켜서,

"그 집 가서 그 집 부부한테 항아리, 도자기를 빌리러 가지고 오라."고.

시켰어요. 그래 부부는 허락했어. 그냥 빌려주었어요.

근데 그 과자를 만든 후에, 그 가지고 와서 만들었어요. 딸도 먹었어요. 근데 도자기를, 만들고 나서 잠깐 어떤 곳에 잠깐 놔두었어요. 근데 개들이 장난으로 그쪽에 가서 놀았어요. 그래서 그 도자기를 부딪쳐서 떨어지게 깼어요. 그래서 백만장자는,

"이제 도자기 깨었네? 그럼 새로운 거 하나 사가지고 갖다 주라. 그 집한테."

근데 새로운 거 사가지고 갔는데, 두 부부는 안 된대요.

"그 도자기는 제 조상부터 남겨준 도자기예요. 그래 절대 돈으로 새로운 거 절대 안 돼요. 제 조상 남겨주는 아끼는 물건이에요."

그래 안 된대요. 그래서 그때는 판사 아니고 왕한테, 왕한테 그 신고 같은 거. [조사자: 판결해 달라고.] 판결해 달라고 부탁했어요. 그래서 왕은 이렇게 말씀했어요.

"이 부부는 좀 심각하게 새로운 거 안 받는 이유는 아마 있겠지."

그 이유는 아마 옛날에 어떤 이유 있는 것 같아서 자세히 물어보니까. 그래서 왕은 이렇게 판단했어요.

"그럼 백만장자 딸 그쪽 보내면 된다."고.

그래서 그때는 그 딸은, 그 백만장자 딸은 그 가난한 부부 집에 보내버렸어요. 근데 그거 깼으니까 다시 도끼처럼 못 찾아요. 그래 딸은 계속 그 집에서 살게 됐고. 그 아들이랑 같이 결혼하게 됐어요.

그래서 이 옛날이야기 내용은, 그냥 서로 이해해주는 마음 있어야 잘 서로 잘 살게 되고, 본인 상대방한테 이해해주면 나중에는 어떤 문제라도 상대방도 본인한테 이해해 주는 거 생길 거예요. 근데 이해 안 해주면 똑같은 일이 본인한테 생길 수 있으니까. 그래서.

[조사자: 그 딸은 행복했을까요? 어땠을까요?] 그 옛날사람들은 대부분 나쁜 사람 별로 없어요, 사실은. [조사자: 그래서 그냥 또 잘 살았을 것 같아요.] 네.

그리고 두 부부는 가난하지만 도끼를 잃어버릴 때는 본인 갚지

않을 마음 없는 것도 아니고, 그냥 갚아줄 거라고 그렇게 생각했어요. 그리고 사실대로 또 백만장자한테 알려줬어요. 어떤 분은 잃어버리면 거짓말하던 거 그렇지. [조사자: 새 거 사줄 수도 있는데.] 그냥 솔직하게 얘기하기도 하고, 가난해도 돈 없어도 돈 모으고 갚아줄 거라고 그렇게 생각했는데. 나쁜 사람 아닌 것 같아요.

그리고 너무 바보도 아닌 것 같아요, 제 생각에는. 똑같은 방식으로 하니까. 다시 돌려주니까. 그래서 좀 괜찮은 가족인 것 같아요.

똑똑한 토늑짜이

● **구연정보**

조사일시 : 2018. 05. 22(화) 오전

조사장소 : 강원도 인제군 인제읍 상동리 제보자 자택

제 보 자 : 킴나이키 [캄보디아, 여, 1991년생, 결혼이주 6년차]

조 사 자 : 박현숙

● **구연상황**

조사자가 제보자의 자택을 찾아가 세 번째 이야기판을 벌이고 조사를 진행했다. 녹음 준비를 마친 뒤 어떤 이야기를 준비했는지 묻자, 제보자는 〈똑똑한 토늑짜이〉 이야기를 해주겠다고 했다. 이야기가 무척 길어서 제보자가 구연 중간에 잠시 멈추고 내용을 생각하기도 하고, 이야기 내용에 대해 평가하기도 하면서 약 2시간가량 구연을 이어나갔다. 구연을 마친 뒤에 조사자가 내용과 관련된 질문을 하자 성의껏 답변해 주었다.

● **줄거리**

옛날에 자식 없는 부부가 열매가 많이 열린 코코넛 나무와 밝은 보름달 꿈을 꾸고 똑똑한 아들 토늑짜이를 낳았다. 토늑짜이는 성장한 뒤 자신이 어릴 때 부잣집 주인에게 속은 것을 깨닫고 주인에게 되갚음 하려고 그 집 하인이 되었다. 토늑짜이는 주인을 수행하면서 주인 도시락 흘리기, 말똥 주워 도시락에 담기, 잠자면서 농장 지키기, 수소 주인에게 돈 받기, 주인마님 골리기로 주인을 계속 골탕을 먹였다. 주인이 토늑짜이가 감당이 안 되어 왕에게 넘겼다. 왕은 똑똑한 토늑짜이에게 물속에서 알 낳기, 늙은 코끼리 타고 왕보다 먼저 도착하기, 말이 없는 상황에서 말 타고 오기, 닭싸움 등 수차례 내기를 제안했다. 왕은 매번 토늑짜이가 승리하자 토늑짜이를 왕궁에서 쫓아냈다. 그런데 어느 날 중국에서 사신을 보내 세 가지 내기를 제안하자 왕이 토늑짜이를 내보내어 승리했다. 그 후 토늑짜이는 왕의 허락을 받아 강가에서 살게 되었다. 토늑짜이가 꾀를 써서 강가에서 뱃사람들에게 돈을 받자 뱃사람들이 왕에게 항의했다. 왕은 뱃사람들에게 토늑짜이를 수장시키라고 명령했다. 토늑짜이는 죽기 전에 꾀를 내어 뱃사람들을 속이고 무사히 탈출했다.

그때 중국이 캄보디아를 속국으로 삼기 위해 수신호 수수께끼를 냈다. 캄보디아 왕이 살아 돌아온 토늑짜이에게 수신호 수수께끼를 풀게 하여 토늑짜이가 승리했다. 그리고 토늑짜이는 자신이 찾은 똑똑한 여자와 결혼했다. 그런데 왕은 토늑짜이의 똑똑함을 경계하여 중국으로 추방했다. 토늑짜이는 쌀국수 사업으로 중국에서 성공했다. 그런데 토늑짜이가 중국 임금을 능멸하려다 감옥에 갇히게 되었다. 토늑짜이는 짐승 소리가 나는 캄보디아 연을 만들어 중국에 흉흉한 소문이 돌게 했다. 중국 왕이 점술가의 점괘를 듣고 토늑짜이를 석방하여 캄보디아로 돌려보냈다. 시간이 흐른 후, 토늑짜이는 병들어 죽기 전에 왕에게 생선요리 먹는 법과 조리법에 빗대어 선군이 되라고 당부하고서 세상을 떠났다. 캄보디아에서는 아들이 태어나면 똑똑하기를 바라는 아이나 똑똑한 아이에게 '짜이'라는 이름을 붙인다.

그 아주 옛날에, 한 부부가 같이 사는데 근데 애기 한 명도 없었어요. 그래서 시간 지나서 부인이가 꿈을 꿨어요. 그 꿈이 되게 코코넛 나무 있잖아요. 한국에 없잖아요? 코코넛 나무인데, 그런데 열매가 엄청 많이 나온 거예요. 되게 좋은 꿈이예요. 열매도 많이 나오고. 근데 하늘 보더니, 달 되게 보름달 봤어요.

그래서 깨었어요. 그래서 아침에 남편한테 얘기하는 거예요. 그러니까 남편 생각,

'오, 그런 꿈 되게 좋은 꿈이구나.'

그렇게 생각했는데. 그래서 그러면, 그 마법사처럼, 마법 아니구 그냥 이렇게 체크 뭐,

"미래에 무슨 일 있어."

이렇게 하잖아요.

[조사자: 음, 점술가?] 이름 뭐예요? [조사자: 점술가.] 점술? [조사자: 어, 또는 점쟁이. 그러니까 고런 앞으로 미래를 보는 사람을 말하는 거죠?] 네네. [조사자: 네, 점술가, 점성가 이렇게 얘기 많이 해요.] 점술가. 네.

"점술가한테 가서 한 번 얘기하자. 그거 무슨 뜻이야?"

궁금해하는 거예요. 그래서 점술가 가서, 집에 가서, 찾아가는데 점술가가 없어서, 부인만 있어요. 그래서 그 부인이 얘기해서,

"어, 무슨 일 있어요?"

그래서,

"어, 제가 어제 좋은 꿈 꿨는데요, 그 꿈이 무슨 뜻으로 나오는지 궁금해서 와서 한 번 봐주세요."

이렇게 한 거예요. 그래서,

"음 남편 없는데 그런데 괜찮아. 나도 그 남편처럼 그런 거 잘 알아. 나한테 한 번 얘기해줘봐."

그렇게 되는 거예요. 그래서 그, 부인가 그 꿈꾸는 사람가 얘기했는데.

"뭐 내가 어젯밤에 되게 코코넛나무가 되게 열매 많이 나온 거예요. 그런데 갑자기 하늘 보더니 보름달 나와서 너무 예쁜 거예요."

그래서 점술가 부인가 생각했어.

'어머 얘는 참 좋은 꿈꿨는데. 되게 애기가 한 명 나올 거야. 근데 그 애기가 너무 좋은 거야. 되게 그 아이가 크면 큰 사람 할 수 있어요. 큰일 할 수 있어요.'

이렇게 나온 거예요.

'그런데 내가 그거는 되게 부럽다.'

그런 마음이 있었어요.

'내가 부럽다. 그런 거 하지 않을 거야. 내가 다른 거 얘기해줄 거야. 나쁜 거 얘기해줄 거야.'

그렇게 생각하고,

"어머어머, 무슨 꿈 이렇게 나쁜 꿈꾸나. 자기가 좀 이따는 아이가 한 명 생기는 거야. 그런데 그 아이가 태어나면 그 어떻게."

부잣집 가서 일하는 사람들 어떻게 불렀어요? [조사자: 부잣집에서 일하는 사람?] 네. [조사자: 하녀?] 하녀? [조사자: 어.] 남자도 하녀예요? [조사자: 하인.] 하인? [조사자: 응, 또는 옛날, 어 그러니깐. 하인이라 그러죠, 하인. 한국에서는 머슴이라 그러는데. 음, 하인.]

"그래서 자기 아이가 태어나면 그 하인 할 거예요."

그렇게 얘기하는 거예요. 그래서 엄마도 그렇게,

"어, 예쁜 꿈꿨는데 되게 나쁜 뜻으로 그런 거 몰랐어."

그래서,

"괜찮아. 만약 우리 한 명 그것도 잘 받을 거야."

그렇게 생각했어요, 엄마가. 엄마 아빠가.

그래서 집에 들어갔어요. 시간 지나서 그 부인가 되게 애기 생기고 애기 낳아서 한 명 아이, 남자아이 태어났어요. 되게 예쁘게 태어났어요. 그래서 얘기했어요. 예쁘게 아이가 태어났는데, 그래서 시간 지나서 되게 이름이 토늑짜이 이렇게 불렀거든요? 이름이 토늑짜이 불러서, 그래서, 그 토늑짜이가 되게 똑똑한 아이, 애기 때부터 똑똑한 거예요.

그래서 다섯 살 때는 되게 자꾸 부잣집 가서 놀고 있는데요. 그런데 어느 날, 사모님? 이렇게, 부잣집 부인. [조사자: 마님.] 마님. 마님가 일하다가 물건 떨어졌어요. 그런데 그 캄보디 일하는 거 되게, 옷 만들잖아요? 근데 실 이렇게 하나씩 하나씩 만들어요. [조사자: 베짠다구 그러죠, 네.] 그래서 그 옷 만드는 실가 캄보디 이름이 '뜨럴' 이렇게 불렀거든요. 그 뜨럴가 그 뜨럴 있으면 되게 실 넣고 그래서 만들어서, 옷을 만들 수 있는 거예요.

그런데 일 하다가 그 뜨럴가 떨어졌어요. 그런데 토늑짜이가 밑에 있어요. 그래서 그 마님가 얘기했어요.

"어, 토늑짜이, 토늑짜이, 이렇게. 그 뜨럴가 할머니한테 갖다 줄래?"

이렇게 얘기하는 거예요. 어, 마님가 위쪽에 있으니까. 얘 밑에 있어요. 그래서,

"아니 할머니 제가 뜨럴가 갖다 주면 저한테 뭐 주는 거예요?"

이렇게 얘기하는 거예요, 똑똑하게. 그래서,

"어, 니가 그거 갖다주면 내가."

캄보디 이렇게 쌀을 되게 어떻게, 불을 만들어서 '엄목' 이렇게 만들거든요? 엄목. [조사자: 암목?] 엄목. 이렇게 이름이에요. 그거 유명한 음식이에요. 보름달, 11월 이렇게 행사 있잖아요? 그거 만들어서 먹으는 거예요. [조사자: 그럼 생긴 게 어떻게 생긴, 그 떡?] 그 엄목가, 그 쌀 이름이 되게, '엉꼬람라이' 이렇게 있거든요? 쌀 이름이.

그래서 그 쌀이 너무 냄새 좋은 거예요. 그래서 그 쌀이 되게 불타고 그래서 어, 뭐지? 어, 어, 뭐지? 그, 팝콘. 팝콘하면 터지잖아요? 그거 받아서 그 뭐, 그 뭐지? 그거 얘기 힘드네. (오른손으로 절구질 동작을 하며) [조사자: 절구? 절구?] 절구? 되게 맛있게 먹을 수 있는 거예요, 그거 되게 맛있어요. 그래서 그거 주는 거예요. 이름이 엄목. 이렇게 있거든요. 그래서,

"어, 그런데 할머니 저한테 엄목 얼만큼 줄 거예요? 조금 줄 거예요? 많이 줄 거예요?"

이렇게 얘기하는 거예요. 그래서 할머니 짜증 나서,

"아이, 너 참. 빨리 가져와 내가 많이 줄게."

이렇게 얘기하는 거예요, 화나니까. 그래서 그 토늑짜이가 그 뜨럴 갖다주는데 할머니, 그 약속한 대로 그 엄목 이렇게 이만큼 줘서 많은 거 줬어요, 그 약속한 대로. 그래서 토늑짜이가 그래도 애기니까 조금 그럴 거 같아요. 그래서,

"아니, 할머니 왜 그렇게 하는 거예요? 저한테 많이 주는데 이만큼."

그거 많거든?

"이만큼 주면 어떡해. 못 먹어. 저 혼자 먹어도 배 안 불러. 안 받아."

그래서 계속 울고 크게 울어서 할머니가 당황스러워하는 거예요. 왜 많이 주는데도 울어. 그래서 그, 뭐지? 할머니 남편이 왔어요.

"여보! 왜? 얘는 왜 이렇게 많이 울었어?"

"아니 여보 내가 뜨럴 떨어졌는데 얘는 갖다 주고 엄목 많은 거 줬는데, 그런데 많은 거 줬는데 계속 우는 거야, 받지도 않는대."

그래서,

"아이고! 여보. 당신은 참 아이의 마음을 모르구나. 내가 한번 잘 알아. 가서 쟁반 갖다 줘."

이렇게 하는 거예요. 쟁반 갖다 주고 그래서 그 엄목가 조금만, 한 주먹만 (쟁반에 밥을 올리고 펼쳐 누르는 동작을 하며) 이렇게 넣고 막 하는 거예요. [조사자: 쟁반 가득히 늘리는 거야?] 가득히 작게 이

렇게 만드는 거예요.

그래서 토늑짜이가 그거 보고 물어봤어, 두 개. 하나는 어, 뭐, 이렇게 그릇 큰 거 넣고 하나는 쟁반에 이렇게 넣었는데,

"토늑짜이야, 어, 두 개는 너 어느 거 많은 거 생각해? 너 골라봐 봐."

그래서 얘는 쟁반에 있는 거, 저 좋아하는 거 많은 거예요. 그래서 그거 가져갔어요. 이만큼 있는데. 걸어가다가 기분 나빴어.

'내가 되게 할아버지한테 나, 나한테 너무, 너무 심하구나. 그거 아니었는데.'

그렇게 생각했어요. 그래서 집에 가서 엄마한테 얘기했어요.

"엄마, 나 그 할아버지한테, 부잣집한테 가서 일 할 거야. 하인 할 거야."

그렇게 생각하는 거예요.

"가서 할아버지집 가서 돈 빌려서 그 돈 대신, 갚으지 말고 내가 여기 가서 살고 하인, 하인 이렇게 일 할 거야."

이렇게 얘기했어요. 그래서 엄마 속상했어요.

"아니 우리집도 뭐 잘 못살지만 그런데 우리 세 명 먹고, 먹고는 되게 만족해. 왜? 왜 엄마한테 벌써 그렇게 해?"

그런데,

"아니, 내가 할아버지한테 이렇게."

어떻게 말하지?

"할아버지 나보다 똑똑한 마음을 만들었어. 그래서 그거는 절대 넘어오지 않는 거야. 내가 가서 할아버지한테 보여줄 거야, 내가 얼마나 똑똑한지."

그렇게 얘기했어요. 그래서 엄마가 아들 그렇게 했으니까, 그래,

"그래 엄마가 가서 돈 빌릴게."

그래서 이 집 가서 일하는 거예요, 하인 하는 거예요. 그래서 그 시간 지나서 할아버지가 그 왕국에서 일하는 사람 만나서 얘기, 대화하는 거, 얘기하는데. 그래서 가는 중에, 가기 전에 토늑짜이한테 얘기했어요.

"어, 토늑짜이야! 내가 왕국에 가는 거야. 일하는 사람 만나서 일 얘기하는 거니까 니가 내가 따라와서…"

그 캄보디에는 뭐 반찬, 밥 같은 거? 아니면 그, 캄보디, 캄보디 말로는 '슬라믈로' 이렇게 얘기거든요? 그 슬라믈로가 되게 나이 많은 사람들 드시는 거예요. 그거는 되게 맛이, 보통 없는데 근데 대부분은 드세요. 우리 저 엄마도, 할머니도 그렇게 드세요. 그래서,

"그 슬라믈로가 자꾸 가지고 내가 말 타잖아? 내 말 뒤에서 따라와."

이렇게 얘기하는 거예요. 그래서 토늑짜이가 따라가는데 그 할아버지가 말 타니까 빠르잖아요? 근데 토늑짜이가 걸어가는데 애기잖아요. 그래서 늦게 가는 거예요. 가서 할아버지가 한참 앉아있어도 토늑짜이가 도착 안 했어요. 그래서 화나는 거예요.

"야! 니가 나랑 얘기해야지. 빨리 뛰어서 우리 말 따라서 뛰는데 왜 이렇게 뛰는 거예요?"

그래서 토늑짜이가, 얘기했어요.

"아니, 할아버지, 할아버지가 말 타잖아요. 그런데 제가 걸어가잖아요. 어떻게 할아버지 이렇게 빨리 같이 갈 수 있어요?"

그렇게 얘기하는 거예요.

"그래서 제가 빨리 뛰면 그 물건이 떨어지면 어떻게 해요, 할아버지도 못 드시잖아요."

"그러면 다음에 물건도 떨어지, 너."

물건 떨어지는 건 얘기 안 하구,

"그러면 다음에 너 어떻게든지 나 말처럼 빨리 뛰어가지구 와."

그렇게 얘기하는 거예요. 그다음 날 같이 갔어요. 그런데 토늑짜이가 그거 생각하고,

'내가 얼마나 똑똑한데.'

그 시키는 대로 해주는 거예요. 그래서 그, 말 뛰어가다가 그 물건 안에, 주머니 안에 물건 다 떨어져서 그런데 줏어 주지 않아요. 그냥 갔어요. 그런데 도착하더니 할아버지가,

"토늑짜이, 슬라믈로 하나 갖다 줘봐. 내가 너무 먹고 싶은 거야."

근데 가서 하나도 없었어요. 그래서 할아버지 얘기했어요.

"왜 그거 물건 하나도 없는 거야?"

"아니, 할아버지, 할아버지가 지난번에 말씀했잖아요. 물건 뭐, 할아버지 어떻게 제가 늦게 하지 말고 빨리 뛰고 아무것도 떨어져도, 아 아니, 어떻게든지 빨리 뛰었잖아요. 그래서 제가 빨리 뛰었어요. 왜 이렇게 또 잘못했어요?"

그렇게 하는 거예요.

"이, 토늑짜이!"

이렇게 하는 거예요. 화났어요. 그다음 날,

"그러면 그다음에 나랑 같이 가서 뛰어 또. 그런데 물건 또 떨어지면 다 줏어. 알았지?"

"네, 할아버지."

그렇게 하는 거야. 그래서 다음 날도 갔어요. 되게 조심스럽게, 떨어지지 않게. 그런데 어떤 날, 말가 응가하잖아요? (주워서 주머니에 넣는 시늉을 하며) 그 응아도 줏어서 이렇게 넣었어요. 주머니에 하나씩 하나씩 넣었어요. 그래서 할아버지 도착하자마자 높은 사람일, 큰 사람, 위 사람 같이 얘기했는데,

"아, 짜이야! 슬라믈로 갖다줘 봐. 내가 먹고 싶으니까 빨리 가져와."

그런데 갖다줬는데,

"무슨 냄새야!"

보니까 다 개똥이었어요. 아, 뭐지? [조사자: 말똥.] 말똥이었어요.

"야, 짜이! 너 왜 그렇게 하는 거야?"

"아니, 할아버지 말씀했잖아. 뭐 떨어져도 다 주웠잖아. 제가 근데 그대로 말, 할아버지 말씀대로 했는데 뭐 또 잘못했어요?"

할아버지 화냈어요.

"그러면 오늘부터 너 나 따라서 여기 왕국 하지 말고 그냥 가서 농사해서 꼭 지켜요. 농사하는 거 아니고 그냥 농장을 지켜요. 농장을 지켜서 잘 지켜야 돼. 이렇게 농장을 잘 지켜야 돼."

그래서,

"네, 할아버지."

그래서 토늑짜이 가서 지켰는데, 그 뭐지? 모 심었잖아요? 심어서 뭐, 풀이나 뭐뭐, 바나나 뭐 이렇게 만든 거 지켰어요. 그래서 어, 소이나, 물소이나 와서 막 먹는 거예요. 그런데 토늑짜이가 되게 관심 없어요.

"니가 얼만큼 먹어도 먹어."

이렇게 하는 거예요. 그래서 다른 사람이 보고 할아버지한테 가서 얘기했어요.

"할아버지, 토늑짜이가 여기 농사 지켰는데 그런데 가서 막 소가,"

어떻게 하지? 그거 어떻게 불렀어요? 심어서 만든 거. 뭐 바나나, 오이 뭐 이렇게. 여러 가지 있잖아요. [조사자: 밭?] 밭?

"밭은 안 보고 다 먹었어요."

[조사자: 농장이라 그래요, 농장.] 농장. 그래서 할아버지 화나서 갔어요. 갔는데 토늑짜이가 막 놀고 있는 거예요. 자고 놀고 있는데,

"야, 짜이! 너 뭐하는 거야? 내가 농장 지키라고 시켰는데 왜 그렇게 내 물건들 다른 동물들 먹고 있는 거야?"

그래서 토늑짜이 얘기했어요.

"아니, 할아버지, 왜 이렇게 또 화나는 거예요? 할아버지 말씀했잖아. 농장 지켜요. 봐봐 농장 하나도 안 갔어요."

그래서,

'너 보통 아니구나, 너.'

그러고 생각했어요.

"그러면 이번은 그렇게 하지 말고, 어, 너 내 농장 지키지 말고. 너 농장 지키면 내 물건들 다 없어 버릴 거야. 돈 하나도 못 받으는 거야. 그러면 니가 가서 소이나 염소이나 키워요."

그렇게 하는 거예요. [조사자: 키우라고?]

"키워요. 잘 봐요. 애는 잘 키워야 돼, 알았지?"

그렇게 얘기하는 거예요. 할아버지 가기 전에 그렇게 얘기했어요.

"할아버지 그런데 제가 부탁하는 거 있어요."

"무슨 부탁?"

그렇게 얘기하는 거예요.

"무슨 부탁?"

화났으니까.

"아니, 제가 어미소 키우잖아요."

그러면 암컷? 여성. [조사자: 암컷.]

"암컷 소가 저 부인으로 만들어주세요. 저 부인 할 거예요."

이렇게.

"니 마음대로 해."

할아버지가,

"니 마음대로 해."

그래서 그 어미 소가 키우잖아요. 그런데 다른 집도 같이 와서 키우잖아요, 농장에서. 풀 막 먹잖아요, 우리나라에서. 그래서 다른 수컷 이렇게, 다른 소들은 와서 그 토느짜이 부인 이렇게 생각했잖아요? 와서 엉덩이도 맡으고, 또 뭐 하잖아요. 그래서 화났어. 그래서 그 소들을 잡았어요. 그래서 주인 와서 부탁했는데도 안 줬어.

"내가 주고 싶으면 나한테 돈 줘."

그래서 한 거예요. 그래서 그 사람도 화나서 할아버지한테 얘기했어요. 할아버지 알고 와서

"어, 토느짜이! 너 왜 그렇게, 너 왜 그렇게 동네 소 사람들 잡으는 거야?"

"아니, 할아버지. 저 얘기했잖아요. 그 여자, 암컷 소들은 제 부인이잖아요. 그런데 그 수컷 여기, 소들은 자꾸 우리 부인에 와서 바람피우고 쳐다보는 거예요. 그거 저 어떻게 참을 수 있어요?"

그렇게 얘기하는 거예요. 그래서 할아버지 너무,

"너 참 어디 가든지 나는 불편, 마음이 편하지도 못하게 살고 있는 거야, 너 때문에. 그럼 너 소 키우지 마. 우리집 가서 나 부인의 일 도와줘."

이렇게 얘기하는 거예요. 농장하지 말고 소도 키우지 말고 집에 가서 일하는 거예요. 그래서 집에 한참 같이 뭐지? 많이 일했는데요. 그런데 어느 날 마님이 일 시켰어요.

"토늑짜이야. 가서 할아버지 불러서 식사하세요."

그랬더니 그 소리 듣고 그 할아버지가 다른 집 사람한테 놀러 갔거든요? 그래서 이제 그 집도 크게 소리질렀어요.

"(큰 소리로) 할아버지! 할머니 불러서 식사하세요!"

크게 불렀어요. 다른 동네 사람들이 무슨 일 있을까 이렇게 다 와서 보는 거예요.

"무슨 일 있어?"

이렇게 보는 거예요. 그래서,

"아니 저 할아버지한테 얘기했는데요?"

그러는 거예요.

"(큰 소리로) 할아버지! 할머니, 할머니 식사하세요."

할아버지 깜짝 놀라서,

"야, 짜이! 너 왜 이렇게 크게 소리지르는 거야, 무슨 큰일처럼?"

"그러면 어떻게 해요?"

토늑짜이가 그래서,

"그러면 다음에 와서…"

짧게 얘기하는 거 어떻게 하죠? [조사자: 작게.] 작게. [조사자: 작은 목소리로 얘기하라고?]

"작은 목소리로 얘기해요, 알았지?"

할아버지 그래서 며칠 후에 그 집에 할머니가 무슨 요리 했는데 갑자기 불탔어, 집에. [조사자: 아, 불이 났어?] 불이 났어요. 그래서 그 마님할머니한테, 마님이 토늑짜이한테 얘기해서,

"빨리 할아버지 불러와요. 집에 불, 불났어요."

토늑짜이가 가서,

"(아주 작은 소리로) 할아버지, 할아버지 집에 불났어요."

그러는 거예요. 그래서,

"뭐? 짜이! 너 무슨 얘기야? 내가 하나도 못 알아들어! 크게 얘기해 봐!"

"할아버지 집에 불났어요!"

"야, 짜이! 그건 큰일인데 너 왜 빨리 얘기 안 해요?"

그래서,

"빨리 가세요."

"잘했어."

이렇게 얘기하고,

"그러면 너 빨리 가고, 살살한 물건들, 가벼운 물건들…"

나이 많지 않으니까.

"가벼운 물건들 되게 모아서 다 불타는…"

불났잖아요.

"물건들 다 피해 주세요."

그렇게 얘기하는 거예요. 저 한국말로 잘 못 했죠? 한국말로 잘 못 했죠?

그래서, 어, 토늑짜이 빨리 뛰어서, 가서 되게 뭐지? 닭, 닭 있잖아요. [조사자: 닭?] 캄보디아 닭은 한국 닭처럼 농장처럼 키우지 않아요. 자연스럽게 키우거든요? 왜냐면 그 닭의 알 나오잖아요? 그 풀 있잖아요? 벼 나오는, 죽었잖아요. 벼 다 빼잖아요. 수확해서. 그래서 그 벼를 만들어서 그 속, 캄보디아에서는 목 이렇게. 새집처럼 그런 거, 독수리 집 있잖아요, 그거 밑에. 그래서 알 이렇게 낳고 그렇게 키우잖아요.

[조사자: 그니까 짚을 말하는, 그 껍데기 짚을 말하는 거예요? 아니면 쌀 싸고 있는 껍데기를 말하는 거예요?] 아니, 여기 잠깐만요. 그거 다 아니고. [조사자: 그거 다 아니고?] 독수리 자연스럽게 되게, 나무 하나씩 하나씩 이렇게 자기가 집 만들잖아요. 그거 아세요? 그거 비슷해요. 그 안에 자기가 그, 알을 낳아서 자기가 품 안에 편하게 앉으잖아요, 그런 거예요. 어떻게 불러요? [조사자: 그니까 그 닭이 낳을 수 있게 그걸 만든다는 거잖아요?] 네네, 그게 뭐예요? [조사자: 그걸 뭐라 그러지?] 그냥 닭집 그럴까요? [조사자: 네, 닭집.] 네, 그냥 닭집.

(닭집을 빼는 시늉을 하며) 닭집에 하나씩 하나씩 빼와서 넣으는 거예요. 닭집 가볍잖아요? 닭집 하나씩 하나씩, 닭집만. 닭은 어떻게 도망갔는지 몰라요. 그냥 닭집만, 닭집의 통, 통 같은 거 넣었어요, 가볍게. 그래서 할아버지 가서, 집에 가서 불 다 타났어요. 그래

서 이제 불 다 끝나서 되게,

"어, 내 물건들 다갖고 나와서 어떻게 하는 거야?"

그래서

"어, 내가, 짜이가 시켰어요. 물건들 많이 피해는 거 얘기 많이 했는데. 짜이야."

불러서,

"짜이야, 빨리 와 봐. 너 많은 물건들 많이 피했지? 그 물건들 어디 있어? 뭐 피했어?"

"네, 할아버지 많이 있어요. 가서 보세요. 제가 닭집도, 통도 이렇게 많이 했어요."

그래서 할아버지 보고 (가슴에 손을 얹고)

"아, 짜이. 너 왜 그렇게 하는 거야? 되게 중요한 물건들, 비싼 물건들 왜 너 보지 않고 피하지 않고 왜 이렇게 쓸데없는 물건들만 이렇게 피하는 거예요?"

그렇게 얘기했어요. 그래서

"아니, 할아버지 말씀했잖아요. 그거 가볍게 쓰잖아요. 저 그거 제일 가볍게 생각했어요. 한참 생각했어요, 가볍게. 그래서 이만큼 도와줬는데도 잘못하는 거예요?"

그래서 말없어요, 할아버지가. 너무 강해서 토늑짜이가. 그래서 그, 할아버지가 생각했어요.

'얘가 나한테 복수하는 거야.'

그렇게 생각 들었어요.

'얘가 보통 아이 아니야. 얘는 나한테 복수하는 거야. 그 행동들은. 그러면 얘는 나한테 같이 사는 거 아마 영원히 못 살 거 같아. 오래 못 살 거 같아. 그러면 나는 얘한테 데리하구 왕님한테 드릴거야.'

캄보디아 왕님이 그렇게 얘기했어요.

그래서 어느 날 토늑짜이 데려가서 왕님한테 얘기했어요. 가서, 왕님한테 얘기해서,

"어, 왕님."

어떻게, 폐하. 폐하 맞죠?

"폐하, 제가 한 아이 있어요. 아이 한 명 있어요. 그 아이가 너무 똑똑하고 거짓말도 너무 잘해요. (웃음) 되게 똑똑하고 거짓말하는 거 너무 잘 해요. 그래서 지금은 폐하한테 갖다 드리는 거예요. 같이 지켜보세요."

"어머, 누가 나한테 똑똑, 나보다 똑똑하니?"

왕가 되게 자기 잘난 척처럼 되는 거예요.

"어딨어? 애 어딨어?"

"저예요."

이렇게.

"저예요."

"너 이름 뭐니?"

"토늑짜이예요."

그러면,

"많은 사람들, 너한테 얘기 많이 들었다. 너는 되게 거짓말 너무 잘 하구나. 그러면 한 번 나한테 거짓말해 봐."

이러는 거예요. 그래서,

"토늑짜이 얘기해 봐."

"어, 저 폐하한테 거짓말 할 수 있는데 저 엄마 집에서 거짓말 책, 집에 있어요. 그 거짓말 책 없으면 거짓말 못 해요. 그래서 폐하가 저한테 거짓말 듣고 싶으면 그 사람들 가서 거짓말 책 우리집 가서 갖다 주세요. 그러면 저는 거짓말 해 주세요, 줄게요."

그래서 폐하가 사람들 시켜서,

"가서, 토늑짜이 집 가서 거짓말 책 가져와."

그 집에 가서 엄마한테 갔어요.

"토늑짜이가 거짓말 책 여기 있었다고 해서, 주세요. 왕한테, 폐하한테 갖다 드리는 거예요."

"아니 우리 집에 아무것도 없어. 거짓말 책이 어딨어요?"

"없어요?"

그러면 갔어요, 그 사람들.

"폐하, 거짓말 책 그거 없어요."

그래서,

"야, 짜이! 너 거짓말 책 있다면서? 근데 왜 없어?"

"아, 그거는 거짓말 뜻으로 만드는 거예요. 처음부터 그거 거짓말 뜻으로 만드는 거예요."

"그렇구나."

그래서 생각 들어서 근데 칭찬도 안했어요. 너무, 자기가 너무 못하잖아요. 토늑짜이보다 똑똑하지 않다는 생각 들었어요.

그다음 날에, 그 폐하가 토늑짜이가 어떻게 얼만큼 똑똑하는지,

'되게 나는 너보다 똑똑한지 보여줘.'

이렇게 얘기, 생각했거든요? 그래서 어떻게 만들었는지, 얘는, 어떻게 대신 못했고 자기는 똑똑하는 아이가 아닌 걸 인정하는, 만들어 오는 거예요. 그래서 그다음 날에 밑에 있는 사람들한테 얘기해서,

"너 오늘 강에 가서, 그, 강에 가서, 그 물속 안에 들어가요. 그런데 물속 안에 들어가고 한 명 떠오면 알 한 개, 알 하나 가져 와. 그래서 그 사람들 다섯 명 들어가잖아요? 저기 한 명씩 한 명씩 계란 알 같이 갔어요. 그래서 아침에 왕한테, 토늑짜이한테 얘기했어요.

"토늑짜이, 나 오늘 강에 가서 노는 거야. 그래서 너 그 물속 안에 들어가서 그 사람들이랑 같이 놀아."

그래서 토늑짜이가 몰랐어요. 물속에 들어가는데 갑자기 그 다섯 명 사람들 있잖아요. 물속 안에 들어가는데,

"꼬꼬꼬꼬댁!"

이렇게 된 거예요, 닭처럼. 이렇게 된 거예요.

"꼬꼬꼬꼬댁!"

그래서 한 명 일어나서,

"꼬꼬꼬꼬댁! 알 하나 낳았다!"

이러는 거예요. 그래서 한 명 또

"꼬꼬꼬꼬댁! 알 하나 낳았다!"

다섯 명 알 다 낳았어요. 그런데 어, 갑자기 왕 얘기했어요.

"너 알 낳아. 알 안 낳으면 죽어버려."

이렇게 얘기하는 거예요. 그래서 갑자기 토늑짜이가,

'어, 왕님이 나한테 또 어떻게, 음, 내가한테 죽어버리고 싶어서 저러겠지.'

이렇게 생각했구나. 그래서 토늑짜이가

'나는 여기 물속 안에 들어가구.'

그래서 어떻게 하지? (닭 흉내를 내며)

"꼬꼬꼬꼬댁!"

이렇게 하잖아요.

"꼬꼬꼬꼬꼬!"

이렇게 하는 거예요. 그래서 그,

"꼬꼬꼬꼬꼭!"

그래서,

"아, 짜이. 계란 알 어딨니?"

그래서 토늑짜이 얘기했어요.

"폐하, 제가, 그 다섯 명 사람들은 그거 암컷이니까. 그래서 알 낳으는 거예요. 저는 수컷은 알 안 낳아요."

그래서 폐하가 그거 생각 못 했고. 그래서 토늑짜이가 밑에 있는 거예요. 그 토늑짜이 똑똑한 거 보는 거예요.

그래서 못 죽여버렸어요. 근데 열 엄청 받았어요. 자기 실패했어요. 그래서 그다음 날 그 다른 밑에 있는 사람들 얘기했어요.

"내일은 내가 어, 뭐지? 산속에서 놀러 갈 거야. 뭐 가서 보고, 뭐도 뭐도 잡아."

그게 캄보디아 문화거든요?

"그런데 토늑짜이한테 얘기하지 말고, 토늑짜이한테 얘기하지 말고. 그래서 빨리 코끼리나 말 다 갖고 토늑짜이 하나도 타는 거 없어. 그런데 늙은 코끼리 한 마리 가지고 우리는 빨리 먼저 가야 돼."

그래서, 그래서 늙은 코끼리 위에는 어, 폐하 드시는 점심 있어요. 드시는 점심 있는데, 그런데 그 코끼리가 느리니까 만약 점심 늦으면 또 죽는 거예요. 그래서 그런데 미리 얘기 안 했어요. 토늑짜이가 아침이 돼서,

“너 나 지금 산속에서 가거든? 그래서 내가 점심 먹는 밥은 내가 늙은 코끼리 위에 넣으는 거야. 그러면 니가 잘 지키고 그거 내가 점심 늦으면 너 죽여버릴 거야.”

그렇게 얘기했어요. 그런데 또 다 도망갔어요. 말 타고 빠르잖아요? 근데 코끼리 보더니 자기가 늙은 코끼리가 너무 늙어서 나이도 많고 팔도 아팠어요. (거북이가 기어가는 흉내를 내며) 이렇게 거북이처럼 걸으는 거예요.

“나 어떻게 하지? 얘 때문에?”

토늑짜이가 배처럼 그거 뭐지? 배처럼 이렇게 바람 불으면 그, 지금 배 말고 예전 배가 바람 불으면 되게 앞에 가잖아요. [조사자: 아, 바람이 세게 불면?] 네, 그렇게 되는 거. 그것도 넣고. 뭐, 대나무도 이렇게 열심히 뛰고 (노 젓는 시늉을 하며) 어떻게 코끼리가 빨리 가잖아요. 그래서 그 결과가 늦게 갔어요. 늦게 도착했어요. 그 토늑짜이가 그래서… 아니 저 얘기하는 거 이해 잘 가요? 말 잘 못 해서. [조사자: 아니에요, 아니에요.]

그래서 도착했잖아요? 왕이 생각했어요.

‘나, 오늘 토늑짜이 죽어버릴(죽여버릴) 거야.’

“야, 짜이. 너 모르니? 내가 밥 몇 시에, 내가 밥 먹을 시간 지났잖아. 왜 이렇게 늦게 도착했어? 어?”

그래서 토늑짜이가 대답했어요.

“아니, 폐하. 제가 열심히 왔는데 그런데 어떻게 이렇게 늙은 코끼리 때문에 이렇게 못 도착하는 거예요. 저는 마음이 빨리 오고 싶었는데 늙은 코끼리 때문에 늦게 온 거예요. 열심히 대나무도 도와주고, 배처럼 이렇게,”

캄보디에서는 ‘라옹’ 이렇게 만들 거든요? [조사자: 라옹?] 이름이 라옹. 이렇게 라옹 이렇게. [조사자: 바람을 일으키는 거죠?] 바람 불으면 배 있잖아, 바람 있잖아요. 우리 노 젓지 않고 쑥 가잖아요, 그 거예요.

“그런데 그 코끼리가 늙기도 늙고 되게 걷지도 않는 거예요. 저 잘못하는 거 아니에요.”

그래서 그 여러 이유 얘기하니까 폐하가 얘는 죽여버려도 못 해고, 사람 앞에서.

"그래, 그거 음 그냥 너무 멋진 이유 생각했어."

[조사자: 그래서 넘겨줬어?] 네.

그다음 날, 또 시간 지나서. 왕이 생각했어.

'내가 어떻게 토늑짜이 죽여버릴까? 얘는 나보다 훨씬 똑똑한 아이야.'

그렇게 생각했어요. 그래서 얘기했어요. 미리, 미리 얘기 안 하고 토늑짜이, 그냥 자기 밑에 있는 사람들만 얘기했어요.

"내가 내일은 어, 뭐지? 산속에서 가서 또 노는 거야. 그런데 다들 말 타. 말, 말. 다들 말 타요. 말 안 타는 사람은 죽여버릴 거야. 그런데 동네 사람들 얘기해. 누구 토늑짜이한테 말 빌려주면 그 죽여버릴 거야."

이렇게 얘기하는 거예요. 그래서 그 시간 지나서 내일 도착하고 토늑짜이한테 얘기했어요.

"내가 오늘 뭐 산속에서 또 가는 거예요. 근데 말 꼭 타고 가야 돼, 너. 말 안 타면 죽여버릴 거야."

이렇게 얘기했어요. 그래서 다들 갔어. 폐하도 갔어요. 근데 토늑짜이에게 말 없어요. 빌려준 사람도 없어. 그런데 어느 날 여기 봤어요. 그 캄보디아가 바둑처럼, 한국 바둑 있잖아요? 하얀 색. [조사자: 팥죽?] 바둑. 바둑. [조사자: 파독이 뭐지?] 바둑이는, 그 하얀색 알 이만큼 있잖아요. 까만색 알 이만큼 있구. [조사자: 바둑.] 네, 바둑 그렇게. 그런데 캄보디아 바둑 비슷하는데 그런데 그 머리가 모양 만드는 거예요. [조사자: 머리 모양?] 말. [조사자: 말 머리 모양?] 네. [조사자: 체스가 아니에요?] 네네, 그거 한국도 있어요. 체스? [조사자: 그러니까 바둑 같이 하는 건데, 장기같은 건데 거기에 말 머리가 있는 거죠?] 네, 그런 거예요. [조사자: 외국에서 체스 같은 거.]

체스 그거. 그거 체스는 보고, 그 체스 말, 말 머리 보이잖아요. 그래서 그 말 타고 가는 거예요. [조사자: 아하.] 그 말 타고 가는데, 왕의 폐하가 봤어, 그 말. 체스. [조사자: 그니까 장기 말. 장기 말.] 네, 그런데 다 가는 거예요. 그래서 도착하자마자 여기 폐하가 기분 좋았어요.

'어, 나 오늘 토늑짜이 죽여버릴 수 있네.'

이렇게 생각했어요.

"일로 와. 짜이! 나 얘기했지? 누가 말 안 타면 죽여버린댔지? 너 말 안 탔잖아. 죽여버릴 거야."

그래서 토늑짜이가,

"아니에요, 폐하. 저 말 타고 왔어요."

"너 말 어딨냐?"

그래서 그거 보여줬어요.

"이 말이에요. 얘 말 타고 왔어요. 요 말이에요."

그래서 왕이 보고 자기도 말 얘기했잖아요. 진짜 말 가짜 말 얘기 안 했잖아요. 그래서 인정했어요.

"그거구나."

그래서 할 말도 없어 넘어갔어요.

[조사자: 그러면 그 놀이를 캄보디아에서 하는 놀이인 거죠?] 네. [조사자: 그거는 이름이 뭐예요?] 레, '억', 억. [조사자: 억?] 억, 억. [조사자: 억?] 네, 억. 네, 그래서 시간 지났어요. 재밌죠? [조사자: 네.] 너무 길어요. [조사자: 괜찮아요, 다 해주세요.]

그래서 얘는 너무 똑똑해서,

"너 나랑 가까이 일하지 말고, 가서 그, 내 부인들…"

어, 뭐지? 왕 부인 많잖아요?

"부인들 가서, 그 부인 집 밑에 있는 먼지 많잖아. 가서 먼지 깨끗하게 치워."

그래서 가는데. 그런데 대부분 사람들 토늑짜이 싫어해요. 왕이 싫어하니까 같이 싫어하는 생각 들어요.

그래서 그 여자들 토늑짜이, 집 밑에 있잖아요. 우리들 캄보디아 집 이층 있어요. 이층에서 사는 거예요. 밑에는 그냥 뭐 놀구 이렇게 하는 거예요. 그래서 토늑짜이 밑에 뭐 어, 뭐지? (먼지 터는 동작을 하며) 거미줄이나 이렇게 닦고 있어요, 먼지 깨끗하게. 닦는데, 얘는 위에 있고 토늑짜이 밑에 있잖아? 열심히 뛰었어. (두 손을 흔들며 뛰는 시늉을 하며) 계속 뛰었으면 먼지 계속 떨어지잖아. 자기 머리 위에, 나빴어.

그래서 얘는 욕했어. 토늑짜이가,

"야야야야! 이 나쁜 여자, 나쁜 놈들!"

이렇게 했어요. 캄보디아는 나쁜 여자들 이렇게 얘기하는데, 그런데 그 뜻으로 너무 나쁜 여자 하면 사람 얘기잖아요. 그러지 않고,

"이 나쁜 놈들! 너희들은 밥 먹을 수 있어도 너 엉덩이 때문이야. 너 엉덩이 때문에 밥 먹을 수 있는 거야. 밥 못 먹어도 너 엉덩이 때문이야."

큰 소리로 왕 같이 사니까. 같이 자니까, 그런 뜻으로 그런 거예요. 그래서 그 여자, 부인 여기 왕 폐하, 부인 듣고 되게 열 받았어.

"얘는 나한테 안 인정하는구나. 그러면 나는 폐하 가서 얘기할 거야."

그래 몇 명 가서 폐하한테 얘기했는데,

"이리 와, 짜이. 너는 막 부인들 이렇게 욕하는 거야? 빨리 토늑짜이 불러와."

그래서 토늑짜이 불러왔어요. 토늑짜이 불러오는데,

"너! 왜 우리 부인들 이렇게 욕하는 거야?"

"아니, 누가 누가 저한테 욕하는 거 누가 얘기했어요?"

"내 부인이 얘기했지. 내가 똑똑히 들었어. 다 얘기했지."

이렇게 얘기하는 거예요.

"아니야, 저 어떻게 이렇게 왕 부인들 이렇게 얘기할 수 있어요. 저는 그냥 거미들 얘기하는 거예요. 봐봐 거미들은 줄도 만들고 밥 먹고 있어. 벌레 잡아 먹어. 그 엉덩이는 줄 안 만들면 밥 못 먹잖아. 그 벌레 못 잡아먹으니까 그렇게 얘기했는데, 왜 이렇게, 그렇게 생각하는 거예요?"

그래서 왕이 듣고,

"그거 맞는, 맞는 뜻이구나."

그래서,

"아, 그러면 그냥 집에 가서 살아."

이렇게 하는 거예요. 그래서 그 왕이,

"그러면 너 내일부터 그 나 부인들 집에,"

나 부인 집, 나 부인들, 어떻게? 나 부인, 집, 부인들?

"가서 일하지 마. 그냥 여기 있어, 일 해."

그렇게 하는 거예요.

시간 지나서, 그 왕가 생각했어. 토늑짜이를 죽이는 방법이 또 생각났어요. 이번은 그 닭 싸우는 거예요. [조사자: 닭싸움?] 닭싸움. 그런데 왕 닭은, 폐하 닭은 너무 크고 강하게 보는 거예요. 그래서 왕이 밑에 있는 사람들, 동네 사람들한테 또 얘기했어요.

"너들은 누구나 토늑짜이 닭 빌려주면, 그 가족 죽여버릴 거야."

이렇게 얘기했어요. 그래서 토늑짜이가 그 왕에게 얘기해서,

"너는 나랑 닭 잡고 나랑 같이 싸워. 근데 너 우승 못 하면 너 죽여버릴 거야."

그래서 그날 시작해서 토늑짜이는 다른 닭 동네 사람 빌려도 안 빌려주는 거예요, 어떡해든지.

그래서 생각났어 자기가 집 가서 병아리 잡았어요. 병아리 한 마리 잡아서 그, 날짜 도착해서 닭싸움하는 자리가 가서 그래서 닭이 왕 닭이 놀잖아요. 크게 강하게 노는데, 그래서 왕이 얘기했어요.

"토늑짜이 너 닭 어딨냐? 빨리 같이 놓고 싸워. 너 우승 못 하면 너 죽여버릴 거야."

이렇게 얘기하는 거예요. 근데,

"네, 폐하."

이렇게 얘기하는 거예요. 그래서 그 닭하고 병아리 나오는 거예요. 근데 사람들, 대부분 사람들이 생각했어, 왕도 생각했어요.

'어, 얘는 무슨 똑똑해? 이렇게 못 똑똑하구나. 똑똑하지 않아. 이제 내가 우승이야.'

생각했어요. 밑에 사람들도,

'어, 토늑짜이 이제 죽을 거야.'

생각했어요.

그런데 그 결과가 그 병아리가 엄마 떨어지니까 그래서 큰 닭 보고 밑에 들어가는 거예요. 근데 그 큰 닭가 닭싸움, 닭가 그렇게 보고 자기 밑에 들어가니까 되게 가려우니까 막 뛰어서 도망가는 거예요. 그래서 애 계속 따라가는 거예요. 그래서 그 결과 폐하 닭은 도망갔어요. 밖에 도망가니까 졌잖아요. 그래서 그 토늑짜이 우승했어요.

[조사자: 정말 똑똑하네.] 네.

그래서 음, 그 시간 지나서 그 왕가 너무 화나서,

"토늑짜이가 너 왕, 나랑 같이 살지 마. 멀리 가서 살아."

이렇게 얘기하는 거예요. 그래서 멀리 가서 사는데, 그래서 자기 집에 가서 살았는데, 어, 너무 시간 오래 돼서 왕도 못 만났어. 또 심심해서 밑에 있는 사람들, 왕의 일같이 하는 사람들 밑에 있는 사람들 어떻게 얘기해야 돼요? [조사자: 신하?] 신하? [조사자: 신하.] 신하. 신하 사람들 그 동네 와서 토늑짜이 만났어요. 토늑짜이 만났는데, 그 토늑짜이한테 얘기했어요.

"너는 밖에 사는 거 만족했지?"

그렇게 하는 거예요. 음, 그래서 그 신하는 사람들, 토늑짜이 신하하는 사람들한테 얘기했어요.

"아니, 나는 며칠 후에 왕 앞으로 가서 만날 거야."

그렇게 얘기하니까,

"믿어, 안 믿으면,"

우리 어떻게 퀴즈처럼 이렇게 하잖아요?

"내가 지면, 내가 너 돈 주고. 그런데 내가 우승, 우승했으면 너한테, 나한테 돈 줘."

그러니까 그 신하 사람들이

"그래."

[조사자: 그 신하한테 내기를 제안했다는 거죠?] 네, 내기하는 거예요. 그래서

"그래 좋아."

이렇게.

"아 백프로 우승하는 거야, 신하같은 사람인데."

그래서 4일 지났어요. 어느 날 토늑짜이가 그 어디 스님 만나서, 가서 스님 만났는데. 어, 어떻게 했지? 잠깐만요. 음 (잠시 생각하다가) 음, 어, 그 스님가, 되게 높은 스님, 큰 스님이에요. 큰 스님인 거예요. 그래서 그 스님가 토늑짜이 만나 왕 집에 들어가서, 그 왕국에 들어가서 좋은 얘기하고 이렇게 폐하 만나서 얘기한 거예요. 그런데 가기 전에 그 토늑짜이가 봤어요. 그래서 토늑짜이가 얘기해서,

"어머."

어, 어떻게 얘기했지? 아.

"내 머리는…"

그 무슨 새지? 어, 새, 그 새가 꼬리가 되게 아름답잖아요. [조사자: 공작?] 네, 공작.

"나 머리는 공작처럼 아름답게. 그런데 어, 그 스님 얼굴이 내 엉덩이 생겼네."

이렇게 나쁜 말 얘기하는 거예요. 그래서 그 스님이 그 말을 듣고 이렇게 화났어요. 그래서 그다음 날에 왕국 가서 왕한테 얘기해서,

"너무 화났어. 왜 토늑짜이 나한테 막 욕하는 거야? 내가 보통 사람도 아니고 큰 스님인데."

그래서 왕가 토늑짜이 불렀어요. 왕가 토늑짜이 불렀는데, 그래서,

"야, 짜이! 너 왜 이렇게 큰 스님 욕하는 거야? 너 보통 사람한테 이렇게 말도 못 쓰는 거야?"

그래서 토늑짜이 얘기했어요.

"아니, 저 스님한테 얘기하는 거 아니에요. 어, 제가 무슨 뜻이면, 제가 머리가 되게 어, 공작새처럼 생기는 거지만 근데 그 뜻으로 내가처럼 어, 스님가 만날 수 있잖아요. 왕국 들어갈 수 있잖아요. 만약 내가 얼굴 만약 내 얼굴에, 엉덩이처럼 생기면 내가 또 왕 만날 수 있는 거야. 왜냐면, 왜냐면 왕이 내 얼굴 싫었어. 그래서 그 왕국 들어갔지만 멀리 떠나게 했잖아. 그런데 만약 내 얼굴은 내 얼굴 아니면 내가 왕 만날 수 있어."

그거 이해하세요? [조사자: 음, 다시 한번만 설명해 주실래요?]

그 토늑짜이가 얘기했잖아요.

“내 머리가 공작처럼 생기는데,”

무슨 뜻이냐면, 자기 머리가 공작, 공작 예쁘게. 아름답게 생겼잖아요. 다른 사람도 좋잖아요. 똑똑한, 머리 잘 쓰는 사람 생각했는데. 그런데 그 스님 얼굴은 내 엉덩이처럼 생기는 거예요. 어떻게 하냐면, 내 엉덩이 하면 내가 그 엉덩이가 왕 만날 수 있잖아요. 내 얼굴 아니니까. [조사자: 아, 자기 얼굴 아니니까.] 네. 왜냐면 내 얼굴은 [조사자: 왕이 싫어하니까.] 왕이 못 만나니까. 싫어하니까. 근데 내 엉덩이 모르니까 왕은 언제 만날 수 있잖아요. 그래서 그 스님가 왕 만날 수 있으니까 그래서 그렇게 얘기하는 거예요. 그래서 이렇게 이해하세요? [조사자: 음음.]

그래서 그렇게 얘기하니까 왕 이렇게 듣고,

“아, 스님 얘는 스님가 뭐지 엉덩이 닮은 거 얘기 아니고. 그냥, 그냥 얘기하는 거예요. 얘는 나 못 만나니까. 그래서 그렇게 얘기하는 거예요.”

힘들게 이해했죠? 응, 그렇게 하는 거예요. 그래서 화나지 않고 그냥 그렇게 했어요.

그래서 신하하는 사람들 토늑짜이랑 돈 놓고 이렇게 있잖아요. 다 줬어요. 왕을 만날 수 있으니까. [조사자: 응, 만났으니까.] 응, 그거, 그거 목적. [조사자: 그럼 일부러 스님이 화나서 가서 이제 왕에게 그 이야기를 해서 왕이 부르게 만든 거예요?] 네, 부르게 만드는 거예요. 그 목적. [조사자: 그래서 이긴 거죠? 응.] 네.

그래서 시간 지나서 어, 그 왕이 그 자기, 지난번 부인 있잖아요?

“부인이 가서 그 토늑짜이 집에 가서 집 앞에 응아 해.”

그렇게 하는 거예요.

“토늑짜이 집 가서 응아 해. 많이 해. 내가 시키니까 마음대로 해.”

그렇게 가서 어, 토늑짜이가,

“그래 해. 왕 시키면 너도 마음대로 해.”

그런데 어떤 여자가 여기 응아 하나는 안 했는데, 응아 했는데 또 쉬하고, 방귀도 뀌고, 그렇게 하는 거예요. 그래서 토늑짜이가 화나서 막 때렸어요. 막 여기 폐하 부인 갖다가 다 때렸어.

그래서 내 여자들 화났어. 그래서 그 왕한테 가서,

"얘는 나 때렸어요."

그렇게.

"토늑짜이 돌아와. 왜 내 부인 때리는 거야?"

와서,

"아니, 제가 왜 때리는지 얘들은 폐하 말씀 안 들어."

"왜 안 들어 내가 시키는데. 얘네 가서 너 집에 응아 했는데."

"아니, 응아 했잖아요. 근데 만약 응아 하면 괜찮은데 애들은 쉬도 하고 방귀도 나오는 거예요. 어떻게 이렇게 막 말 안 들으는 거예요?"

그러는 거예요. 그래서 왕이 듣고,

"그렇구나. 나는 잘못쟁이구나."

그러는 거예요. 그래서 또 왕 져는 거예요.

그래서 토늑짜이가 너무 똑똑하고 왕도 토늑짜이 따라도 못했고, 못 따라 하고. 그 소리 듣고 중국 같이 들었어요.

(제보자가 조사자에게 과일 먹으라고 권하며) 중국 같이 들어가는데 그래서 중국하는 똑똑한 사람들, 똑똑한 사람들,

"중국 배야."

얘기했어요.

"너 캄보디아에 가서…"

'카마이로', 그때는 카마이로 이렇게 불렀거든요?

"카마이로 가서 그, 토늑짜이가 얼만큼 똑똑한지 퀴즈…"

어떻게 아까 말씀하신 거 퀴즈 말고, [조사자: 내기.] 내기?

"내기 같이 하자. 내기 같이 하는데 우승한 사람은"

자기의, 어, 자기 왕국의 자기 나라가 그 우승하는 나라 밑에 하는 그 [조사자: 속국.] 속? [조사자: 속, 속.] 속? [조사자: 속국. 자기 나라로 만드는 거야.] 아니, 자기 나라 만드는 거 아니고. [조사자: 그러면?] 잠깐만요. 내기, 아까 뭐죠? (단어를 종이에 적으며) 내기, 퀴즈? [조사자: 수수께끼.] 어, 수수께끼. 아, 맞아맞아. 퀴즈.

[조사자: 그니까 누구랑 누가 대결해서 누가 이기면 이제 무엇을 선물

로 받거나, 주거나 해야 되는 그 내기라 그러는 거예요.] 네네, 내기.

그래서 우승한 사람은, 나라가, 우승하는 나라가 매년 이렇게 [조사자: 뭘 바쳐야 되는 거죠?] 네, 갖다 주는 거. 갖다 주는. 다이아몬드, 뭐 돈, 뭐 이렇게. 그거 어떻게 해야 돼요?[조사자: 그러니까 그걸 속국이라 그래요, 속국.] 속국. [조사자: 속국.] 속국? [조사자: 응, 그니까 그 나라의 작은 나라라서 항상 뭐가 있으면 갖다 바쳐야 되는 거예요.] 네, 그런 거예요.

"그렇게 져는 사람 속국 할 거야."

그렇게 하는 거예요.

그래서 그 왕가 이제 토늑짜이 필요하는 거예요. 그래서 토늑짜이 불러와서 처음부터 끝까지 얘기했고. 그래서 그 토늑짜이가,

"네, 제가 그거 받을게요. 나라 위해서."

그런데 집에 와서 자기가 생각해서,

'나는 똑똑하지만 그런데 어떻게 그런 거까지는 못 할 거 같아요. 그래서 만약 내가 내일 그 사람들 만나서 퀴즈 져면 내 나라 내 사람들 죽어도 몰라요. 그거 못 보고 나는 이제 강에 들어가서 죽어버릴 거야.'

그런데 강에 죽었는데 자꾸 몸이 떠는(뜨는) 거예요. 밑에 안 들어가고 몸이 자꾸 떠서 들어가도 또 띄우고, 또 들어가도 띄우고. 이렇게 물 위에 나오잖아요. 그런데 나오다가 그 중국 배가 맞았어. 닿았어요. 그래서 똑똑한 사람이 세 명이거든요. 얘기하는 거예요.

"내일은 같이 무슨 퀴즈하는 거예요?"

그래서 그거 들었어요. 그 퀴즈 어떻게 하는지.

"수박 세 개 있어요. 수박 하나, 수박 둘, 수박 셋. 그 수박은 세 개 있는 거 그 씨가 몇 개 있어요? 수박씨가 몇 개 있는 거예요?"

그래서 그 그것도 얘기했어요. 중국 사람들 가잖아요? 그, 배가 오백 배, 오백 배 같이 가고. 이렇게 그것도 얘기해도 돼요.

"오백 배가 같이 가고, 한 배가 오백 명 사람 있어요. 만약 캄보디아 우승할 수 있으면 그 배가, 그 사람들은 캄보디아 다 주는 거예요."

이렇게 하는 거예요. 그래서 그 퀴즈 두 개 있어요. 그 수박씨 몇

개 있고, 2번 퀴즈는 그, 뭐지? 돼지고기, 돼지고기가 하나 조금만 있는데요. 캄보디는 '한 닐' 이렇게 이거든요. 저도 그거 적당한 거 못 찾았어요. 깜빡했어요. 아마 600그람이나 400그람 정도 돼요. 그거 적당한 거 몰랐어요.

"그 돼지고기가 어떻게 그 폐하가, 캄보디 폐하가 돼지고기 400그람을 2년 드시고 있어요?"

[조사자: 2년 먹는다고?] 네, 2년 동안. 2년 동안 드시고 있어요.

"만약 그 퀴즈 잘못되면 그 나라가, 우리 밑에 나라가, 우리나라가 속국, 속국 만들 거예요."

그런데 토늑짜이 그거 처음부터 끝까지 들었어. 집 갔어요. 집에 도착하고 그 퀴즈, 퀴즈가 어, 그 사람의 얘기가 듣고 다 맞춰서 뭐.

수박 세 개 있잖아요? 수박 한 번은 씨 하나 있어. 수박 두 번은 두 개 있어. 수박 세 번은 씨 세 개 있어. 그래서 그 두 번 퀴즈는 어, 돼지고기 400그람이잖아? 한 닐. 캄보디. 한 닐, 어떻게 2년 먹을 수 있으면 우리 설날 있잖아요? 우리 설날 아니야. 그 뭐지? 새해, 새해 전에는 31일이잖아요. 그 31일 한 번 먹어, 저녁에. 그럼 아침에 새해 도착했잖아요? 아침에 먹으면 2년 먹고 있잖아요? 그거 정답이예요. 그래서 캄보디 우승했어요.

그래서 캄보디 우승해서 그 토늑짜이가 똑똑한 사람, 그 내기한 사람한테 얘기했어.

"내가 너 물건도 안 받고, 너 배도 안 받고. 그냥 너 집에서 알아가요. 그냥 집에, 너도, 어, 나라 갈 건데, 너들, 너, 밑에 있는 사람들 그 중국 있는 사람들 꼭 기억해. 내가 너한테 살려주는 거야. 내가 얼마나 똑똑한지 꼭 기억해."

그렇게 얘기했어요. 그 사람들 갔어요. 자기 나라 다 갔어요. 그렇게 갔고.

시간 지나서, 캄보디아 우승했잖아요? 토늑짜이가 너무 똑똑해서 폐하도 고민했어.

"얘는 너무 똑똑해서 나 같이 살으면 언제나 나는 왕도 못 하고 얘는 아마 왕 할 거야. 왕 할 거야, 너무 똑똑해서, 너무 착해서."

그래서 그 왕이 (잠시 생각하다가) 그 왕이 얘기했어.

“그러면 토늑짜이 니가 왕에 살지 말고 가서 강에 가서, 뭐, 어, 뭐지? 뭐뭐 키우고 그렇게 살아.”

이렇게 하는 거예요.

“뭐뭐 키우고 살아요.”

그래서 토늑짜이 이제 얘기했어요.

“어, 그러면 그 강이 제 거예요?”

그렇게 얘기했어요.

“강이 제 거예요? 제가 다 키우는 거 제 거예요?

그렇게 얘기하는 거예요. 그래서 토늑짜이가 쌀, 우리 쌀 만들잖아요? 그 쌀 만들면 그 쌀 껍질가 그거 뭐예요? 쌀 껍질. [조사자: 쌀겨.] 쌀겨. 그 쌀겨가 그 강에 (손으로 뿌리는 동작을 하며) 뿌리는 거예요. 그 모 만드는 거처럼, 키우는 거처럼. 그 키우는 거 생각해요. 그 쌀, 쌀 [조사자: 겨, 껍데기.] 겨.

쌀겨를 뿌렸는데 그거 자기 거야. 생각해요. 그 내기해서 강이 자기 거니까. 쌀겨 뿌렸는데, 그래서 그 동네 사람들 뭐 고기 잡고 이렇게 사니까. 그래서 그 쌀겨 그게 뭐지? 모트. 모트 타고 뭐, 모트. [조사자: 모트?] 모트 타고 물고기 잡고 이렇게 먹으잖아요? 그런데 가다가 토늑짜이 쌀겨, 못 가요. 들어가는데 너무 많아서. [조사자: 보트 말하는 거죠? 배.] 네, 배. 배 들어가는데.

[조사자: 쌀겨 때문에 못 들어가?] 아니, 쌀, 토늑짜이 얘기했어, 여기 배한테. 쌀겨이, 그 강이 자기 어떻게 만들었는지, 마음대로 하는 거 자기 거니까. 그래서 그, 동네 하는 사람들 메콩강 있잖아요. 뭐, 그 쌀겨 바람 불어오면 막 들어가잖아요. 그런데 만약 그 동네 사람들 자기가 키우는 쌀겨 들어가면 돈 낼 거예요. 그러니까 키우는 사람들,

“니들 마음대로 내 쌀겨 없애버렸잖아. 돈 내요.”

이렇게 얘기하는 거예요.

그래서 어떻게 돈 내면, 30, 30넘블랑 이렇게 불렀거든요. 그게 많은 돈이에요. [조사자: 돈이 많아요?] 이게 30넘블랑은 우리 돈으로

얼마큼인지 모르는데 그냥 30념블랑 캄보디 돈, 그때거든요?

"30념블랑 나한테 주세요."

그렇게 하는 거예요. 그래서 그 많은 돈을 어떻게 줄 수 있어요, 토늑짜이한테는.

[조사자: 그게 되게 큰 돈인 거죠?] 네, 큰 돈이에요. 그래서 그 동네 사람들 열받았어요.

"애 때문에 못 사는 거야 내가. 물고기도 못 잡아먹어, 물도 못 쓰구. 지금도 30념블랑 너한테 어떻게 줄 수 있어?"

폐하한테 얘기하는 거예요. 그래서 폐하한테 처음부터 끝까지 얘기하구 폐하 화났어요. 토늑짜이 불러서,

"너 빨리 와. 너 왜 이렇게 동네 사람들 돈 받는 거야?"

그래서,

"내 강이니까 내가 어떻게 키웠어. 그런 사람들…"

막 하는 거예요. 얘기했어요.

"그러면 너 그거 30념블랑 받지 말고 1바트."

1바트는 옛날 돈 얘기하는데, 그냥 동전 하나거든요. 1바트. 1원 같은 거. 작은, 아주 작은 돈인데.

그런데 그 뜻으로 2개 있어요. 1바트는 그 스님이 그 점심식사 할 수 있으면 다른 집보다, 집 가서 이렇게 (그릇에 밥을 담는 시늉을 하며) 밥 들어가잖아요? 그것도 바트라고 부르는 거예요. 무슨 그릇 같은 거 큰 게, 스님 쓰는 그릇. [조사자: 스님이 밥 받고 하는 그릇을 바트라고 한다는 거죠?] 네, 바트 이렇게 부르는 거예요. 그래서 한 바트 얘기하면, 그 한 바트 캄보디아 돈 얘기하고, 그 하나 한 바트 스님 그릇. 그릇 엄청 큰 거예요. 그 돈 넣으면 얼만큼 되는데. 그래서 그 가서 그 사람한테,

"그러면 나 30념블랑 주지 말고 1바트 줘."

그래서 1바트 너무 많은 거예요. 그 사람들 화나서 왕한테 얘기했어요.

"그거 아니야, 아니야. 받는 거 아니야. 너 나한테 너무 심하구나. 못 참아, 너 죽여버릴 거야."

이렇게 얘기하는 거예요, 왕가. 그때는 토늑짜이 죽는 거예요. 죽여버리는 거예요. 그래서 그,

"토늑짜이 데려가서 강에 가서 죽여버려."

이렇게 하는 거예요.

"머리 잘라요. 죽여버려."

머리 잘라서 (오른발로 차는 시늉을 하며) 한 발 이렇게 하고, 그래서 죽여버리는 거예요. 강에, 강. [조사자: 머리 자르고 발로 걷어차서 강에 빠뜨려?] 응응, 그래서 죽여버렸는데, 그런데 토늑짜이가 생각했어요.

'내가 지금 죽으면 안 돼.'

그렇게 생각해서 그, 이제 배 타는 사람들 있잖아요? 캄보디아 배, 작은 배예요. 그래서 다섯 명, 여섯 명 이렇게 같이 타면.

"어, 제가 이제 마지막 그 세계에서 보는 거예요. 이제 죽는 거예요. 그런데 죽기 전에 제가 노래 불러서 춤춰도 되나요?"

그렇게 얘기하는 거예요.

"그래. 니가 뭐, 똑똑한 사람이니까 그냥 한 번 보여줄게."

그러는 거예요.

"그러면 저 손 묶었잖아요. 좀 풀어주세요. 여기 강에 저 어디 뛰어도 못 해요. 강에 들어가도 죽을 거예요."

그래서 그 사람들 보고,

"응, 그런 거 맞네."

그래서 풀었어, 팔목에. [조사자: 밧줄.] 응, 밧줄이. 이러는데 그래서 토늑짜이가 이렇게 하구서,

"제가 어떻게 하면, 노래 어떻게 부르면 그, 다들 이렇게 불러요. '토늑짜이 물에 떨어졌어요.' 그래서 '맞아, 맞아'."

이렇게 얘기하는 거예요. 캄보디아 말로 어떻게 재미있게 불렀어요.

[조사자: 어떻게 하는 거예요?]

캄보디아어는 이렇게

"토늑짜이 틸리앙 따까."

이렇게

"하이야, 하이야."

이렇게 불렀거든요.

[조사자: 아, '하이야, 하이야.'가 '맞아, 맞아.']

네, 비슷한 거예요.

"토느짜이 물 떨어졌어요."

"맞아, 맞아."

이렇게 부르는 거예요. 그래서 노래하다가 춤추다가 다들 재미있었어요, 푹 빠졌어요. 그래서 토느짜이 밀었어요. 뒤에 가고 또 뒤에 가고 또 뒤에 가고 물에 쏙 들어가서 살았어요. 물에 쏙 들어가서.

그 사람들 계속,

"토느짜이 물 떨어졌어요."

그래서,

"하이야, 하이야."

그래서 한 사람이 봤어요. 토느짜이 없잖아요. 그래서 물 떨어지는 거 봤어 그 한 명이. 그래서 한 명이 얘기했어.

"토느짜이 물 떨어졌어."

"하이야, 하이야."

재밌게 부르는 거예요.

"아니야! 토느짜이 진짜 물 떨어졌어."

"하이야, 하이야."

한참 했어요. 그래서 알았어요.

"어, 토느짜이 물 떨어졌네."

그래서 어떻게 했냐. 그래서 가서 왕한테 얘기하는 거예요.

"어, 토느짜이가 아직 죽어 아닌데, 그런데 물 떨어졌어요. 무조건 죽으는 거예요. 강이 너무 크니까."

그래서 죽었다고 생각했어요. 이제 그래서 왕도 생각했어요. 죽으니까.

"토느짜이 이제 죽었어."

어떻게 됐는지 아직 모르니까. 그래서, [조사자: 왕은 죽은 줄 아는 거죠?] 아직 안 죽었어요. [조사자: 그니까 왕은 죽은 줄 아는 거지.] 네, 죽은 줄 알았어요.

그래서 시간 지나서 토느짜이가 음, 스님한테 만들었어요. 자기 몸을. 머리 없어지고. [조사자: 아, 머리 밀고 스님같이 변장한 거예요?] 변장했어요.

그 토느짜이 죽은 소리가 중국에서 들었어요. 중국에서 들은 바람에 중국 왕이 캄보디 복수 오는 거 어, 생각나서, 그 수수께끼가 내기가 다시 있는 거예요. 캄보디아. 캄보디랑 다시 내기하는데, 그래서 중국에서 네 명의 똑똑한 사람 보내왔어요. 캄보디랑 같이 수수께끼하는 거예요.

그래서 그거, 그거 생각하는 거예요 중국에서 보내오는 거. 왕도,

"어, 나는 어떡해."

똑똑한 토느짜이가 죽었잖아요.

"그럼 내 나라가 어떻게 살아야 하지? 이렇게 똑똑한 사람 없어서."

그래서,

"그러면 내가 이 안 좋은 일 하기 전에 좀 좋은 일 만들어야겠어."

그래서 스님 불러와서, 캄보디아는 되게 나쁜 일 생각하면 스님 불러서 뭐뭐 하는 거, 뭐 밥도 만들어 드리고, 뭐, 좋은 말씀도 듣고 마음 편히 사는 거 그런 느낌 들거든요? 그래서 그 스님을 불러와서 밥 넣고, 아까 바트처럼, 밥 넣고 이렇게 반찬 다른 거 넣고 그렇게 하다가 그 스님 얼굴 보잖아.

"에이, 토느짜이 같네? 토느짜이 똑같네?"

그렇게 얘기했는데. 그래서 토느짜이가 대답했어요.

"짜이 아니. 짜이 맞는데 무슨 짜이 아니야?"

이렇게 얘기하는 거예요.

"짜이 맞는데 무슨 짜이 아니야?"

이렇게 얘기하는 거예요. 되게 자기 잘난 척처럼.

"짜이 맞는데 무슨 짜이 아니야?"

이렇게 하는 거예요. 그래서 왕이,

"짜이잖아? 짜이잖아?"

이렇게 하는 거예요.

"토늑짜이 안 죽었구나!"

데려와서,

"어, 고마워. 내가 너무 후회했어."

이렇게.

"내가 너무 후회했어. 니가 죽었는 거 내가 후회했는데. 너무 미안해. 너는 나한테 너무 잘못해서 생각했나?"

"뭐 잘못해도 자기가 밑에 사람이니까 어떻게 왕한테 잘못했어 할 수 있어요."

"아니야, 왕하는 거 하는 것도 괜찮아요."

"저는 폐하한테 잘못한 거 생각 하나도 없어요."

"응, 고마워, 고마워."

이렇게 하는 거야. 음, 잠깐.

[조사자: 그 중국이 내기.] 내기 했는데. 내기 했는데, 그 이후에, 중국 사람들 캄보디아 와서 내기하는 거예요. 그래서 그 마차가 도착했어요. 그런데 그 내기 되게 힘들어요. 그 내기 와서 되게 대부분 사람들 와서 보는 거예요. 어떻게 하는지. 보는데 어떻게 나라에서, 어떻게? 속국. 그거 하는 거 어떻게 하는지 보는 거예요.

그 네 명 똑똑한 사람들 와서 내기 시작해서 토늑짜이 와서 마치고 이렇게 그 사람이 위에, (오른손을 들어 검지로 위를 가리키며) 위에 손가락을 위에 이렇게. [조사자: 손가락을 위로?] 하늘 위에. 어, 이렇게. 이렇게 이렇게. [조사자: 이렇게 손가락을 하늘 위로 뻗은 거야?] 네, 뻗은 거 하나. 음. 손가락이 위에 하나, 그거 뭐지? (오른손 검지를 앞으로 뻗으며) 이렇게? [조사자: 손가락질 하는 거? 손가락질?] 네, 손가락을 위에, 하늘에 찌르는 거. 한 번 더 손가락을 땅에 찌르는 거예요.

[조사자: 아, 그러니까 손을 들고 한 번은 하늘을 가리키고, 한 번은 땅을 가리켰다고? 그 중국 사신, 사신이? 똑똑한 사람이?] 네, 그렇게 하는 거예요. [조사자: 그래서 그게 뭔지를 맞추는 거야?] 네, 뭐하는지 맞추

는 거예요.

그래서 하나 또는 중국에서 온 사람들 그렇게 (양 손 주먹을 동그랗게 맞대며) 손을 만드는 거예요. 동그라미 손을 맞추고 동그랗게 만들고. 그래서 토늑짜이가 자기의, 자기의 손이 이렇게 주먹하고 (주먹을 쥐고 팔꿈치를 안으로 접었다 폈다 하며) 그래서 이렇게 만드는 거야.

[조사자: 주먹을 쥐고 다시 팔을 꺾어?] 주먹 쥐고 팔 꺾어 만들고 (주먹 쥐고 팔꿈치를 안으로 꺾어 다른 손으로 알통을 만지며) 이렇게 딱딱하게 보여주고. [조사자: 아 이렇게 근육 나온 거처럼? 이렇게. 어.] 그거 잘 해야 돼요. 설명하는 거 잘 안 설명해서 책도. 되게 저도 이해하기 힘들어요.

다시 말씀해 줄게요. (검지로 하늘을 가리키며) 손가락 찌르고, 하늘 한 번 찌르고, (검지로 땅을 가리키며) 땅 한 번 찌르고. [조사자: 어, 그니까 중국 사신이 하늘 한 번 찌르고 땅 한 번 찌르고 손가락으로.] 두 번째는 자기 주먹 맞추고, (양손 주먹을 동그랗게 맞대며) 왼쪽 주먹에 맞추고 동그라미 만들고. [조사자: 주먹을 서로 이렇게 부딪쳐서 동그랗게 원을 만들었어.] 만들었어요. 캄보디아 토늑짜이가 자기 주먹 맞추고 (오른손 주먹을 쥐고 팔꿈치를 안으로 접어 팔근육이 강조되는 자세를 하며) 이렇게 해서 근육을 보여주는 거예요. [조사자: 그니까 팔을 이렇게 들고 뽀빠이처럼 이렇게 팔을 접어가지고 근육을 보여줬다는 거죠?] 네네.

그래서 중국 세 번. 중국이 (왼손 손바닥을 펼쳐 보여주며) 다섯 손가락 보여주는 거예요. 세 번. [조사자: 아, 다시. 3이랑, 손가락이랑 3이랑 5.] 아니. 퀴즈 세 번은, (왼손 세 손가락 보여주며) 세 번. 손가락 세 개 나온 거 아니고. 아, 퀴즈 세 번. (왼손 손바닥을 다 펼쳐 보여주며)중국 사람이 다섯 손가락 보여주는 거예요. 그래서 토늑짜이가 (오른손 검지를 보여주며)한 손가락 보여주는 거예요. 그거, 끝. 퀴즈.

그래서 끝났어 퀴즈. 그러면 시간 지나면 만나서 그 뜻으로, 무슨 뜻인지 설명해주는 거예요. 그래서 시간 지나서 그, 지난번 스님,

큰 스님 토늑짜이 이렇게 큰 말 해줬잖아요. 큰 스님이 와서 인제 또 갔어요. 그래서 토늑짜이가 돌아와서 그거 그,

"중국 사람들 되게 주먹하는 거, 동그라미 만드는 거 니가 주먹하고 근육 보여주는 거 무슨 뜻이야? 나한테 얘기해줘."

"응, 그거는 중국가, 그거. 그 동그라미 하는 거 무슨 뜻이냐면."

그거 한국어 없어. 캄보디아에만 있어요. 그거는 동그라미 하는 물건이에요. 그래서 생선 잡으면 그거 물 안에 쏙 들어가서 그 손가락 하나 넣고 잡은 이름은 '엉록' 이렇게 하거든요? [조사자: 통발 같은 거 아니고?] 아니고. 엉록. [조사자: 그게 이렇게 동그랗게 생겼다는 거죠?] 네, 제가 그림 해줄게요.

(제보자가 구연을 잠시 중단하고 종이에 그림을 그림.)

[조사자: 그림을 그리고 있습니다. 엉록.] 네, 엉록. 이렇게 하는 거예요. [조사자: 그래서 이제 그 안에 물고기가 들어가는 거예요?] 네, 그래서 밑에 구멍 있어요. 밑에 구멍 있는데 위에도 조그만 구멍 있어서 손가락 들어가는 만큼. [조사자: 아, 밑에 위에 다 구멍이 있구나.]

네, 구멍 있어요. 그래서 여기 물 있잖아. 그런데 깊은 물 말고 짧은 물, 이렇게 물 있잖아? 그래서 엉록에 들어가고 여기 생선 있나, 여기 넣고. 그래서 손 들어가고, 한쪽이 위에 잡고 손 들어가서 이렇게 생선 안에 있는 거 잡는 거예요. 그래서 생선이 물고기 안 도망가잖아. 그 엉록이 딱딱해서. 그래서 엉록에서 잡는 거예요, 캄보디아에서. [조사자: 근데 밑에 뚫려있는데.] 근데 우리 밑에 땅 있잖아요. [조사자: 아, 땅이 있으니까.] 그렇게 잡으는 거예요, 캄보디아에서. 이름은 엉록. [조사자: 엉록.] 그 엉록.

"그, 그거 무슨 뜻이냐면 엉록 얘기하는 거예요. 이렇게 넣어서 고기 잡으는 거 동그라미."

이렇게 얘기했어요. 그래서 그 폐하 같이 일, 높은 사람 일. 어떻게 아까 말했는데? 신하. 큰 신하? 큰 신하 와서 또 토늑짜이 보러 가서,

"그거 무슨 뜻이야?"

이렇게 물어보는 거예요. 이렇게는 뭐지? 그거, 여기는 기억 안

나네요. [조사자: 그거 팔, 이렇게 토늑짜이가 여기 팔로 해서 근육 만드는 건 뭐예요?] 그거는 잠깐만요. 아직 얘기 안 했어요. [조사자: 아직 하면 안 되는 거야?] 네네. [조사자: 그러면 손가락 가리키는 거는? 하늘이랑.] 그거도 아직 안 했어요. 좀 이따 얘기 할 거예요. [조사자: 아, 아직 아니구나.]

아, 그래서 그 사람이 얘기하잖아요?

"그거 무슨 뜻이야?"

"그 사람이. 그, 중국 사람이 동그라미 (양팔로 몸 앞에 동그라미를 만들며 주먹 끝을 맞대며) 이렇게 하잖아요? 그거 무슨 뜻이냐면 우리나라가 다 자기 거 만들을 거야. 자기가 이렇게 하잖아요. 그 캄보디 나라가 다 자기 거, 자기 나라 만들어."

어, 토늑짜이가 (주먹 쥐고 팔꿈치를 안으로 접어 근육을 보여주며) 이렇게 팔 만들었잖아요? 엘보우elbow? 엘보우 만들어서 이렇게 근육 보여주는 거는

"안 돼. 우리나라도 강해."

[조사자: 우리나라 강해.]

"강해요."

이렇게 착한 사람한테, 일, 뭐지?

"강한 사람도 많아서 그거 못 해."

그렇게 하는 거예요.

"오면 우리도 싸워."

이런 뜻으로. 얘기하는 거야.

"그거 못 해."

그렇게 얘기하는 거예요.

그래서 그 사람이 어, 큰 스님이랑 큰 신하? [조사자: 신하.] 큰 신하가 그 뜻 토늑짜이한테 얘기했어요. 그거는 어떻게 얘기하는지 자기가 또 똑똑한 사람 보여주고 싶어서, 이렇게 내기 칭찬받았으니까, 받아고 싶으니까 그렇게 얘기해주는 거예요.

그런데 그거 아니구. 토늑짜이 그 뜻으로 알아서 그래서,

"왜 나한테 이렇게 갑자기 잘난 척하는 거야? 원래 나한테 너무

싫어하는 사람이었는데 왜 나한테 잘하는 거야?"

그리구 알아서 그래서 진짜 아니구 가짠데 설명해줬어요. 여섯 시간 지나서 그 사람 만났어요. 그 사람이 만나서 어, 죄송해요. 그 사람이 그때는 결과했어요. 우승한 사람도 아직 안 했는데 그런데 그거 무슨 뜻인지 그 사람들 토늑짜이랑 다 알았던 거예요. 퀴즈 생기는 사람만. 내기하는 사람은 다 알고 무슨 뜻으로. 그런데 보는 사람만 모르는 거예요. 그래서 그 퀴즈 우승한 사람 없고 지나갔어요. 그 내기가, 첫 번째 내기가.

그래서 이제 폐하가 궁금해하는 거

"그거 무슨 뜻이야?"

불러와서,

"이봐! 그거 무슨 뜻이야?"

그래서 토늑짜이가 얘기했어요.

"그 한국, 그 사람, 그는 한 손이가 위에 (오른팔을 들어 검지로 하늘을 가리키며) 이렇게 손으로 가잖아요? 그거 무슨 뜻이냐면 그 위에는 하늘, 하늘에서는 그 뭐지? 해님 하나 있고 달님 하나 있고. 이렇게 뜻으로, 땅에는."

"그거 보면 그 위에, 그거 위에 손으로 가잖아. 그거 무슨 뜻이야?"

그거 왜, 왜 위에 손가락 찌르는 거예요.

"그 위에는 달님 하나 있고 하느님 하나 있고."

"내가 땅, 그 사람이 땅 찌르는 거 그거 무슨 뜻이야?"

"그 땅에 사람 살고 있고."

이렇게 얘기하는 거예요. 그거 퀴즈 한 번.

그다음에는 그, 음. (제보자가 메모해 놓은 종이를 살피다가) 그 다음 퀴즈는, 이렇게 몸을 (양 팔을 몸 앞으로 하여 동그라미를 만들며) 만들었거든요? [조사자: 둥글게 만든 거.] 둥글게 만든 거. 그 둥글게 만든 거는 어?

[조사자: "너네 나라 우리나라로, 내가 만들겠다, 내가 속국으로 만들겠다."고 얘기했다고 했잖아요. 그 뜻이 아니야?]

근데, 그게 왜 아니었지? (제보자가 고민하다가) 그거는 아마 얘기 안 했, 제가 한 번 체크하고 만약 그거 이상한 거 문자 보내드릴게요. 제가 보는 거 되게 그거, 동그라미 하는 거는 되게, 그거 얘기 못 봤어요. 저도 기억 안 나요. 다시 찾고 보내드릴게요.

그래서 그거 지났구. 그 손가락 다섯 개, 한 개잖아요? 손가락 다섯 개는 그 세계에서 그 지구가 오신ocean. 오신 같은 거 다섯 개 있어요. 뭐 주로 아프리카, 유럽, 또 뭐, 아틀란틱, 그거 다섯 개 있잖아요? 그거 아시아 이렇게 이렇게 있잖아요. 아시, 유럽, 아틀란틱 이렇게 다섯 가지 있어요. 그거는 아, 그거는 아마 동그라미 있잖아요. 맞아 맞아. 지구에서 동그라미 지구에서 모여있어요. 동그라미 지구에서는 다섯 개의 오신 있어요. 이렇게 매기는 거예요. 동그라미 지구에서 다섯 개의 오신 있는데. 그게 맞았는지 안 맞았는지 모르니까 확인드릴게요.

그리고 그 가운데는 그 스님이, 가운데는, 그 블랙보트사스나 있잖아요? 블랙보트 있어요. 이렇게 얘기했는데 그런데 그거 되게 잘 맞을 거 같아요. 그거는 제가 확인할게요. 그리고 그거 지났고.

[조사자: 그니까 지구에 대륙이 다섯 개가 있다?] 네, 그래서 그 세 번 퀴즈는 다섯 손가락인데요. 옛날에 어, 블랙보트사스나 어, 불교가 부처님가, 그 부처님 비슷하는 뭐지? 신들 다섯, 다섯 명 있잖아요. 캄보디 문화에서 다섯 명인데.

[조사자: 다섯 신이 누구누구를 지칭하는 거예요?] 그거 이름 같이 얘기 안 했어요. 그전에는 [조사자: 다섯 신?] 네, 다섯 신이 있는데요, 부처님 비슷한 거 다섯이 있는데. 그런데 토늑짜이가 하나, 이렇게 (검지손가락을 펼쳐 보여주며) 하나 그거 다섯 신 있는데, 되게 돌아가셔서 되게 부처님처럼 이렇게 다른 사람 말해서. 부처님처럼 이렇게 착하는 사람, 착하는 좋아하는 거 많이 해서 돌아가셔서 위에, 하늘 위에 잘 살고 있는 거 다섯 신인 거예요. 그런데 그 다섯 신 중에 네 명신만 부처님처럼 이렇게 위에 살고 있는데. 그런데 한 명은 아직 안 했어요. 그래서 한 손가락을 보여주는 거예요. 그거 이해하세요? 그거 퀴즈 끝났어요. 그게 세 퀴즈. 좀 복잡하죠?

[조사자: 음, 이 퀴즈 되게 어렵다.] 어렵, 좀 어려워요. [조사자: 근데 서로 대결해가지고 누가 이겼다고는 하지 않는 거죠?] 그런 거 없어요. 네. [조사자: 서로 수신호로만 주구? 이제 끝났다는 거죠?] 네, 끝나서 그러면.

[조사자: 그러면 다섯 신, 아까 중국의 사신이 다섯 신을 이야기했는데. 그 여기 하나는, 네 신은 하늘에 올라가 있고 지금 한 명 신이 남았다 이 뜻이에요?] 아니, 다 돌아가셨는데 다섯 신이 하늘 위에 사는데, 근데 네 신은 높은 신 이렇게, 어 부처님처럼 되게 돌아가기 전에 그, 그, 자기 이렇게 부인도 떠나서 혼자서 이렇게 어떻게, 캄보디아에서는 '마틱' 이렇게 얘기하거든요? 그래서 뭐 이 세상 세계에서는 꼭 태어나서 다 크고, 나이 많아서 죽고. 어, 아프고, 죽고 그러잖아요. 그 부처님가 이렇게 생각했잖아요. 그래서 그 법으로 그 스님도 이렇게 배우잖아요. 뭐, 세상에서 세계에서 태어나서 몸이 크고 아프고, 나이 많아서 죽고. 이렇게 하는 거예요. 그러면 다른 사람들 되게 좋은 일 많이 해라. 이런 얘기잖아요? 그 대신에 똑같은 스님처럼, 어, 뭐지? 부처님처럼 그렇게 하고. 그래서 하늘 가서 돌아가시고 그 무슨 뜻으로, 원래 부처님가 그거 무슨 뜻인지 잘 알잖아요? 높은 신 할 수 있잖아요. 사람들 다 인정하고. 그래서 이렇게 밑에 사람도 뭐 기도도 하고 그렇게 하잖아요. 그 네 신 똑같았어. 근데 한 신은 안했어 아직도. 아직, 지금은 했어요. 그런데 그때 안 했어요. 부처님처럼 안 했어요. 이해했어요? [조사자: 그니까 그 신 하나 남아있다는 뜻이에요?] 네, 남은 신 하나.

그래서, 그래서 시간 지나서 토느짜이가 생각났어요. 왜냐면 그 사람 다 갔어요. 어떻게 내기가, 어떻게 할 수 있어 또? 그다음 날 토느짜이가, 그 잉크, 빨간 잉크. 찾아서 그래서 그 게가, 캄보디아 게. 캄보이다 몇 게가 찾아서 잉크가 그 게가, 게 발가락 넣어서 그, 그, 종이가 게 막 걸어가는 거예요. 그래서 뭐, 못생기게 만들 수 있잖아요. 뭐 그림 같은 거. 못생긴 뭐 하는지 모르잖아요.

[조사자: 그니까 잉크로 그림을 그린다구요?] 아니요, 꽃게처럼, 꽃게처럼 잡아서 잉크 찍어서, 발 찔러서 그래서 그 종이가, 몇 종이 있

잖아요. 그래서 그 게가 막 기어서 그래서 그 그림처럼 만들었잖아요. 그래서 무슨 뜻인지 모르잖아요? 토늑짜이가 그거 이용하고 두 번째 퀴즈 만드는 거예요. 그래서 그 종이가 그 조그만 아이들 다섯 살, 여섯 살 아이들 불러 와서 뭐 조금 돈이가 과자 주고 그래서 얘기했어.

"너희는 여기 있는 종이는 보고 읽어. 막, 막 해. 못 읽어도 괜찮아 그냥 막 해요. 그래서 좀 이따가는 똑똑한 중국 사람 오면 크게 불러. 크게 읽어. 알았지?"

그 얘기 듣고 애기들도 듣고, 그거 읽었어요. 그래서 읽었는데, 중국 사람이 왔어요. 토늑짜이 집 찾아 왔는데. 그래서 토늑짜이 집 찾아왔는데 그런데 차 마시다가 갑자기 소리 너무 커서 시끄러운 거예요. 그래서 토늑짜이한테 불러왔어요.

"그거 뭐야? 왜 이렇게 크게 읽어? 지금 무슨 공부하고 있어? 그러면 가서 한번 보자."

이제 얘기했어요. 가서 보는데, 그런데 중국 똑똑한 사람도 보고도 그거 무슨 뜻인지 몰라요. 무슨 글씨인지. 무슨 그림인지 모르는 거예요. 그래서 토늑짜이한테 물어봤어요.

"어, 토늑짜이 똑똑한 사람! 그거 뭐예요? 제가 왜 그렇게 모르는 거예요?"

그래서,

"아, 그거. 캄보디의 글씨 이름이 '미추웨인'."

그거 막 하는 거예요. 그거 캄보디에 없어요. 미추웨인.

[조사자: 그냥 막 하는 거야?] 네.

"이름은 미추웨인인 거예요. 그 어, 쁘리엔, 쁘리엔 글씨 이름이 여기엔, 쁘리엔 글씨, 이름이."

[조사자: 여신?] 쁘리엔, 이름이. 한국말 없어요. 그거 그 이름이에요. 그 글씨 이름이 미추웨인 이렇게 이거든요? 미추웨인. 그래서 어, 그 미추웨인 무슨 뜻이냐면 그 쁘리엔 글씨 이렇게 그 캄보디아 옛날에 부르는, 뭐 있죠? 뭐 불교, 뭐 아니면 뭐 글씨 같은 거 이렇게 불렀거든요? 이름은 어, '쁘리엔 글씨' 이렇게 불렀는데. 그래서 음,

그렇게 됐고.

그래서,

"그러면 니가 맞췄어."

여기 중국 사람이. 아, 토늑짜이가 얘기했어.

"니가 글씨가 무슨 글씨인지 몰라. 어떻게 퀴즈 할 수 있어? 내가 두 번째 퀴즈는 그거 하는데."

그 중국 똑똑한 사람이,

"그 퀴즈 무슨 퀴즈인지 모르니까, 그러면 퀴즈 못 해. 그러면 니가 또 나한테 졌어."

그렇게 얘기하는 거예요.

아무튼 뭐뭐 하는데 그냥 자기가 져서 만들었어요. 중국이 인정했어요. 그 글씨가 애기들 여섯 살인데 읽었는데 자기 하나도 모르니까 졌어요. [조사자: 어린 애들도 읽는데 자기는 모르니까.] 네.

그래서 그,

"조금 이따 퀴즈하는 거 다음 날 퀴즈하는 거 그거 보고 퀴즈 하는 거예요. 그런데 자기가 글씨가 모르니까 어떻게 퀴즈 할 수 있어? 그러면 니가 나한테 졌어."

얘기하는 거예요. 그래서 그 사람들은 어떻게 졌으면 여기 살잖아요. 그런데,

"하지 마. 그냥 니가 너 동네, 나라로 가요."

[조사자: 돌려보내 줘?] 네, 그러구 끝났어요. 중국 얘기. 잠깐만요, 그다음에.

그래서 그거 끝나고 중국 사람들 갔어. 토늑짜이랑 왕 여기, 뭐지? 이제 사이 좋게 지냈어요. 사이가 좋아졌어요. 조금 좋아져서 많이 좋아진 거 아니고 그냥 예전처럼 좀 지냈어요. 그래서 그 토늑짜이가 어, 나이가 또 지났어요. 자기가 뭐 스몰(?) 퇴직 같은 거 들어가니까 그래서 왕이 얘기해서,

"니가 우리 동네 하는 거 뭐 왕국에서 만들어 놓은 여자 골라서 결혼해줄 거야."

응, 얘기했는데, 그런데 그 토늑짜이가 얘기해서,

“그 여자 여기 왕국에 사는 여자들 그거 여자 아니야. 그거 암컷이야.”

얘기했어요. 암컷. 그거 얘기해서,

“그, 사는 여자들은 여자 아니야. 다 암컷이야.”

[조사자: 암컷이라고?] 응, 암컷이라고 얘기. 그래서 그 왕도 관심 있어.

“그 무슨 뜻인데?”

그런데 토늑짜이가 그 뜻으로, 여자 돈 보고 결혼하잖아요? 자기가 잘 살고 싶어서 결혼하잖아? 뭐 사랑, 뭐 해서 결혼하는 거 아니야. 그래서 무슨 여자, 무슨 뜻인지 잘 모르잖아요. 막막 다른 사람 얘기해서 따라 하는 거예요. 그런 뜻으로에요. 그래서 그 여자랑 암컷은 달르잖아요. 암컷은 그냥 동물만 얘기하잖아요. 동물은 머리 안 쓰잖아요. 아무나 만나잖아요. 그래서 여자, 어, 왕국에 있는 사는 여자 이렇게 비켜주는 거예요.

그런데 어, 폐하는 그거 무슨 뜻인지도 모르고 넘어갔어요. 그래서 그 왕이,

“그럼 너가.”

토늑짜이가 얘기했어요.

“제가 그냥 직접 가서 여자 찾을 거예요.”

그렇게 하는 거예요.

그래서 자기가 갔어요. 가서 여자 찾는 거예요. 그때는 여자 찾으러 갈 때는 그 왕, 폐하가 토늑짜이가 배, 큰 배 네 개 주는데 [조사자: 배를 네 개를 줬어?] 네, 그거는 얘기 안 해도, 얘기도 해도. 왜냐면 그, 편안하지도 않아요.

내가 그냥 배 주고 그래서 토늑짜이 배 하나만 끌고 가는 거, 돈 조금 있고. 캄보디 있잖아요, 결혼하면 ‘홀파몽’ 이렇게 캄보디아 옷 뭐지? 전통? [조사자: 전통.] 전통 이렇게, [조사자: 혼례복?] 홀파몽 [조사자: 그니까 전통 의상이에요?] 네, 전통 의상 이렇게 같이 가고, 홀파몽 이렇게 가지고. 그래서 자기 마음들으는 집에 그거 드리고, 돈도 드리고 이렇게 결혼하는 거예요. 옛날의 문화예요.

그거 걸어다가 그걸 어떻게 해도 못찾았어요. 음. 그래서 어느 날 걸어가는데 한 여자 만났어요. 한 여자 만났는데 그 여자가 물어봤어.

"이 동네에 여자 있나요?"

그렇게 물어봐서 그 여자가 똑똑한 사람이에요.

"그럼, 그 동네에 여자 있죠. 그러면 자기도 자기 사는 동네에 남자 있어요?"

"네, 남자 있어요."

그렇게 얘기, 대화할 수 있는 거예요. 그래서 토늑짜이 또 물어봤어.

"좋았어. 자기야 동네에서는 어머머, 여자세상들 뿐이야?"

그래서

"자기 동네는 여자 있는데, 그 여자 이름 뭐예요?"

그 여자 이름이 어, 캄보디에서 '세아레이 수스네이' 거든요? 그거 무슨 뜻 하면, '행복하는 거만 들어오는' 뜻이에요. [조사자: 아, 행복한 것이 들어오는 뜻이에요?] 네, 착하고. 행복하는 만 들어오는 뜻으로.

"이름은 그 여자이름은 뭐예요?"

"세이레이 수스네이."

[조사자: 세이레이.] 수스네이. [조사자: 수스네이.] 네, 수스네이. 세이레이 수스네이. 이렇게 불렀거든요. 그래서,

"그 여자 이름 뭐예요?"

"그 동네에는 여자 있어요. 여자 이름은 세이레이 수스네이예요."

"그러면 그쪽 남자, 그쪽 동네에는 남자 있어요? 남자 이름 뭐예요?"

그래서,

"우리 쪽도 남자 있어요. 남자 이름은 짜이."

자기 이름이에요.

"짜이, 짜이는 무슨 뜻이냐면 다 우승할 수 있는, 무슨 일 있어도 우승하는, 할 수 있는 짜이예요."

[조사자: 무엇이든지 하면 다 이길 수 있는]

“이기는 짜이예요. 나쁜 사람도 만나서 그 짜이가 우승할 수, 우승하게 만드는 짜이예요. 그쪽은 세이레이 수스네이 무슨 뜻이에요?”

그렇게 하는 거예요.

“세이레이 수스네이는 너무 행복하게 들어오는 어, 어디서도 행복하게 사는 세이레이 수스네이예요.”

그렇게 얘기하는 거예요. 그리고 그 뜻으로 비슷하는 거예요. 나쁜 사람 보면 계속 우승할 수 있는 세이레이 수스네이, 짜이도 비슷한 뜻으로. 그래서 둘이는 만나서 그래서 부모님 만나, 아이, 아니에요. (아빠 따라 나가서 놀던 제보자 자녀가 돌아와서 잠시 기다리라고 한 뒤에) 그래서 둘이가 그 세이레이 수스네이 집 어디서, 그래서 가서 그 집에 그 짜이가 얘기해서,

“제가 그 집에 같이 살면 안 될까요? 그 집에 뭐뭐 드리고, 돈 드리고 그, 결혼하는 것처럼. 그리고,”

(제보자의 자녀가 우유가 먹고 싶다고 하여 아이에게 냉장고에서 꺼내 먹으라고 말한 뒤에) 그 아까 홀파몽 이렇게, 홀파몽 드리고 그래서,

“저는, 이 집에서 일하는 거예요.”

그래서 그 부모님도 똑똑한 사람 알고,

‘애는 아이가 결혼하고 싶으구나.’

그래서 그 둘이 합쳐서 부부가, 부부하는 거예요. 이제 결혼했고 부부 됐어요. 그래서 시간 지나서 어, 여기 뭐지? 폐하 너무 보고싶으는 거예요. [조사자: 폐하가? 토늑짜이를?] 응응, 토늑짜이가 폐하한테 너무 보고싶은 거예요. [조사자: 아, 토늑짜이가.] (제보자가 아이와 잠시 대화한 뒤에) 그래서 그 그래서 토늑짜이가 부인한테 얘기해서,

“내가 왕이 보고 싶어서 그냥 보고 있는데, 그런데 그 왕 보면 무슨 일 없으면 찾아보면 또 안 되잖아? 그래서 그 신하 높은 신하들을 만나서, 그 처음에. 그 부인, 여기 집에서 내가 가서 시간 됐으면 올게.”

이렇게 하는 거예요. 그래서 신하 만났어요. 신하 만났고, 신하한테 얘기해서,

"내가, 너는 내가 얼마나 똑똑한지 알지? 내가 왕보다 너무 잘하는 거 모르지?"

"너 왜 이렇게 이렇게 크게 얘기하는 거 또 시작하는 거야? 무슨 하고 싶으는 거야?"

"내가 왕 시키고 있어."

이렇게 얘기하는 거예요. 보통 왕 시키지 못하잖아요.

"내가 왕 시키고 있어."

그래서,

"뭐뭐? 너 또 시작하는 거야? 무슨 왕 시키는 거야?"

"너 믿었지 않아?"

"응, 믿었지 않아."

그래서,

"그러면 한 번 내기하자."

이렇게 하는 거예요.

그래서 그 신하들은 이렇게 듣고 왕한테 얘기했어요.

"짜이가, 다른 사람이 얘기해서 폐하한테 시키고 있어요. 시키고 있어요."

그래서 그 폐하 듣고 열 받아서 또 시작했어. 그래서 토늑짜이 불러서,

"야, 토늑짜이 너! 사람들한테 나를 시키고 있어 얘기 했지?"

"네, 맞아요."

"봐, 한 번에 니가 나 어떻게 시키고 있는지, 시킬 수 있는지 한 번 얘기해 봐요."

그래서,

"제가 폐하한테 시킬 수 있는데, 그런데 시키기 전에 얼굴에 왼쪽 이렇게 보여주세요. 뒤에, 뒤에 좀 보여주세요."

그래서 폐하 그거 듣고 뒤에 봤어요. 뒤에 다 봤어요. 폐하가 뒤에 봤어. 그래서 토늑짜이 얘기했어.

"제가 폐하한테 뭐 힘드는 일 시킬 수 없는데, 그런데 폐하가 얼굴 뒤에 봤잖아요. 그거 제가 시키는 거예요. 아셨죠?"

그래서 그 신하들은 졌어요, 그때요.

그래서 그 시간 지나서 폐하가 생각했어.

'얘는 되게 나한테 또 도전하네.'

화났어. 그러면 너한테 되게 못 하는 사람들 되게 다른 나라, 자기 나라에서 살지 말고 다른 나라 데려가서 살잖아요? 그래서 신하들은 되게 토늑짜이 너무 싫었어. 자기, 내기 하자마자 다 졌어. 돈도 많이 줬어 토늑짜이한테. 대부분 토늑짜이 싫었어요. 그래서 폐하한테 얘기했어.

"폐하, 얘는 너무 똑똑해서 우리나라에서 살면 안 돼요. 그러면 우리가 얘는 중국에서 보내. 중국사람들 너무 싫잖아요, 얼마나 싫은지."

그래서 어, 왕이 듣고 토늑짜이 불러와서 토늑짜이한테는 그냥 중국한테 보냈어요. 배 타고. 되게 나쁘죠? 배 타고 보냈어요. 그런데 중국에서는 토늑짜이 어떻게 생겼는지 모르잖아요. 그냥 갔어요.

그래서 도착하자마자 토늑짜이가 일 하는 거 없잖아. 밥도 못 먹잖아요. 그래서 자기 돈 있는 거 그 쌀 샀어요. 쌀 사서 중국에서는 캄보디아 음식이 먹어본 적 없잖아. 그래서 캄보디아 음식 만들었어요. 그 음식가 이름 이름이 '농만적' 이렇게 만들었거든요? 농만적 어떻게 생겼냐면 쌀 만들고, 국수처럼. 우리 국수 있잖아요? 그렇게 만드는 거예요. 그거 되게 맛있어요. 얘기했더니 배고프네요.

그래서 농만적 만들구 되게 사람들 되게 많이 먹으는 거. 되게 시간 짧았는데 되게 유명한 음식을 만들었어요. 되게 중국사람이 잘 먹는 거예요, 다. 맛있게 먹고 되게 한 명 먹고, 또 얘기하고. 또 한 명 또 듣고 이렇게 먹으는 게 이렇게 한 명 얘기하면 얘기. 그 뜻으로 그 중국 왕이 들었어요. [조사자: 아, 소문이 퍼져가지구?] 네, 그래서 중국 왕이 들었어요.

그 왕이 토늑짜이 불러서,

"그 사람 불러봐. 내가 그것도 먹고 싶어요."

그래서 중국 왕이 불러서 토늑짜이가 농만적 만들었는데요. 그런데 깜짝이야 토늑짜이가 그 왕을 보고 이렇게 말했어요. 어, 음, 잠

깐만요. 이렇게,

"중국 왕는 얼굴 너무 까맣게 못생기구."

이렇게 얘기하는 거예요.

"너무 까맣게 못생기고 캄보디 왕은 얼굴이 보름달처럼 보이네."

이렇게 얘기하는 거예요. 자기 왕, 자기 나라에 되게 높은 거 만들어주는 거예요. 그런데 그거는 무슨 뜻으로 그렇게 얘기 안했는데 그냥 쭉 얘기하는 거예요. 그래서 뭐,

"중국 왕이 얼굴 까맣게 못 생기구, 캄보디아 왕 얼굴이 보름달처럼 보이네."

이렇게 얘기했어요. 그래서 중국, 왕이 그거 듣고 화났어요.

"왜 나한테 이렇게 얘기하는 거야? 내 나라 사는데."

그러면 얘는, 누구인지 몰랐어요.

"얘를 데려가서."

잘못한 사람들 데려가잖아요? 그거 이름이 뭐지? 그렇게 가서 한국말이요? [조사자: 뭐, 포승줄을 묶어서 끌고 갔다고?] 그 잘못한 사람들 사는 자리. [조사자: 감옥?] 감옥. 네, 감옥. [조사자: 감옥에 갇혔어? 끌려가서?] 네, 잠깐만요, 우리가 이제 시간 많아서 그냥 뭐 시키고 오늘까지는 여기 끝날 거 같아요. [조사자: 음, 그래요.] 아까 어디였어요? [조사자: 어, 감옥에.]

어, 감옥 데려갔어. 그런데 보통 감옥 아니야. 차가운 감옥. [조사자: 아, 차가운 감옥에.] 아주 차가운 감옥. 감옥에 들어간 사람들 다 죽어요. 살은 사람들 없어요. [조사자: 아, 감옥에 갇히면?] 그런데 감옥 가더니 그, 한 명 사람이 그 감옥 안에 갇혀는 사람이 있어요. 그래서 그 사람이, 토늑짜이 들어가잖아요? 감옥 갇히는 사람이 봤어. 그러면 맨날 이렇게 어떻게, 일본 사람들 허리 잡고 싸우는 거 뭐예요? [조사자: 스모.] 네, 스모 이렇게 만드는 거예요. 그래서 죽지 않게 만드는 거. 운동같은 거. 머리 때리고 그렇게 복수하고 그러면 어떻게 하든지 춥게, 몸이 열나게, 움직하게 만드는 거예요.

그래서 아직, 시간 지나서도 안 죽었어. 음, 원래 일주일 정도나 며칠 정도 하면 죽어요, 너무 차가워서. 그런데 얘는 되게 시간 지나

도 안 죽었는데 사람들 와서 깜짝 놀랐어요.

그런데 어느 날, 어, 그, 뭐지? 토늑짜이가 그, 그거 이름 뭐지? 연? [조사자: 하늘 날리는 거?] 네, 하늘 나는 연. 그런데 캄보디아 연은 보통 연 아니에요. 어, 그 연 이름은 '클라잉 클라잉 아잇' 이렇게 불르거든요?

그 연이 만드는 방법이 되게 좀 어려워요, 그 연. [조사자: 뭘로 만들어요?] 종이로 만들어요. [조사자: 종이로?] 종이로 만들어요. 그런데 그 연이가 어떻게 만드는지 되게 소리 나오게 해요. [조사자: 소리?] 소리. [조사자: 어떤 소리가 나요?] 귀신처럼. [조사자: 아, '히이이이잉' 이렇게?] '두- 두-' 이렇게 소리가 나는 거예요. 되게 밤에 소리 듣고 되게 무섭게 생기거든요? 그런데 되게 알, 하면 그거 '클라잉 아잇' 이렇게 소리 나와요. 되게 자연스럽게 들으면 되게 귀엽게 나와요. 그렇게 하는 거예요.

그런데 얘 연 만들어서 하늘에서 날은 거예요. 놀고 있어 그 사람 두 명 있잖아요? 그런데 그 중국 왕이 듣다가 무슨 이상한 소리 나오, 자기도 자꾸 무섭게 생기는 거예요, 소리가. 그래서 열받으는 거예요. 그래서 마법사 물어봤어요.

"그거 뭐야? 내가 너무 자꾸 이렇게 힘들게 무섭게 하는 소리 나고, 그거 무슨 소리야?"

그래서,

"무슨 동물 이렇게 소리가 되게 무섭게 생긴 동물이야?"

그래서 그 마법사 이렇게 생각했어요.

"음, 폐하 그거 귀신 소리 아니구, 우리가 뭐 잘못하는 거예요. 우리가 무슨 잘못했나면 똑똑한 캄보디아 사람이 우리가,"

그 뭐지? 아까 뭐지? [조사자: 감옥?] 네.

"감옥에서 갇히고 있어요. 만약 그 사람을 풀으지 않으면 그 동물가,"

이렇게 불렀어요. 연 부르지 않구.

"그 동물가 계속 울어는 거예요."

그래서 그 왕이 그거 알구 토늑짜이 불러와서,

"내가 그 토늑짜이인 거 몰랐어. 너무 미안해요. 우리나라가 얼만큼 보여주고 착해졌는지. 뭐 그 처음에는 뭐, 몇 개 배가 다 줬는데 안 주고 우리나라도 주고. 뭐, 두 번째 퀴즈도 우승했는데 우리 똑똑한 사람도 보내주고 너무 감사하는 마음 있는 거예요. 너무 고마웠어. 그러면 내가 몰라서 잘못했어. 내가 후회했어. 미안해."

그렇게 얘기했고. 그 토늑짜이가 자기 나라 캄보디아 보내왔어요. 그래서 뭐 돈이나 물건들 이렇게 보내줬어요. 근데, 그래서 보내왔어, 캄보디아에서.

그래서 그 시간 지나서 부인 같이 살잖아요? 시간 지나서 토늑짜이가 아팠어요. 그래서 돌아가셨어요. 되게 왕보다 빨리 돌아가는 거는 되게 안타까운 소식이네요.

이거, 제가 읽으는 거 되게 안타까웠어요. 왜, [조사자: 읽으면서?] 왜, 왜 이렇게 똑똑한 사람이 일찍 죽었는지, 왜 좋은 사람 빨리 죽었는지 그래서 왕이 나이 많아보이는데 왜 이렇게 안 죽었는지. 그렇게 생각 들었어요.

그래서 그, 죽어 전에 그 부인한테 얘기하구 왕이 불러와서 무슨 마지막 얘기하는 거 해주는데요. 그 마지막 하는 거 이렇게 얘기했어요. 그거는 또 얘기가 너무 한국 얘기하면 너무 힘들어. 왜냐면 그 비교하는 얘기거든요? 그리구 그 뭐 생선 이름을 얘기하구, 뭐 사람 이렇게 얘기하구. 캄보디아, 한국 얘기는 좀 힘드는데. [조사자: 그냥 캄보디아 단어로.] 단어로? [조사자: 우리말로 설명해 주세요.] (웃음)

[조사자: 그 부인이 이제 남편에 대한 이야기를 왕에게 전해주는 거예요?] 아니, 아니야. 왕이 불러와서 자기 직접 말로 해주는 거예요. [조사자: 왕이?] 응, 왕이, 폐하 불러와서. 그래서 이렇게 말했어요.

어, 캄보디아 말로는 이렇게 물고기 이름 '뜨레이 빠라' 이렇게 이름거든요? 트레이 빠라 이렇게 얘기해서,

"왕이 이렇게 잘 들으세요. 제가 마지막 이렇게 말해주는 거예요. 만약 폐하가 식사할 때 트레이 빠라 식사하면 그 바늘 버리지 말고, 바늘."

[조사자: 비늘?] 비늘? 비늘 맞아요? [조사자: 껍데기?] 아니야. 그

생선가 메기 하면 비늘 없잖아. [조사자: 아, 없죠. 그니까 껍데기?] 껍데기 비슷해. 그 껍데기 위에. [조사자: 껍데기 위에? 그니까 여기 그니까 비늘 같은 거 말고, 그니까 피부가 있으면 피부를 덮고 있는 거.] 어어어, 그거. [조사자: 그걸 비늘이라고 해.] 비늘. [조사자: 우리 종이 부스러기 비닐 말고. 그니까,] 생선 비늘. 네, 그래서 그, [조사자: 비늘을 버리지 말라고?] 응.

그 생선 만약 그 생선 드시면 비늘 버리지 말고. 그래서 만약 뜨레이 빠라, 그 뜨레이 빠라는 유명한 생선이에요. 그런데 비늘 없어요. 그 뜨레이, 폐하가 뜨레이 빠라 식사하면 비늘, 여기 뜨레이 빠라 식사하면, 여기 뭐지? 생선의, [조사자: 아가미?] 아가미? 아가미 버리지 말고 그거 같이 먹는 얘기. 그거 맛있으니까.

그래서 캄보디아 요리 이름이, 그래서 요리할 때, 캄보디아 요리 이름이 '슬러므 쭈'. '슬러무 쭈 뜨레이 빠라'. 그 뜨레이 빠라 이름이. 슬러무 쭈 뜨레이 빠라. 그 레몬맛 나오는 거? 레몬맛 나오는 거, 그 쓴 맛 나오는, 열매 하나 있고. 이름이 어, '맛주' 이렇게 있거든요? 맛주. '맛주삼람' 이렇게, 맛주삼람 이렇게 하는 거예요. 이제 끝날 거예요.

"그, 만약."

다시예요.

"만약 폐하가 뜨레이 빠라 식사하면 바늘 버리지 말고. 그렇게 하고, 만약 폐하가 뜨레이 빠라 식사하면 아가미 버리지 말고. 만약, 폐하가 음식 만들 때 삼람맛주 만들으면, 삼람맛주, 뜨레이 빠라 만들으면, 꼭 맛주삼람 넣으세요. 그렇게 하는 올리는 음식이에요. 그거는, 그 폐하가 나라 어떻게 잘 사는지 사람이 어떻게 시키든지 어떻게 그 나라가 높, 잘 사람들 잘 사는 뜻으로 만들어주는 거예요."

[조사자: 잘 다스리라고?] 음, 그렇게 하는 거예요. 그래서 토늑짜이 죽었어요. [조사자: 죽기 전에 왕한테 그 말 하고?] 그 말 하고 돌아가셨어요. 그래서 맨 마지막에는 토늑짜이가 대부분 사람 토늑짜이 싫어하니까 자기 죽기 전에도 부인한테 얘기했어요.

"내가 죽으면 내가 무덤에 어, 뾰족한 대나무가 위에다 놓으세요."

[조사자: 무덤가에다?] 네, 무덤 위에.

"다 놓으세요. 뾰족해. 아주 뾰족해."

그래서 부인이 그 남편 말대로 했어요. 그래서 시간 지나서 여기 사람들, 토늑짜이 싫어하는 사람들 뭐 신하 같은 거, 아니면 왕의 부인들 같은 거 이렇게 너무 토늑짜이 싫어해서, 알잖아요.

"그 토늑짜이 무덤이 근처에 있어서 가서 응아 할 거야 내가. 너는 너무 싫어서."

근데 응아 하자마자 앉았잖아요? 그 뾰족한 날카로운, 뾰족한 그거. 대나무 찔려서 피도 나오고 뭐뭐 응아도 못 하고 아팠어요. 그래서 대부분의 사람들 이렇게 생각했어.

'어, 토늑짜이가 너무 똑똑한 사람이구나. 되게 자기가 죽어도 자기 무덤 되게, 프로텍protect 같은 거 되게, 어, 지키기 때문에 이렇게 만들었구나.'

그렇게 생각 들었어요.

"참 똑똑한 사람이구나."

그래서 사람들은 되게 아들이 태어나면

"짜이야, 짜이."

이렇게 불러요.

"짜이, 짜이짜이."

이렇게 불러요.

무슨 뜻이냐면 되게 우승, 다 우승하는. 다 우승할 수 있는. [조사자: 그니까, 하는 것마다 잘 되고?] 네, 잘 되고 우승할 수 있는 뜻으로 그렇게 얘기해요.

저 가족도 이렇게 '짜이' 이렇게 부르는 조카도 한 명 있어요. 그런데 얘는 되게 그 짜이처럼 되게 똑똑하는 아이예요. 수학도 잘 하고. 되게 어, 캄보디 우리 동네에서, 도시에서 되게 너무 공부 잘 해서 1등 받았어요. 잘 해요 공부. [조사자: 어, 똑똑한 아이가 되기를 원해도 그 이름을 붙이고.] 붙이고 이렇게 부르는 거, 대부분 이렇게 부르거든요? 예전에. 되게 유명한, 10년 전에. 애기 때.

그런데 요즘은 되게 별로예요. [조사자: 아, 요즘은 별로 잘 안 붙여요?] 별로 잘 안 붙이는데, 뭐, 다른 동네는, 우리집만. 그런데 제가 그 뭐, 대부분 그런데 공부할 때 그 토늑짜이는 얘기가 계속 있으니까 다들 알아요. 공부 지금도 유명해요.

[조사자: 킴나이키 고향 마을 이름이 뭐인 거죠?] 저는 '카이깜달'. '깜달도시' 이렇게 불러요. [조사자: 여기에서는 여전히, 그 인제, 짜이 이름을 붙이는 똑똑한 아이들 경우 붙인다는 거고.] 네, 그거예요.

[조사자: 근데 토늑짜이가 원래 실제 인물이에요? 실존하는 인물이에요? 아니면 그냥 이야기 속에 나오는 인물이에요?] 이야기 속 나오는. 진짜 하는 거 아니에요, 가짜예요. 그냥 만드는 사람이 되게 똑똑한 사람 만들어주는 거예요.

그러면서 너무 잘 만들어서 아마 예전에 저 안 태어날 때나 계속 만들어서, 유명해서 그 사람이. 그런데 그 만드는 사람이 되게 잘 만들어서 짜이라는 이름이, 그 짜이 하는 뭐 딕셔너리dictionary가, 뭐지? 사전가 되게 보고 맞추는 거예요, 이름이. 그래서 유명하게 되게 그래서 그 교육하는 거 만드는 사람들 되게 기억, 만드는 거예요.

[조사자: 그러면 킴나이키는 이 이야기를 책에서 읽은 거예요?] 저는, 네, 예전에는 공부할 때는. 왜냐면 공부할 때는 그 전설 모르면 공부 못해요. [조사자: 근데 그 캄보디아 교재에 실린다고 그랬죠?] 고등학교에 그 전설 모르면 되게 공부 잘 못해요. 그래서 사람들 대부분은 되게 열심히 어, 뭐지? 그 뭐지? 책 보는 사람들 뭐죠? 책, 책. [조사자: 사서?] 아니요. [조사자: 도서관 사서 말고?] 도서관, 도서관 가서 그런 책 다 있어요. 막 거기서 다 읽어. 하나 있으면 한 두 시간 동안 읽으면 잘 해야 돼.

그래서 공부할 때는 보기 얘기하면 그 책이 무슨 얘기인지 다, 다 읽어와서 쓰면, 점수 되게 100점이나 90점 받을 수 있어요. 그렇게 하는 거예요. 그래서 다 많이 알면 공부 잘 할 수 있어요, 그렇게. 그래 대부분 대학교 아이, 18살, 19살 사람도 다 알아요.

[조사자: 그 뜨레이 빠라 생선 요리는 어떻게 특별한 사람만 먹는 건 아니고?] 아니에요. [조사자: 캄보디아 사람들 누구나 먹는 음식이에요?] 다 먹고 있어요. 뜨레이 빠라는 되게 만들었잖아요? 그 바늘 없는 고기

니까 그거 뭐지? [조사자: 비늘 없는 고기니까? 여기 물고기 숨 쉬는 여기 말하는 거죠?] 음, 여기 맛있어, 고기가. [조사자: 여기가 아가미예요.] 네, 아가미가 맛있어서. 그래서 그거 빼면 맛없잖아. 다른 생선은 아가미 있는데 그런데 살이 없어요. 그래서 뺄 수 있잖아요. 그럼 냄새 나요. 그런데 그 생선만 냄새 나지 않고 맛있어요.

[조사자: 그러면 아가미는 맛있어서 버리지 말라고 하는 건데. 그 원래 비늘이 없는 생선인데 비늘을 버리지 말라고 했을까?] 그 비늘은 무슨 얘기하면, 그 비늘가 저는 그 생선이 어떻게 생겼는지 모르는데. 저한테 그 책이 얘기하는 거 되게 그 생선가 비늘 없으면 맛 없어. 되게 바삭바삭, 우리 구우면, 먹으면 바삭바삭 그 느낌 들어가는 거예요. 되게 비늘 없으면 맛도 없으는, 별로예요, 그 생선이가.

그런데 그 비늘 어떻게 얘기하냐면 그 왕이 사는 자리가 그 사는 사람들 그 비늘 이렇게 얘기하는 거예요. 그 비늘 비켜오는 거예요. 그, 생선가 무슨 일있어도 자기 적극적, 자기만 생각하지 말고 자기 나라, 자기 사람들 잘 생각하면 자기 높으게 오래 같이 살고 해서 사람들 이렇게,

"폐하가 너무 잘했어요. 일 너무 잘했어요. 너무 감사."

이렇게 사는 사람들, 이렇게 이렇게. 이렇게 얘기하는 거예요.

[조사자: 여기가 비늘이 맞는 거죠? 이 껍질이 아니라.] 응, 비늘. [조사자: 껍질이 아니고?]

껍질 아니고. 비늘. 그 생선이 요리할 때마다 구이나 요리나 비늘 안 벗어요. [조사자: 안 벗기고?] 응, 안 벗고 그냥 먹는 거예요.

[조사자: 그리고 슬라이 버찌 뜨레이 빠라? 이거는 음식 할 때 꼭 그거를 집어넣는 거예요?] 얘는 냄새, 냄새 뭐지? 장어처럼 냄새 좀 나요. 그래서 만약 슬러무 쭈, 슬러무 쭈 이렇게 만들으면 어, 맛주삼람 이렇게 얘기했잖아요? 맛주삼람 꼭 넣으는 거 그거 잘 어울리는 음식이에요. [조사자: 잘 어울려.]

그거 무슨 얘기하면, 자기가 왕이잖아요? 그래서 사람 시키면 잘 봐야 돼. 무슨 일 있어서처럼 잘 보고 그래서 시키면, 일 우승할 수 있잖아요. 져지 않게. 토늑짜이처럼 잘 시키구 응, 중국에서 자기

나라가 지킬 수 있잖아요. 이렇게처럼. 이렇게 만드는 거예요. [조사자: 그니까 음식 먹는 걸 빗대서 나라를 잘 지키라고.] 응, 이렇게 만들으는 거예요. 네.

(두 시간가량 구연한 제보자에게 조사자가 박수를 침.)

백만장자 음식 냄새 맡은 가난한 부부

● 구연정보

조사일시 : 2018. 02. 06(화) 오후
조사장소 : 경상남도 진주시 상대동
제 보 자 : 썸마카라 [캄보디아, 여, 1988년생, 결혼이주 4년차]
조 사 자 : 김정은, 황승업, 강새미

● 구연상황

한국계 중국인인 임향금 제보자가 탈북인 이야기를 마쳤을 때 제보자가 간단한 옛날이야기가 생각났다며 이 이야기를 구연했다. 임향금 제보자가 청자로 함께 했다.

● 줄거리

옛날에 아주 가난해서 하루에 한 끼밖에 먹지 못하는 부부가 있었다. 그들은 옆에 사는 부잣집에서 맛있는 음식 냄새가 날아오는 방향으로 집을 옮기며 살았다. 가난한 부부는 부잣집에서 오는 음식 냄새를 맡으며 진짜로 그것을 먹는 것처럼 연기했다. 그러자 다른 사람들은 부부의 말소리만 듣고 그들이 맛있는 것을 많이 먹는 것으로 알았다. 이를 알게 된 부자는 몹시 화를 내며 음식 냄새 맡은 값을 내놓으라고 했다. 그는 왕에게 재판을 받게 됐는데, 왕은 자기가 돈을 대신 갚아주겠다고 했다. 왕은 하인을 시켜 음식 값만큼 동전을 꺼내게 해서 세게 하고는 돈을 안 주고서 돌아가라고 했다. 부자가 항의하자 음식 냄새에 대한 값은 동전 소리로 충분하다고 했다.

그 집 부부, 남편하고 부인만 같이 살아요. 엄청 가난한 가족이에요. 하루 못 먹을 정도. 아침밥만 먹을 수 있고 저녁, 점심 못 먹는 가족 상태예요.

그래서 맨날 맨날 집에 밥 먹는 시간 되면 집 안에 기다리고 냄새 맡는 거 기다려요. 그 냄새는 백만장자 집에서 날아오는 냄새예요. 그래서 그 바람은 어느 방향에서 불러 쪽 하면은, 불으면은 본인 집은 작으니까 항상 이동해요. 그 계절이 되면 그쪽 방향으로 이동해서 간단하게 집 만들고, 집 짓고 살았어. 거기 있어요. 그럼 맨날 맨날 그 냄새 맡고 밥 먹기 시작해요.

근데 그때는 남편 부인한테,

"냄새가 아직 안 나오네. 좀 이따가 기다리자."

그래서 몇 분 되는데 그 냄새가 날아왔어요. 백만장자 집에서 만들었던 음식 냄새가. 그 부부 집에, 가난한 부부 집에 날아들어 왔어요. 그래서 남편은,

"자기야, 이제 밥 먹는 시간이야. 와서 우리 먹자."

냄새 왔으니까. 그래서

"이제 뭐 먹었냐? 음식 너무 많네. 그 생선도, 자기야 큰 생선 먹으라고. 이거 먹어."

사실 아무것도 없는데 그냥,

"그래 알았어. 이거 맛있다. 이거 큰 고기인데 먹어봐."

계속 뭐 연극상태로 거짓말해서.

(웃으며) 본인 부인 남편 서로 맛있는 거 인줄 알았어요. 듣는 사람들은 맛있는 거 가득한 줄 알았어요. 옆집들도 그 맛있는 거 많이 먹는 줄 알았어요.

"이 집은 가난한데 들었을 때는, 목소리만 들었을 때는 맛있는 거 많이 먹네."

근데 어느 날은 백만장자 집에서 일하는 그 하인 그 집 가서 몰래 봤어요. 근데 보니까 아무것도 안 보여요. 밥 한 그릇하고 뭐 간장 같이 먹었는데. 그래서 백만장자한테 알려줬어요.

"그 부부는 백만장자 집에 냄새, 날아갔던 냄새를 맡아서 먹대요."

그래서 백만장자 너무 화를 내서 그 두 부부 집에, 가난한 부부 집에 가서,

"니들이 왜 내 음식을 몰래 먹었냐?"고.

"몰래 먹었냐?"고.

"돈을 갚으라. 그렇게 몰래 먹었으면 안 돼요."

그래서 부부는,

"아니요. 저는 냄새가 맡기는데, 훔쳐 먹는 것도 아닌데."

그래서 백만장자는 좀 욕심 때문에,

"본인 냄새 맡아도 안 된다."고.

"본인 음식 먹는 것처럼 똑같다."고.

그래서 왕한테 심판, 판결. [조사자: 판결을 받으러 또 갔군요.] 네. 그래서 왕은,

"그럼 내가 그 음식 값 갚을 테니까 본인 하인한테 동전 가지고 와라. 갚으라."고.

"얼만데?"

십오 센트? 그때 돈으로,

"그거 갚으라."고.

"얼마냐?"고.

그 백만장자도 십오 센트 갚으면 된대요. 그래서 그 왕 밑에 일하는 사람 그 돈 갖다 놨어요. 그 소리 나올 수 있는 항아리 있어요. 그 동전을 놓았어요. 왕은,

"하나씩, 하나씩 놓으라."고.

"갚으라."고.

하라고 시켰어요. 하나 놓고,

"자세히 세라."고.

백만장자한테 알려줬어요.

"이제는 맞냐?"고.

그래서 그다음에는 왕은 본인 밑에 일하는 사람한테,

"동전 다시 나한테 가지고 와라. 그럼 가난한 부부하고 그 백만장자 집에 가면 된다, 이제는."

근데 백만장자 당황스럽고,

"왜? 제가 돈 아직 못 받았는데 왜 집에 가야 해?"

근데 왕은,

"두 부부는 니 음식만 냄새 맡는데, 너한테 돈 갚으라고 했잖아

요. 그럼 이제는 나도 너한테 돈 갚는데 소리만 들으면 된다."고.

그래 이제 갚는 뜻이예요. 그렇게 됐어요. [조사자: 소리로 갚아라, 하고 끝난 거.] 네.

머리카락에서 향기가 나는 여인

● **구연정보**

조사일시 : 2018. 05. 22(화) 오후
조사장소 : 강원도 인제군 인제읍 상동리 제보자 자택
제 보 자 : 킴나이키 [캄보디아, 여, 1991년생, 결혼이주 6년차]
조 사 자 : 박현숙

● **구연상황**

제보자는 〈살림 잘하는 아내와 예쁘고 사치스러운 아내〉 구연을 마친 뒤 조사자와 함께 점식 식사를 했다. 제보자는 식사 후 잠시 쉬었다가 준비한 이야기 구연을 이어나갔다. 구연 도중에 이야기 내용에 대해 의견을 말하기도 했다. 제보자는 구연을 마친 뒤 자신은 주인공과 같은 선택은 하지 않을 거라고 덧붙였다.

● **줄거리**

머리카락에서 향기 나는 여인의 남편이 먼 길을 떠났다. 아내가 남편이 보고 싶어서 자신의 머리카락을 넣은 병을 강에 흘려보냈다. 도둑 두목이 머리카락 향기를 쫓아 머리카락이 담긴 병을 찾아 그 여인을 납치했다. 귀가한 남편이 아내를 찾아 나섰다가 두목에게 살해당했다. 아내는 남편 시신이 훼손되지 않도록 기도를 하고 남편 시신이 있는 자리로 다시 찾아오기 위하여 두목과 가는 길에 오이씨를 땅에 뿌렸다. 아내는 두목을 죽인 뒤 오이가 자란 곳을 찾다가 두더지가 나무껍질을 씹어서 죽은 뱀을 살리는 장면을 목격했다. 아내가 그 나무껍질로 남편을 살렸는데, 큰 강에서 남편과 다시 헤어졌다. 아내는 남장을 하고 남편을 찾아다니다가 한 부자의 죽은 딸을 나무껍질로 살려냈다. 남장을 한 아내는 부자의 요청으로 자기가 살린 처녀와 결혼했다. 결국 남편을 찾은 남장 아내는 부자 딸과 함께 셋이서 행복하게 살았다.

아주 옛날에, 한 부부 있는데요. 그 부인이 이름이 '닝뺄' 머리카락 향기, 좋은 향기예요. 그냥 '향기' 이렇게 부를게요. 머리카락 향기 있는 여자예요.

근데 쁘라이가, 아, 캄보디말 했어요. 남편가 사업하는데요. 그래서 그 사업가 멀은 동네 가서 사업하고 있어요. 그래서 부인한테 얘기했어요, 가기 전에.

"여보 내가 멀리 가서 사업하는데 만약 당신이 내가 많이 보고 싶으면, 자기의 머리카락을 뽑고 병 안에 넣어서 물에 던지면 그 물이 내가."

뭐지? 머리 던지면 그 해적처럼, 무슨 일 있으면 도와주고 있으면 그, 뭐지? 뭐지? 그 노트처럼 이렇게 쓰잖아요, 종이가. 그래서 병 넣고 강에 바닥에 던지잖아요. 그래서 받은 사람이 도와주는 거 있잖아요. 그런 거예요. 남편이 그렇게 얘기했어요.

[조사자: 그래서 거기 안에 머리카락을 넣으라는 거죠?] 네.

"머리카락 넣고, 강에, 바닥에 던져요."

그렇게 얘기하는 거예요. 어, 그런데 그거는 얘기 안 했어요. 바다든지 강이든지.

"물 안에 던져."

이렇게 얘기했어요.

그래서,

'음, 이거구나.'

그래서, 그래서 시간 지나서 남편 너무 보고 싶은 거예요. 남편 사업 멀리 가니까. 그래서 닝뺄가 머리가 뽑고 병 안에 넣었어요. 물 안에 던지는데 그 병이 지나가다가 어떻게 떠서 물에 안에 가다가, 남편한테 안 가고 도둑 한 팀 만났어. 그 도둑, [조사자: 해적.] 해적. 아니야, 해적 아니야. 도둑들. [조사자: 모든 도둑들 다 하는 거야?] 도둑들한테 가는데, 그 제일 큰 도둑들 이렇게 부르는 거예요, 한 팀이잖아. 되게 큰 사람, 제일 큰 사람.

큰 도둑 한 명이 그 병이, 아니 병 안 봤어요. 그 병 안 봤는데 냄새가 나오는 거야. [조사자: 아, 향이.] 향기 때문에. 향기 나오는데 그 좋은 향기 푹 빠지는 거야. 그래서 찾아는거야. 그래서 한참, 멀리 안 찾고 그냥 논 사이 보더니 그 병 봤어요. 그런데 그 병이 뚜껑 빼고 냄새 맡으니까 그 냄새 너무 좋은 거예요. 그래서,

“어머, 그 향기가 너무 좋아서 그 향기가 백프로 여자 향기야.”

이렇게 얘기했어요.

“백프로 여자 향기야. 그러면 내가 그 여자가 어떻게 생겼는지 아마 예쁘게 생기는 거예요. 되게 보고 싶은 거예요.”

그래서 그 병이 물 어떻게 나왔어. 어떻게 흘러왔어요. 그 반대 물 흐르는 자리가 올라갔어요. [조사자: 찾으러?] 말 타고 가는데, 찾으러 가는데 혼자. [조사자: 그 두목이 혼자?] 네, 혼자 찾으러 가는데 찾았어. 그 여자가 찾았는데요, 그 여자가 찾았는데. 찾았었는데 닝뻴가 잡혔어. 같이 가서 사는데, 말 같이 타고 사는데.

그런데 갑자기 남편이 부인 보고 싶어서 집에 갔는데 부인 찾으러 갔는데 없었어. 그런데 없어서 부인 찾아오더니, 도둑도 만났어. 그래서 도둑들 그 남편가 칼 찔러서 배 찔러서 죽었어요, 남편이. 그 닝뻴 남편. [조사자: 그러니까 남편이 이제 아내를 찾으러 가다가 그 도둑들을 만나서 도둑이랑 싸우다가 칼에 찔린 거예요?] 네, 찔렸어요. 도둑이 칼 찔러서 되게 죽었어요, 남편이.

그래서 닝뻴 보고 되게 속상한 거예요. 되게 속상하더니 그래서 기도했어요.

“제발 우리 남편이 여기 있는 거 다른 동물들 와서 먹히지 말고.”

그렇게 기도했어요.

산속에서는 되게 동물들 많았어요, 캄보디아에서 예전에. 되게 나무가 많아서. 뭐 호랑이나 사자 많아서 와서 잡아먹으니까 그래서 기도했어요.

“그 동물들 잡아먹지 말고, 그 온몸에 예쁘게 그대로 놔두세요.”

그렇게 기도했고.

그래서 그 남자가 도둑 남자가 데리고 갔어요. 그래서 그 닝뻴가 말타고 그 남자가 걸어, 그 앞에 걸어가는데요. 그래서 닝뻴가 그 오이 씨, 오이 씨. 먹는 오이, 캄보디아 오이는 캄보디아처럼 아니에요.

[조사자: 그럼 어때요?] 향기 너무 좋은 오이 있어요. 작은 거면 또 먹고, 큰 거. 되게 시간 지나면 노란색 되게 우리 멜론. 향기 나와요. 그런 거 비슷해요. 되게 맛있게 먹을 수 있는 그런 거예요. 그래서 씨가 그, 어디 뿌리면 되게 잘 자랄 수 있어요.

그렇게 했는데 그 가는 길가 닝뻴가 그 오이 씨가 계속 던지는 거예요. 그래서 길 잃어버리지 않게. 그래서 던지는데, 그, 음음. 던졌어요. 그래서 그 닝뻴가 어, 뭐지? 그 오이 씨가 없어졌어요. 그래서 그날. 없어, 걸어가다가 없으니까 집에 어떻게 갈지 모르잖아요. 남편, 남편가 어디. 남편가 돌아간 몸이 어디 있는지 모르잖아요.

그래서 그 착하게 도둑, 큰 도둑한테 얘기했어요.

"자기야, 만약 우리 남편 죽었으니까 내가 가서 자기 같이 사니까 그런데. 지금은 너무 피곤해 먹고 싶어."

이렇게 얘기했거든요.

그래서 그 도둑가 그 닝뻴가 예쁘니까 사랑 빠졌어요. 그래서 그 닝뻴 시키는 대로 하더니 그래서 내려와서, 내려와서 그 도둑이 칼 찔러서 죽었어요. 닝뻴가. [조사자: 닝뻴이 찔렀어?] 네, 찔러서 죽었는데요.

닝뻴가 그 도둑이 죽어서 그래서 그 남편 찾으러 갔어요. 근데 되게 들키는 거, 되게. 그 뭐지? 오이. 오이 씨 닝뻴가 버렸잖아? 다 자랐어. 자랐어. 되게 잘 자랐어요. 그런 거예요. 그래서 닝뻴가 그 길을 보고,

(아이가 나오자 제보자가 남편에게 아이를 챙기라고 말하며 잠시 구연이 중단됨.)

[조사자: 오이가 잘 자라 있어 가지구?] 네, 그런데 오이가 잘 자랐는데. 계속 가더니 그 두 신가. 신 두 명가. 두 명 맞아요? 여기 뭐 불러요? [조사자: 신.] 신. 하늘에서 사는 신 두 명가 되게 닝뻴 보여주고 싶어, 불쌍해서, 남편 죽으니까.

되게 그런데 그거는 좀 그렇지? 닝뻴도 잘못했잖아. 도둑이 죽여버리니까 벌 받아져. 그런 것도 있어요. 되게, 되게 들었더니 되게 잘 맞아는 거 느낌이 들어가요, 제가. 만들어는 사람이 그런데. 왜 그

도둑이 잘못한 거만 생각하고. 닝뻴도 잘못했잖아. 자기 죽으니까. 벌 받아야지.

그래서 닝뻴가 가다가 그 신 두 명가 되게 변신해서 그 뱀 한 마리, 뱀 한 마리 그 스카 뭐지? 뱀 한 마리 그리고 뭐지? 그 동물 이름 모르네요. 그 동물 두 마리 했는데 하나는 [조사자: 뱀이고.] 뱀. 하나는, 하나는 또 모르겠는데 뱀 자꾸 싸우는 거 이름 뭐지? [조사자: 뱀이랑 싸우는 거?] 고슴도치 말고. [조사자: 지네? 지네도 아닌데. 그니까 뱀을 잡아먹는 거예요?] 네. 그냥, 어, 고슴도치 비슷해요.

(제보자가 차를 마시느라 잠시 구연이 중단됨.)

[조사자: 부엉이? 날아다니는 거 아니죠?] 부엉이도 알아요. 부엉이 아니에요. [조사자: 날아다니는 거 아니죠?] 아니에요. 땅. [조사자: 두더지.] 네, 두더지. 음. 두더지랑 뱀이랑 두 마리 싸우고 있는데. 그런데 두더지가 뱀한테 죽여버렸어. 깨물어 하다가 뱀이 죽었는데. (제보자가 아들과 잠시 이야기 나누다가) 그래서 그 두더지가 그렇게 보고 그 옆에 있는 나무가 껍질 나무가 씹어서 그 뱀한테 뿌렸더니 뱀 다시 살아졌어. 그런 거예요.

[조사자: 아, 그니까 살리는 나무예요, 그게?] 신 나무. 그렇게 불러요, 신 나무. [조사자: 신 나무.] 그 신 나무껍질, 껍질을 씹어서 뿌려, 뱀한테 뿌려보더니 뱀이 살아져서 그래서 갔어요. 닝뻴 그렇게 보고 그 껍질을 많이, 많이 잘라서 껍데기 많이 잘라서 그래서 남편 돌아가신 몸 가서 그래서 씹어먹어서 뿌렸더니 살아졌어요.

그렇게 살아졌는데요. 살아졌더니 그래서 걸어가다가 강, 큰 강을 봤어요. 자기 집 들어가면 그 큰 강을 건너간대요. 그런데 어떻게 못 가는 거야. 강 너무 깊으니까. 배도 없어 어떻게 갈 수 있어? 갑자기. 멀리하는 배가 봤어요. 그런데 그 배는 다른 신 한 명도 자기 변신하고 스님이 변신하고 배랑 다 온대요. 그래서 가까이 와서 그 배가 너무 작아서 그래서 그 남편한테 얘기했어요.

"어, 스님 부탁해서 우리 그쪽 강에 데려가주면 안 될까요?"

그렇게 얘기하는 거예요. 되게 그렇게 해서 그 스님이 대답했어요.

"데려가도 되는데, 그런데 그 배가 너무 작아서 둘이 타면 못 가는 거야. 한 명만 탈 수 있어요."

그래서 한 명 타는데,

"누구 다 먼저 타고 갈 거예요?"

그래서 그 남편이,

"부인, 여보! 먼저 타고 내가 여기 기다리고 다시 오면 같이 가자."

그렇게 얘기하는 거예요. 그래서, 그래서 건너가더니 그 스님이가, 그 스님이가 닝뻴 데려가더니 그 강 건너가지 않고 그 강 쭉 데려갔어. 강 이렇게 쭉 있잖아요. 이렇게 건너가잖아요? 건너가지 않고 그냥 죽 이렇게 갔어요. 쭉 이렇게 가는데 남편이 어떻게든지 이렇게 가운데에 강 가운데에 있는데 어떻게 못 가는 거예요.

그래서,

"어떻게 하나? 내가?"

그래서 부인이 또 남편 질러, 이름 불렀고. 남편도 부인 계속 보고 어떻게도 못했어요. 그래서 닝뻴가 스님이 같이 갔어요. 닝뻴가 스님이 왜 그렇게 하냐고 물어도 대답없는 거예요.

그래서 걸어가다가 닝뻴 생각하더니 좋은 생각 있어서 스님한테 얘기했어. 아니, 스님이가 보고 닝뻴가 너무 속상해, 불쌍해서 그런데 그거는 목적 하든지 무슨 얘기하는지 얘기 안 해줬어요. 그냥 스님이 닝뻴 마음이 확인하고 싶어서 얘기했어요. 썼어요, 그 책에가.

그래서 닝뻴가 되게 어, 속상하는 마음을 보고 그 스님, 신가, 그 스님 변하는 신가 옆에 하는 나무가 그 나무가 열매 많은 나무가 만들었어요. 이렇게 마법처럼, 마법으로 만들었는데. 그 나무 이름이 '프라이마쁘링마빠랑' 이렇게 만들었거든요? 프라이마쁘링마빠랑은 되게 캄보디아 나무예요. 되게 나무가 노란색 이렇게 크게, 이만큼? 그런데 되게 달콤한 [조사자: 열매가.] 열매가 있어요. 그래서 맛있게 보이는 거예요, 나무가.

그래서 닝뻴 그 나무보고 신한테 얘기했어요, 그 스님한테.

"제가 배고파서 그 열매 먹고싶으는데요. 그런데 못 올라가는 거예요, 여자니까."

그래서 스님이가,

"내가 올라가서 열매 따 줄게요."

열매 따주는데 그런데 그 닝뻴가 어떻게든지 헤어질 수 있어서 생각해서,

"그 높은, 제일 높은 꼭대기 나무가 큰 열매, 제일 큰 열매 있어서 그거 올라가서 따 주세요."

그래서 그 스님가 나무 껍데기 올라가서, 올라가서 가까이 갔는데 그 닝뻴가 배 타고 뒤에 왔어. 남편 찾으러 가는 자리가. 찾으러 가는데 그래서 찾으러 가는데. 그 남편가 없어졌어요. 남편가 갔어요. 어디 갔는지 몰라요. 시간 지나니까. 아마 부인 찾으러 가거든요?

그래서 남편 못 찾으니까 너무 속상하는 거예요. 계속 헤어지는 거예요, 남편이, 같이도 못 살고. 그래서 닝뻴가 자기 여자 모습 하면 되게 남자, 남자들 되게 자기 모습 보고 되게 무시하는 거예요. 원래 여자 한 명같이 사는 거 되게 편하지 않아요. 그래서 닝뻴가 머리가 안에 쏙 들어가고, 길은 머리가. 그래서 남자 변신했어요. 남자 옷도 입고 머리도 이렇게 모자 쓰고 이렇게 남자처럼.

그렇게 하더니 동네 가더니, 부자집 하나 있는데 그 막내가, 딸가 되게 뱀이 물어하는 바람에 돌아가셨어요. 그래서 엄마 아빠가 자기 외동딸이었는데 되게 너무 속상하는 거. 딸이 죽으니까. 그래서 닝뻴 가다가 일 밑에, 밑에 일하는 사람들, [조사자: 하인.] 하인? 하인들 보고 얘기해.

"내가 들어가서 그 여자가 살고 있어요."

그 마법의 껍질 때문에. [조사자: 그 나무껍질.] 그래서 가는데, 그 하인 믿지 않고. 그런데 그 부자 되게 그, 아빠가 돌아가신 딸 아빠가 얘기했어요. 그 아빠가,

"빨리 와. 데려와."

그 껍질 씹어서 뿌렸더니 그 여자가 살았어요. 며칠 죽었는데. 그 여자가 살았는데요.

그래서 그 여자가 살아졌더니 아빠가 생각해서 그 닝뻴 때문에. 그런데 겉모습이 되게 남자 생기거든요? 결혼 해주는 거예요, 둘이. [조사자: 어떡해. (웃음)] 결혼해주는 거예요. 그래서, 그래서 둘이가 결

혼했어요. 할 수 없이 결혼했어요. 할 수 없이 결혼했는데 그런데 첫 날밤 보내도 아무도 못해잖아, 여자니까. (웃음)

그래서 시간 며칠 지나 또 남편이 그 닝뻴가 되게 남편 보고 싶어, 얼굴도 안 좋고. 모자, 잘 때도 모자 안 벗어. 잘 때도 같이 안 자고. 한 명 소파, 여기 침대 위에고 한 명 밑에. 그때는 소파 없었거든요? 밑에도 놀고 있는 거예요. 그래서 어, 그 부인가, 사랑하는 부인가 이렇게 속상하는 거예요.

"내가 뭐 잘못했나? 남편이 나랑 같이도 안 자고 마음에도 안 좋고. 어디 불편한가요? 어디 아픈가?"

그래서 남편 물어보는데, 남편 물어보는데 닝뻴가 얘기했어.

"내가 좋은 일 만들고 싶어. 되게 하고 싶은 일은 그 칠 일 동안 못사는 사람들 돈도 주고 밥도 주고 좋은 일."

이렇게 얘기하는 거예요.

"그래서 제일 좋은 거 부인이 생각, 어떻게 생각해요?"

그래서 그 부인이,

"당신의 생각대로 내가 해 줄게요."

그렇게 그래서 칠 일 동안 좋은 일 만드는 거예요. 그 못 사는 사람들 와서 밥도 주고 조금 돈, 쌀도 주고 좋은 이렇게 하는 거예요. 그런데 그 좋은 일은 하는데 위에 쓰는 그릇이 있어요. 어, 캄보디아 말했어. 어, 여기 쓰는 그거 위에 쓰는 거 되게 스님 때문에 부부가 헤어졌어요. 강,

'스님 때문에 강에서 우리 부부가 헤어졌어요.'

그렇게 썼어요. 그래서 남편 보면 그거 보고 알잖아요? 그런데 육 일 동안 되게 남편 못 찾았어요. 그 좋은 일, 남편 되게 못 사는 거 생각하고 만들었는데 그렇게 되게 못했고. (제보자가 아이에게 잠시 이야기하다가) 그래서 그렇게 생각하더니. (제보자가 아이에게 이야기하다가) 그래서 육 일 동안 못 찾고 되게 실망스러운 거예요. 어떻게 남편 못 찾으니까. 내일,

'그냥 그렇게 사는 거야?'

그렇게 생각하더니, 칠 일 들어가니 남편이 그거 보고 봤어요.

그래서 그 얘기하고,

"내가 그 사람을 만나고 싶어."

둘이 만났어. 그렇게 되게 너무 얼마나 만나고 싶은 사람 되게 기뻐서 울고,

"너무 보고 싶었어."

어떻게 하든지, 그래서 부잣집 딸한테 진실 얘기해 주는 거니까.

"내가 남자 아니고 여자인 거예요. 그래서 어, 너무 죄송해요."

그런데 다행히 그 여자 딸이, 집 딸이 되게,

"자기 때문에 내가 살 수 있잖아. 당신 거짓말도 괜찮아요."

그냥 용서해 주고,

"그런데 언니가, 내가 부인도 못했지만 그런데 내가 언니가 모시고 우리 같이 살고, 세 명 같이 살고."

그렇게 하는 거예요.

저 세 명 사는 거 되게 부담스러워. (웃음) 여자들 부담스러워. 그런데 그거는 넘기고 그냥 그렇게 행복하게 살았어요.

그래서 그런데 그때 읽었는데 되게,

'나는 여자들은 믿지 않아. 부담스러워.'

이렇게 생각하는 거. (웃음)

[조사자: 그럼 결국은 여자 두 명과 남편 해가지고 같이 살았다는 거죠?] 남편 한 명은 같이 하는 거 아니고 그냥 행복하게 세 명 같이 살았어요. 언니랑 같이 살고 도와주고.

그런데 근데 내 생각은 부담스러워. 나는 그런 거 안 해.

여우를 속인 새우와 토끼 박사

● 구연정보

조사일시 : 2018. 05. 13(일) 오전

조사장소 : 강원도 인제군 인제읍 상동리 제보자 자택

제 보 자 : 킴나이키 [캄보디아, 여, 1991년생, 결혼이주 6년차]

조 사 자 : 박현숙

● 구연상황

제보자가 〈똠과 띠우의 사랑〉 구연을 마친 뒤 조사자가 짧은 이야기가 없냐고 묻자 구연 시간이 십 분 정도 되는 짧은 여우 이야기를 들려주겠다고 했다. 이는 어린 아이들을 위한 짧은 이야기라고 소개하고 구연을 시작했다. 제보자는 이 이야기를 어릴 때 동화책에서 읽었는데 무척 재미있었다고 했다. 동네 아이들이 자기에게 자주 이야기를 들려달라고 했고, 그때 이 이야기를 들려주었다고 했다. 제보자는 아이들에게 이야기를 들려주는 일이 매우 행복하다며 소회를 밝히기도 했다. 이 이야기를 끝으로 이 날의 이야기판을 정리했다.

● 줄거리

옛날에 굶주린 여우 한 마리가 마른 강가에서 새우와 물고기들을 발견하고 잡아먹으려고 했다. 새우는 여우에게 자신과 물고기들은 진흙이 묻어 더러우니 큰 강으로 데려가서 물에 씻어먹으라고 말했다. 여우가 새우와 많은 물고기를 큰 강으로 여러 번 날랐는데 모두 도망갔다. 여우가 화가 나서 동물 친구들을 모아 강의 물을 모두 퍼내어 새우와 물고기를 잡아먹기로 했다. 물고기가 위기감을 느껴 토끼 박사에게 도움을 요청했다. 토끼 박사는 꾀를 내어 물을 퍼내는 동물들에게 하느님이 동물들을 죽이라는 편지를 보냈다고 거짓말을 했다. 동물들은 겁을 먹고 달아나다가 서로에게 밟혀 죽기도 했다. 이후 물고기들은 강에서 행복하게 살았다.

그 아주 옛날에, 여우 한 마리 있는데요, 너무 배고팠어. 며칠 동안 밥 못 먹었어요. 그 산속에서 걸어가다가 어떤 호수가 물 조금만 있는 거예요. 그런데 그 호수 안에가 새우도 있고, 물고기도 있고 뭐 여러 가지 있는 거예요. 그래서,

“어, 내가 오늘 무슨 좋은 일 있니? 무슨 운이야?”

그렇게 와서 좋은 호수 찾아와서,

“나만 알래. 내가 다 먹어버릴 거야.”

그런데 똑똑한 새우가, 한 마리가 그 보고,

‘어, 얘 와서 우리 잡아먹는구나. 나 어떡해. 어떻게 얘기하고, 얘는 우리 어떻게 살려주겠어?’

그렇게 생각했어요. 그래서 그 똑똑한 새우 한 마리 그 여우한테 얘기했어.

“여우님, 우리들 잡아먹고 싶으세요?”

“그럼, 너 잡아먹을 거야.”

“아유, 어떡해. 우리 지금은 몸 너무 더러워. 봐봐. 물도 없는 호수인데. 너무 끈적거리는.”

뭐지?

“끈적거리는 거만 있어서.”

[조사자: 끈적거리는 게 있어?] 네, 그 강에 물 없으면 끈적거리는 흙. 그런 거 있어요. 몸에 붙었잖아. 그래서,

“맛없어. 흙 맛만 나와. 만약 우리 잡아먹으시면 제가 좋은 방법 있어.”

그래서 어, 바보는, 여우가 얘기했어.

“어떻게 생각해? 너는. 아니 우리는 데려가서 엄청 좋은 물이, 큰 호수 데려가면 우리한테 깨끗하게 씻어주면 드시면 얼만큼 맛있을까?”

그렇게 얘기,

“깨끗하게.”

“좋은 생각이네. 그러면 그런데 너희들 엄청 많은데 나 어떻게 데려갈 수 있어?”

그래서,

“아니, 제가 좋은 생각 또 있어. 여우님이 여기 와서 그 호수 놓으면 우리가 여우님이…”

어, 뭐지? 여우, 피부가 이름 뭐예요? 어, 뭐지? 그렇게, 그렇게. 여우 피부 여기 있잖아요. [조사자: 털?] 털.

“여우님 털이 물어서 그래서 큰 강에서 우리한테 씻으면 되잖아요.”

그래서,

“좋은 생각했네. 그러면 빨리 물어와.”

물었는데, 물고기도 물었고 또 여러 동물들 이렇게 강에서 사는 동물도 물어서 그래서 큰 강에서 가서 이렇게 흔들어서 이렇게 깨끗하게 했어요. 그래서,

“여우님, 아직 우리 길이는 너무 많아. 몇 번 더 가야 돼.”

그래서 몇 번 더 가서 엄청 많이 힘들었어, 많으니까. 그런데 강이 크잖아요? 그래서 도착하자마자 없어버렸어요. 도망갔어요. 그래서 여우 생각했어.

‘헤, 나한테 속였구나, 너희들. 잡아먹을 거야! 복수할 거야, 내가.’

그렇게 생각했어요. 그래서 화났어. 너무 화났어. 자기가 얼마나 고생했는데. 밥 며칠도 못 먹어. 와서 시키면 그것도 도망가구. 그래서,

“그러면 내가 가서, 내가 가서 그 다 동물들 모았어.”

작은 동물부터, 뭐 뱀, 작은 뱀, 큰 뱀. 새 같이 이렇게 같이 나는 동물들, 걸어 다니는 동물들 다 모았어. 뭐 코끼리, 사자. 뭐, 엄청 많이 모았어요.

“와서 그 강이 물 없애버리고 그래서 얘들은 같이 잡아먹자. 너무 많아.”

너무 많은 거예요. 그래서 잡으는데, 열심히, 물이 뺐어요. 그 뭐지? 뱀. 큰 뱀이가 이렇게, 물 이렇게 만들구. 자기가 강물 이렇게 만들구. [조사자: 막았어?] 높이 막았어. 그래서 물 빠지는 거예요. 그런데 여우(새우)랑 물고기들 생각했어.

‘어, 그렇게 하면 우리들 백프로 죽을 수 있을 거야. 동물들 너무

많아서 금방 물 없을 거예요. 어떻게 하지?'

그래서 한 마리 물고기가 그 한국에서 그 물고기가 없어요. 여름, 여기 더운 나라만 사니까. 이름이 '뜨레이카랑' 이렇게 불렀거든요? 뜨레이카랑, 뜨레이카랑. 뜨레이카랑이가 생각했어.

'내가.'

대부분 이렇게 얘기했어요. 그, 토끼, 그 토끼 재미있는 얘기하면 토끼 되게 똑똑하는 주인공 생각해요. 대부분이 많이 했어요, 토끼가. 그래서,

"내가 많은 동물 얘기했어요. 그 토끼가 너무 똑똑한 사람. 그러면 내가 가서 토끼 찾아서 우리한테 어, 살려주면 어떨까?"

그래서 다들,

"그래 좋아. 가서 토끼 찾아오세요. 똑똑 박사."

이렇게 불렀어요. 토끼가. 그래서, 그래서 가서 토끼가 불러오더니, 못 찾았어요. 그래서 뜨레이카랑이가 너무 열심히 물 없는 자리가 얼만큼 힘들었어? [조사자: 그치.] 물고기가 물 없어는 자리가. 죽을 뻔했어요. 그런데 밤이 됐어요. 그래서 밤이 됐는데 토끼는 밤에만 나와요. 저도 몰라요. 밤에 나올 거 같아요. 그 얘기가 밤에 나오는데. 찾아 먹는 거 찾아 나오는데. 오더니 그 뜨레이카랑이 봤어.

"어, 뜨레이카랑! 뜨레이카랑 형!"

이렇게 얘기했어.

"뜨레이카랑 형아! 왜 이렇게 오는 거야? 물 없는 자리 죽어버리는 거 생각 안 해?"

"아유, 토끼 박사 안녕하세요? 제가 얼만큼 토끼 박사 너무 찾았어요. 이제 만나서 너무 반갑네요. 너무 반갑네요."

"왜, 무슨 일 있어?"

그래서 처음부터 끝까지 얘기해주구. 그래서,

"어떡해, 토끼 박사. 우리한테 너 좀 도와주시면 안 될까요? 부탁해요. 토끼 박사님 우리한테 안 도와주시면 우리 죽을 거예요."

"걱정 마. 제가 도와줄게."

이렇게 하는 거예요.

그래서 아침 되고. 그 토끼가 가서 그 어, 뭐지? 나뭇잎. 나뭇잎은 되게 벌레가 먹은 나뭇잎이에요. 그래서 글씨처럼 이렇게, [조사자: 써 있어?] 모양. 모양. 이렇게 있는 거예요. 그런데 다 동물들 토끼 박사가 생각하고. 토끼 박사 말 한 마디 하면 다 최고, 정답이에요. 그렇게 하는 거예요.

그래서 토끼 박사, 그 강에 도착하자마자 그 여우나 동물들 다 있어. 열심히 물 받고 있었는데. 그래서,

"어, 얘들아. 뭐해? 내가 지금은 너한테 할 말이 있어. 잠깐 기다리구 나한테 좀 들어줘."

그래서 다 적당하게 들었어요. 조용하게 해서.

"내가 하느님한테 편지 보내왔다."

그래서 여우님이 얘기했어요.

"어, 토끼 박사 무슨 편지 보내오셨어요?"

"응. 그 편지가 너무 강하네. 잘 들어봐. 그 편지가 뱀을 잡아서 그 잘라고. 응, 뱀가 이렇게 무처럼 삭삭 자르고. 코끼리는 그 뿔 있잖아, 빼고."

이렇게.

"여우는 꼬리 이렇게 자르구. 머리도 잘라서."

동물 하나씩 하나씩 죽여버리는 얘기예요. 그래서 그걸 믿었어, 그거. 무서웠어. 그래서

"아유, 엄마 나 살려줘. 그런 거 어디 있어요? 하느님 왜 이렇게 하는 거야? 아유, 도와주세요."

그래서 너무 무서우는 소리가 듣고 도망갔어요.

그런데 도망가는 바람에 되게 큰 동물도 있고, 작은 동물도 있잖아요. 많이 죽었어, 그 동물들. [조사자: 도망가느라고?] 네. 도망가는 바람에 밟았는데 그래서 죽었어요. 그래서 갔어. 그래서 다들 여우 미웠어요. 그런 일 왜 시키는 거, 그런 일 때문에 하느님이 화나서 우리가 이렇게 죽어버려.

그러면 도망갔어, 다들. 그래서 이렇게 행복하게 살았어요. 그 강에 사는 동물들.

[조사자: 이게 동화책으로 많이 아이들한테 읽히는 이야긴가 봐요?] 네. 그런 거예요. [조사자: 그러면 킴나이키는 이거 어릴 때 동화책으로 봤어요?] 네. [조사자: 이 얘기를?] 그거 저 봤어요. 뭐, 되게, 그 우리 얘기하잖아요? 되게 재밌지만. 그런데 그림이 보고도 더 재미있어. [조사자: 그렇겠지.] 더 재밌어요. 얼만큼 웃긴지.

[조사자: 아, 그렇게 웃겼어? 동화책에서? 어릴 때?] 네, 애기. 그런데 되게 유명하는, 제가 집에서 뭐 심심해서 아이들 모아서 얘기해 주잖아요? 되게 엄청, [조사자: 좋아했어요?] 엄청 웃겼어요. 되게 잘 되게, 엄청.

"아유, 토끼 박사 너무 좋아요! 나도 이렇게 하고 싶어요."

이렇게 애기들. 되게 너무 좋아서. 그래서 시간 있으면 우리집 와서,

"누나, 언니."

이렇게.

"얘기 더 해요. 이모, 이모 이렇게 얘기해주세요. 너무 좋아요."

그렇게 하는 거예요.

[조사자: 그럼 애들 와서 그렇게 해달라고 하면 이야기해주는 게 재밌었어요?] 네, 전 너무 재밌어요. 좋아요. 되게 우리 얘기하는 거 다른 사람 옆에서 이렇게 애기지만. 근데 우리 때문에 웃기고 그렇게 마음속에 예쁘게 만들어 주잖아요. 얼만큼 행복한데, 좋아요. 저는 이런 거 좋아요.

개가 농사짓기 싫어하는 이유

● **구연정보**

조사일시 : 2018. 12. 07(금) 오전
조사장소 : 경기도 화성시 진안동
제 보 자 : 텝쏙레앙(박주희) [캄보디아, 여, 1986년생, 결혼이주 10년차]
조 사 자 : 김정은, 김민수

● **구연상황**

제보자가 개인사에 해당하는 <여섯 살에 할머니 집에 살게 된 사연>을 들려 준 뒤, 자연스럽게 그 시절에 할머니가 해주신 이야기라며 구연했다.

● **줄거리**

소가 개에게 와서 쌀농사를 짓자고 했다. 개가 농사 짓는 법을 묻자 소는 벼를 하루 동안 물에 담근 뒤 싹이 나오면 씨를 논에다 뿌려야 한다고 했다. 개가 그럼 밥을 먹을 수 있냐고 하자, 소는 모를 심고 땅을 갈아서 다시 심어야 한다고 했다. 개가 그럼 먹을 수 있냐고 하자, 소는 벼가 자라야 하다고 했다. 개가 또 먹을 수 있냐고 했더니 벼를 베어서 짚을 지어야 하고, 또 그 벼를 빻아야 그 쌀로 밥을 먹을 수 있다고 했다. 개는 그렇게 과정이 어려우면 농사를 못 짓겠다고 했다. 소는 사람들과 농사를 짓기로 하고, 개는 사람이 먹고 남은 밥을 먹는 것을 선택했다.

그래서 할머니가,

"만약에 사람이 게을러서 일하기 싫으면 개처럼 살아야 된다."고.

근데,

"개처럼 사는 이유가 뭔데요? 개는 그냥 농사 안지어도 밥 잘 먹고 사는데."

(웃으며) 그래서 할머니가 이야기 해줬어요. [조사자: 네, 재밌어요.]

많은 동물 중에 개가 농사짓기가 싫어요. 이유가 어느 날 소가 와서 개한테 말했어요.

"나랑 같이 쌀농사 지을래?"

"쌀농사 지으면 뭐가 할 수 있는데?"

"쌀농사 지으면 우리 밥 먹을 수 있다."

"그러면 어떻게 해야 하는데 쌀농사 짓는 방법?"

"어, 먼저 우리 땅을 갈아야 되고 풀 다 빼 내서 [조사자: 풀 빼야 하고?] 네, 그 벼. [조사자: 벼를?] 벼를 하룻밤에 물속에 담가야 해요."

[조사자: 하룻밤 물속에 담가야 해요?] 네, 저희나라 방법으로는 담가야 해서 그다음 날에 조금씩 싹이 나와요. 그 씨를 가지고 논에다가 뿌려야 돼요. 그래서,

"그럼 뿌리고 나서 우린 밥 먹을 수 있어?"

그러면,

"안 돼! 아직 뿌리고 나서 벼가 자라면 모가 돼요."

"그 싹이 나오면 모가 나오고 그러면 우리 밥 먹을 수 있냐?"고.

물어봤는데 개가.

"아니야, 아직 못 먹어. 그 모를 다시 뽑고 땅을 다시 갈아서 다시 심어야 돼."

[조사자: 아, 좋은 걸 심는구나.] 네, 그래서 개가,

"심고 나서는 밥 먹을 수 있냐?"고.

물어봤는데 소가 또 말했어요.

"아니야, 아직 못 먹어."

(웃으며) 그래서 개가,

"그러면 언제 먹을 수 있어? 밥은?"

그래서 소가,

"벼를 자라야 돼."

"그러면 벼를 잘 자라면 그때가 우리가 밥 먹을 수 있어?"

그러면,

"아니야. 벼를 다 베서 짚을 가져가야 해."

"아하! 내가 알아! 짚을 가져가서 그때가 밥 먹을 수 있구나!"

그런데 소가,

"아니야, 절대 못 먹어 그때. 그 벼를 팔로 다 빻아야 돼."

[조사자: 빻아야 돼. 그렇죠? 껍질 털어내려면?] 네, 털어내야 돼.

"그때야 쌀이 나와. 그 쌀로 가져가서 밥해서 그때 먹을 수 있어."

"아휴, 그렇게 많이 해서 나는 그렇게 같이 농사 못 짓겠다. 너무 과정이 어렵고 어려워서. 그냥 사람이 밥 먹고 나는 밥 먹겠다."고.

그렇게 결정했어요, 개가.

"그러면 나는 너랑 같이 농사 안 지을래. 사람이랑 같이 농사짓는 걸로."

소가 결정했어요. 사람 찾아가서 [조사자: 네, 개랑은 안 했구나.] 네, 그냥 개는 게으르니까 하기 싫었잖아요. 안 되겠어요.

그때부터 소는 지금까지 사람하고 같이 농사짓기 시작하고 개는 농사짓기 싫어서 그냥 사람들이 밥 먹고 남은 밥을 먹게 되었어요. 그런 이야기예요.

개가 엉덩이 냄새를 맡는 이유

● **구연정보**

조사일시 : 2018. 06. 09(토) 오후
조사장소 : 강원도 인제군 인제읍 상동리 제보자 자택
제 보 자 : 킴나이키 [캄보디아, 여, 1991년생, 결혼이주 6년차]
조 사 자 : 박현숙

● **구연상황**

제보자가 〈용감한 사나이 꽁힌〉 구연을 마친 뒤, 이어서 들려줄 이야기는 짧은 것이라고 했다. 조사자에게 개가 엉덩이 냄새를 맡는 이유를 아느냐고 물은 뒤 웃으며 구연을 시작했다.

● **줄거리**

개들이 옛날에는 절에서 살았다. 어느 날 큰스님이 식사하는데 개 한 마리가 방귀를 뀌었다. 큰스님은 방귀 냄새에 밥맛이 떨어져 방귀 뀐 개를 찾았지만 끝까지 나오는 개가 없었다. 큰스님이 화가 나서 개들을 내쫓았다. 개들은 방귀 뀐 개 때문에 마을에서 살게 되었다며 화를 냈다. 개들은 방귀 뀐 범인을 잡기 위하여 다른 개를 만날 때마다 방귀 냄새를 확인하느라 개 엉덩이의 냄새를 맡게 되었다.

그다음 이야기는 조금 짧은데 그냥. [조사자: 짧은 것도 괜찮아요.] 그 개, 멍멍 개. [조사자: 개.] 응. 개가 그런 거 있어. 개 만나면 자꾸 엉덩이 냄새 맡잖아. 그런 거 있죠. 하나는 개가 쉬 할 때는 자꾸 발 한쪽 위에 올라가고 그리고 쉬 하잖아요. [조사자: 다라 하나 올리고.] 네네. 그런 거 왜 하는지. 그런 거 얘기하는 거예요. 일번 왜 개가 이렇게 엉덩이 냄새 맡으는지 그런 거 한번 얘기할게요.

아주 옛날에 개가 그 뭐지? 절에만 사는 거예요. [조사자: 절에?] 네 절에만 사는 거예요. 뭐 동네 그런데 사는 게 아니고. 왜냐면 사는 게 힘들어서 밥 안 주잖아요. 근데 절에서는 스님 같은 건 좋은 일 많이 하니까 식사하고 남은 거 먹게 해줄 거예요. 그래서 스님, 큰 스님가 되게 착한 분이에요. 그래서 식사할 때마다 끝나면 개 밥 주는 거예요.

그런데 어느 날 식사하다가 여러 개가 몇십 마리 이렇게 절 밑에 있는 거예요. 그런데 식사하다가 갑자기 냄새, 방귀 냄새 나오는 거예요. 그래서 방귀 냄새 나오더니 되게 밥이 맛없어졌어요. 그래서 스님, 큰 스님 얘기했어요.

"너희들 누가 방귀 했냐? 내가 밥 먹고 있는데, 너희들 잘 키웠는데 그렇게 할 거야? 누구 방귀 했으면 빨리 나와라."

그렇게 얘기했어요. 그래서 개들은,

"아니에요. 저 아니에요 저 방귀 안 했어요."

하고 얘기하는 거예요. 그래서 그렇게 하고 방귀 한 사람 안 나왔어요. 며칠 찾아도 안 나왔고 그 큰스님이 화났어.

"내가 너희를 얼마나 잘 키웠는데."

그래서 거짓말한 거 잘못한 거예요.

"그러면 오늘부터 너희가 절 살지 말고 동네 가서 살아. 뭐 먹든지 관심 없어. 가."

그래서 다 갔어요. 그래서 개들은 되게 화났어.

"누가 방귀 했어요?"

그렇게 되는 거예요.

"왜 그 방귀 한 사람 때문에 방귀 때문에 나는 내일 밥 못 먹어요."

그냥 동네 가서 똥도 먹고 막 먹잖아요. 그래서 화났어. 그래서 자기 친구들 만날 때마다 엉덩이 맡는 거예요. 뭐 똥(방귀)냄새 나나. 그 냄새 나나, 그러면 어떻게 죽여 버릴 거야, 그런 거.

그런 거 있어요. 그래서 만날 때마다 싸우는 것처럼 이렇게 맡잖아요. 그런 것 때문이에요.

개가 오줌 눌 때 다리를 드는 이유

● **구연정보**

조사일시 : 2018. 06. 09(토) 오후
조사장소 : 강원도 인제군 인제읍 상동리 제보자 자택
제 보 자 : 킴나이키 [캄보디아, 여, 1991년생, 결혼이주 6년차]
조 사 자 : 박현숙

● **구연상황**

제보자가 〈개가 엉덩이 냄새를 맡는 이유〉 구연을 마친 뒤, 이어서 이와 유사한 설화를 들려주었다.

● **줄거리**

옛날에 가난한 노부부가 살았다. 노부부는 이번 생에서는 가난을 면하지 못하니 착한 일을 해서 다음 생에 행복하게 살자고 다짐했다. 노부부가 밭에 떨어진 쌀 낱알을 모아서 절에 가져다주자 큰스님이 노부부의 마음에 감동을 받았다. 큰 스님이 스님들에게 절에 중요한 손님이 오니까 절을 깨끗이 청소하라고 했다. 한 스님이 노부부의 초라한 행색과 쌀의 양을 보고 실망하여 노부부에게 화를 내며 면박을 주어 돌려보냈다. 노부부는 다음에 여러 마리의 개를 잡아서 요리해 가져갔다. 큰 스님이 스님들에게 나누어준 고기들을 자신에게 보내라고 했다. 다른 스님들은 큰스님에게 고기를 보냈는데 지난번에 노부부에게 면박 준 스님만 고기를 보내지 않았다. 큰스님이 고기를 모아놓고 기도해서 개를 되살렸는데 다리 하나가 없었다. 큰스님이 스님들을 추궁하여 나머지 다리 하나를 찾아 개를 온전히 되살렸다. 그때부터 개들은 오줌 눌 때마다 스님들에게 감사한 마음을 표하느라 다리 하나를 들게 되었다.

그다음에는 왜 개가 쉬 할 때 한쪽 발 위에, [조사자: 다리를 한쪽 드나?] 네. 그런 거예요.

그 아주 옛날에 할머니랑 할아버지가 되게 돈 없고 쌀 살 정도로 못살았어요. 집이 되게 엄청 작고 먹는 것 하나도 없어요. 그래서 며칠 동안 식사 못했고, 할머니가 할아버지한테 얘기했어.

"여보 우리는 며칠 동안 못 먹잖아. 그런데 세상에 사람 다시 태어나니까 좋은 일 좀 만들어보자. 뭐 죽으면 다시 태어나면 좀 행복하게 살자."

그런 의미 있었어요.

"그러면 뭐 할머니 좋은 생각 있어요? 할머니 시키는 대로 내가 다 할게."

이제 이렇게 했는데요. 그래서 할아버지가 할머니가 그래서,

"그러면 우리가 동네 사람들 농사하잖아? 벼농사하면 한 알만 벼가 떨어지잖아요?"

벼 알? 어떻게 불러요? 쌀 나기 전에 (남편에게 질문하며) 그거 뭐죠? 우진아빠? 지난번에 가르쳐줬는데. [조사자: 나락? 벼 쌀알 말씀하는 거예요?] 네! [조사자: 쌀알 말하는 거죠?] 네, 쌀알.

쌀알 떨어지잖아요. 그거 줏으면 그거 하루에 한 그릇이나 뭐 이렇게 근데 얘기는 한 그릇 아니고 한 코코넛 알 있잖아요. [조사자: 코코넛 한 알 정도?] 응, 그거 한 알 정도 이렇게 밥 만들 수 있잖아요? 그럼 절에 가서 스님 드리면 되게 좋은 일이잖아요.

할아버지가 그 소리 듣고,

"그럼, 내가 여보 얘기대로 해줄게, 그리고 시키는 대로 할게."

그래서 그다음 날 그렇게 가서 알, 쌀알 주워 간대요. 그런데 절하는 큰스님이 그거 알고 그런 일 알고,

'어, 할아버지 할머니가 참 마음이 착하네.'

그래서 밑에 스님한테, 절 안에 있는 밑에 스님한테 얘기해서,

"오늘은 참 큰 어떻게 큰 일, 큰 좋은 일 우리 절 안에 들어오는 거야. 그러면 어떻게 절에는 예쁘게 깨끗하게 닦고 뭐 벼나 있으면 깨끗하게 정리해주세요."

되게 스님도 이거 알고,

'너무 맛있게 먹고 있네.'

이러니까 아주 열심히 절 닦고 땅 앞에도 청소 잘하고 너무 열심히 했어요. 그런데 점심 되니 그 결국은 할아버지 할머니가 옷도 예쁘지 않고 그냥 밥, 코코넛 한 알 그릇 가져와서, 그래서 그 스님 한 분 그 스님 중에 화났어. 그래서 할머니 할아버지가 가기 전에 가서 혼났대.

"아니, 할머니 할아버지 무슨 뜻이야 지금? 내가 아침부터 지금까지 열심히 일했는데 할머니 할아버지 때문에. 그런데 무슨 이렇게 밥 한 그릇 가져오는 거야? 무슨 일 하는 거야? 아휴 참 고생만 시키고 나는 얼만큼 기대했는데 다음부터 그렇게 하지 마."

그렇게 혼나는 거예요, 그 스님이. 그래서 할머니 할아버지 속상하게 갔어요. 그래서 그 생각하고 그 말 때문에 되게 속상한 바람에 할아버지에게 또 얘기했어.

"할아버지. 그럼 우리 조금 더 큰 좋은 일 더 할까?"

"무슨 일? 할머니 시키는 대로 내가 다 할게."

"그럼 여기 우리 동네가 멍멍 많잖아, 멍멍 개. 그 개가 그 개고기가 가지고 음식 만들어 맛있게 드리고 있잖아, 스님들 그러면 우리한테 이런 안 좋은 마음이 없어지잖아."

그렇게 얘기하고,

"그럼 할머니가 시키는 대로 내가 할게."

그래서 가서 그 개 몇 마리 엄청 죽었어요. 그래서 그 개고기가 그 여러 음식 만들었어요. 그래서 스님도 알았어. 그다음 날 좋은 일 있으니 청소하게 지난번처럼 깨끗하게 청소했어. 그다음 날에 할아버지 할머니가 와서 그 음식 여러 가지 와서 그 스님이 박수,

"어우, 참 좋네."

그렇게 하는 거야. 기뻤어. 그래서 먹는데 그런데 큰스님가 말했어요.

"그거 먹고 먹지만 그런데 고기가 절대 드시지 말고 그 고기 있으면 저한테 보내주세요."

다 스님이 보냈는데 그냥 지난번 스님만 안 보냈어. 안 보냈는데 그래서 그 할머니 할아버지가 갔어요, 집에.

그래서 그 대스님이, 큰스님이 고기 있잖아요? 모아서 그 초원 이렇게 말 말고, 그 뭐, 스님 뭐, 기도하는 것처럼 기도하고 그 개가 만들어 다시 살아지는 거예요. [조사자: 아, 기도해서 개가 다시 살아난다고?] 네, 기도하고 개가 다시 살고 그런데 갑자기 개가 다리 한쪽 없어요. 왜냐면 그 스님 한 명이 [조사자: 아, 안 가져왔어.] 화났어.

“그 고기가 왜 대 스님 큰스님만 다 맡아 가져가 혼자 맛있게 먹어? 우리는 못 먹었나봐. 그 하나는 고기가 숨어서 혼자 먹을 거야.”

그러더니 그 큰스님이 그 스님들 집마다 체크해요. 그래서 체크하다가 찾았어요. 그 개가. 그래서 그 개 다리가 모아서 다시 만들었어요. 그래서 적당하게 개 나오고.

그래서 그때부터 멍멍개가 쉬 할 때마다 발이 위에 올라갔고 감사하는 마음에 그 스님한테 감사하는 마음에 되게 우리한테는 이렇게 살게 해줬기 때문에 감사한 마음에 하는 거예요. [조사자: 감사한 마음을 전하는구나.]

토끼와 할머니

● **구연정보**

조사일시 : 2018. 02. 06(화) 오후
조사장소 : 경상남도 진주시 상대동
제 보 자 : 썸마카라 [캄보디아, 여, 1988년생, 결혼이주 4년차]
조 사 자 : 김정은, 황승업, 강새미

● **구연상황**

임향금 제보자가 〈형제와 금덩이〉를 구연한 후, 조사자가 제보자에게 캄보디아에 동물에 관한 이야기가 있는지 묻자 토끼가 등장하는 이야기가 있다며 이 설화를 구연했다. 한국계 중국인 제보자 임향금이 함께 경청했다.

● **줄거리**

어떤 할머니가 매일 시장에 가서 바나나를 팔았다. 하루는 바나나를 하나도 팔지 못한 채로 바구니를 들고 집으로 가다가 길에 쓰러져 있는 토끼를 발견했다. 할머니는 토끼가 죽은 줄 알고 묻어 주려고 바구니에 넣었다. 하지만 토끼는 일부러 죽은 척한 것이었다. 토끼는 할머니가 집으로 가는 동안 바구니 속의 바나나를 다 먹고서 달아났다.

할머니 맨날맨날 그 바구니? 바구니 안에 바나나를 넣고 시장, 시장 팔러 갔어요. 근데 어느 날은 못 팔았어요, 남았어요. 남는 게 아니고 팔러 가는 중이에요. 근데 못 팔고 다시 집에 들어왔어요. 그 바나나는 바구니 그 안에 그대로 있었어요.

집에 오는 길에는 쓰러진 토끼 한 마리 발견했어요. 그 토끼는 쓰러진 척 했어요. (웃음) 할머니는 너무 불쌍해서, 그 죽은 줄 알았어요. 그래 본인 바구니 안에 그 토끼를 놓았어요. 그 토끼는, 할머니는 그냥 너무 불쌍해서 집에 데리고 가서 묻어주거나 그렇게 생각했어요. 그래서 그 바구니, 바나나 안에 들어있는 바구니를 이렇게 머리에, [조사자: 이고.] 응. 그래서 걸어 집으로 갔어요.

근데 집에 도착하고 나서 그거 바나나 껍질밖에 안 남았어요. 그 토끼가 다 먹었어요. [조사자: 토끼 도망간 거죠.] (웃음) 네, 도망갔어요. [조사자: 토끼가 거기도 그렇게 조금 똑똑하고 영악하고 그런 이미지예요?] 네. 토끼는 똑똑한 동물로 생각해요.

[조사자: 거기서도. 원숭이는요?] [청자: 원숭이도 총명하고.] 원숭이는 똑똑하는 것보다 좀 활발하는 거. [조사자: 활발하게?] 네.

가난한 처남과 부자 매제

● 구연정보

조사일시 : 2017. 12. 09(토) 오후
조사장소 : 경상북도 경산시 자인면
제 보 자 : 씨앙리티아(이민희) [캄보디아, 여, 1986년생, 결혼이주 7년차]
조 사 자 : 김정은, 황승업, 강새미

● 구연상황

제보자가 〈두 친구의 부지런한 아내와 게으른 아내〉 구연을 마친 뒤, 재미있는 이야기라며 이 설화를 구연했다. 캄보디아 책에서 읽은 이야기라고 했다. 베트남 제보자 부티푸엉이 청자로 참여했다.

● 줄거리

가난한 형님(처남)과 부자인 매제가 있었다. 매제가 아버지 잔치에 형님을 초대했다. 가난한 형님은 식사예절을 몰라서 매제가 하는 대로 따라 했다. 행동을 잘못 본 그는 다슬기의 껍질이랑 사탕수수의 껍질까지 먹었다. 매제는 미수어라는 음식을 먹다가 그 모습을 보고 웃는 바람에 면이 코로 나왔다. 그 모습을 본 가난한 형님은 부자들이 음식을 먹는 방법을 이해할 수 없다고 화를 내면서 집으로 갔다.

거기 옛날에 거기 형님은 가난한 사람이고, 매제는 아주 부자한 집이에요. 그래서 어느 날은 거기 매제의 아버지가 큰 잔치 있거든요. 그래서 자기,

"같이 가족뿐만 아니고 거기 형님도 초대하고 식사하자."

고 했어요.

근데 형님은 가난해서 자기 부자하는 집은 풍습? 풍식? 식사하

는 방법을 모르잖아요. [조사자 1: 풍습을 몰라서.] [조사자 2: 예절을 몰랐구나.] 식습관. 식습관을 몰라서 거기 거절했어요. 그래서 거기 매제는,

"괜찮아. 내가 먹는 방, 내가 먹는 대로 따라 하자."

그래서 그럼 형님은,

"아, 좋아. 그럼 내가 갈게."

그래서 식사하는 데는 식탁에 주변에 사람들이 모아서 같이 식사하거든요. 그래서 매제는 다슬기국을 먼저 먹고요. 그래서 먹는데 껍질 먹다가 껍질 놔두잖아요. 근데 형님은 몰라서, 놔두는 거 몰라서 그냥 같이 먹었어요. 껍질을 크락크락 먹고, 억지로 먹고. 그래서 너무 고민 많아서, 어떻게 먹는지 그래 다 먹고.

다음에는 매제는,

"형님 왜 껍질까지도 먹어서."

걱정해서 거기 놔두고. 사탕수수, 사탕수수도 먹기 시작했어요. 사탕수수 먹다가 거기 껍질 놔두는데, 형님은 몰라서 다 먹었어요. (웃으며) 그래서 매제는 보더니,

'아, 안 되겠다. 내가 딴 거 먹어야지.'

그래서 우리나라 '미수어', 이름은 미수어, 미수어는 거기 잡채. 잡채 비슷한 게, 길고 잡채하는 거 재료예요. 그래서 잡채를 먹다가 거기 형님은 옥수수 억지로 먹는 모습을. 뭐 소리 쏵쏵 있잖아요.

그래 자기는 웃기고 하고 싶은데 참고, 갑자기 그 미수어 코로 (웃으며) 다 했어요. 그래서 너무 억지로 웃기고 싶은데, 근데 미안할까 봐. 그래서 참고 갑자기 미수어 코로. [조사자 1: 코로 다 나왔어요.] 코로 다 나왔어요.

그래서 형님은 화가 나서,

"내가 아까 다슬기국은 얼마나 힘드는 데 먹고, 옥수수까지 어, 사탕수수까지 먹는데. 어떻게 미수어 그 코로 먹는 거 내가 어떻게. 자기 부자 하는 먹는 방법 내가 이해가 못 해!"

그래서 화가 나고 집에 돌아갔어요.

욕 안 하는 사위 뽑기 [1]

● **구연정보**

조사일시 : 2018. 05. 22(화) 오전
조사장소 : 강원도 인제군 인제읍 상동리 제보자 자택
제 보 자 : 킴나이키 [캄보디아, 여, 1991년생, 결혼이주 6년차]
조 사 자 : 박현숙

● **구연상황**

제보자가 〈똑똑한 토늑짜이〉 구연을 마친 뒤 조금 졸린다며 재미있는 이야기를 찾겠다고 했다. 아버지가 사위를 구하는 이야기라며 소개한 뒤 이 설화를 구연했다. 구연할 때 주격조사를 대부분 '가'로 사용해서 조금 어색하지만, 매우 적극적으로 구연에 임했다. 제보자가 구연을 마친 뒤 이야기의 의미를 풀이해주고 한국에서의 경험담도 들려주었다.

● **줄거리**

한 부자가 일이 힘들어도 욕하지 않는 사위를 뽑겠다고 광고했다. 부자는 사윗감들에게 돌이 일을 그만하라고 말할 때까지 욕하지 않고 일을 하면 사위로 삼겠다고 했다. 사윗감들이 일이 너무 힘들어서 자신도 모르게 욕을 하여 탈락했다. 못생긴 한 사윗감이 쟁기질을 하다가 자신은 힘들지 않은데 밭을 가는 소가 종일 일하니 불쌍하다고 말했다. 부자가 숨어서 그 말을 듣고는 소가 걱정돼서 자신이 돌인 것처럼 그만하라고 했다. 여전히 총각이 마음에 안 들었던 부자는 그를 탈락시키기 위해 아내와 함께 여러 계략을 세웠다. 그러나 총각은 매번 부자의 계략을 알아차리고 오히려 그를 골탕 먹였다. 부자는 생각끝에 사윗감에게 쌀 두 가마니를 나르라고 명하고서 한 가마니 속에 들어가 숨었다. 사윗감이 코끼리 소리를 내면서 코끼리가 쌀가마니를 밟을 것 같다고 하자 부자가 놀라서 몸부림을 치다가 강에 빠졌다. 사윗감은 능청을 떨며 부자가 든 가마니를 건진 뒤 쌀의 상태를 확인하는 척하면서 부자의 정체를 밝혔다. 부자는 잘못하다가는 자기가 죽겠다며 딸을 그와 결혼시켰다.

아주 옛날에, 한 부부 할아버지가 할머니가 계시는데 딸 한 명 있어요. 그 딸이가 예쁘게 생겼는데요. 그래서 어, 여러 남자들 되게 그 딸이가 너무 예뻐서 그 할아버지 집도 되게 편하게 사니까, 부잣집처럼. 그래서 사위 되고 싶었는데 근데 그 할아버지가, 할아버지랑 할머니가 좀 까칠해요. 그래서,

"그 누구나도 내가 사위 되고 싶으면 와서 내가 시키는 대로 해. 여기서 일하고."

그래서 그 사람이 어, 뭐지? 그 캄보디 말이가 되게 좀 욕하는 거 있어요. 캄보디 욕. 그 한국에는 '에이씨' 이렇게 욕 있잖아요? [조사자: '에이' 이런 것처럼?] 응. 캄보디도 그런 거 비슷해요. [조사자: 어떻게 말해요?] 되게. 한국 얘기하면 되게 너무 심해서 입을 못 열어요. (웃음) [조사자: 아, 입에 담기도 힘든 욕이구나.] 너무 힘들어요. 욕이, 뭐 얘기, 설명해도 되게 부끄럽게 얘기해주는데. 그냥 너무 심해서 그 욕이가. 그래서 욕이 되게 부모님한테, [조사자: 하면 안 되는 얘기구나.] 누가, 누구나 욕하면 안 돼요. 그런데 그 캄보디 욕이 너무 심해서. 그런데 그 욕이 너무 자꾸 쓰니까 자연스럽게 나오는 거예요. 뭐 듣기도, 그 뜻으로 너무 깊으게 들어가는 거예요. 그런데 너무 자연스럽게 쓰니까. 저도 자연스럽게 쓰거든요? (웃음) 그런데 되게 뜻으로는, 너무, 너무 못하는 거예요.

그래서 할아버지가 얘기했어요.

"누구나, 그, 그거 욕 어떻게 하면 되게 그 욕 뜻으로는 엄마한테 욕해주는 거예요. 그 뜻이에요. 엄마한테 욕하는 거예요. 그 욕을 안 하면 되게 딸이 결혼해 줄 거예요."

이렇게 이제 얘기하는 거예요. [조사자: 아, 그 욕 안 하면?] 그냥 뭐 우리 한국말 시키니까, 그냥 짧게 얘기하면.

"누구나 욕 안 하면 딸이 결혼해줄 거예요."

그렇게 얘기했어요. 그래서 어느 날 예쁜 남자가 와서,

"어, 할아버지랑 이렇게, 저도 이렇게 그 여자 좋아서 한 번 와서 할아버지가 시키는 대로 했는데 욕도 안 할 거예요. 욕도 안 할 거예요."

"어, 그래. 와서 우리랑 같이 한 번 시간 보내자."

그렇게 생각, 얘기했는데. 아침에 그 남자가 와서 할아버지가 시켜서,

"딸아, 가서 밥, 맛있는 밥 만들어서 그 남자가 줘. 그 밥 만들어 줘."

그렇게 하는 거예요. 그래서 아침에 그 남자가 식사하고 그래서 그 할아버지 시켜서,

"내가 가서."

땅을 파고 그런데 그 손으로 아니고 그 소가 그 뭐지? 한국처럼 땅 파면 그 소가 이렇게 놓고 쑥 이렇게 땅이 밀어지잖아요. 그거 뭐예요? [조사자: 그거 이제, 그 저도 정확하게 용어는 잘 모르겠는데. 땅 가는, 밭가는 거 말하는 거죠?] 네. 밭 만들으는 거예요. [조사자: 쟁기, 쟁기.] 징기? [조사자: 쟁기.] 한국에 소 한 마리 넣으잖아요? 캄보디아에서 소 두 마리 넣어요. 양쪽. 그래서 가운데는 그 양기, 그렇게 쟁기 넣고. 소 그렇게 하고 땅 파는 거예요. 그래서 농사 할 수 있어요. [조사자: 강원도에도 두 마리예요.] 두 마리예요? 앞에? 뒤에? [조사자: 양쪽에.] 아, 양쪽. 그럼 캄보디랑 똑같네요. 그렇게. [조사자: 강릉, 강원도는 땅이 척박해서, 한 마리 갖고는 힘들어. 두 마리 갖고 하고. 다른 지역에서는 한 마리예요.]

아, 네. 징기해요. 그런데 그 징기는 계속해요. 멈추면 안 돼. 징기, [조사자: 쟁기. 쟁기질?] 네. 쟁기를 하고. 언제나 그 내 농장 앞에서 돌 있어. 큰 돌 있는데 그 돌이가 소리지르면 그만 해요. 근데 세상에서 어떻게 돌이 말할 수 있어요?

그 돌이가 어떻게 생겼냐면, 이렇게,

"떼오, 떼오!", "떼오 떼오!"

이렇게 하는 거예요, 할아버지가. 그래서 그 할아버지가 그 얘기하는, 자기가 뭐 돌 하는 건 얘기 없잖아요. 그런데 자기가 그 할아버지가 그 뒤에 있어요. 지켜보고 있어요. 만약 그 남자가 욕하고 있으면 그냥 결혼 안 해주는 거예요. 그래서 그 잘생긴 남자가 그, 쟁기하다? 쟁기하고, 하다가 시간 지나서 너무 힘들었어요. 힘들고 소도 너무 힘 드는데, 그런데 그 돌이가 되게 소리 안 질러요. '떼오 떼오' 하

지 않았어요. 그래서,

"아유, 참 하다. 에이, 이 나쁜 돌!"

이렇게 막 하는 거예요. 그래서 할아버지 뒤에 나와서,

"됐어, 니가 집에 가. 이제 니가 욕했으니까. 그러면 애기가, 우리 딸 너한테 딸 못 주는 거예요."

그래서 그 남자 끝났어요.

그리고 며칠 지나서 한 남자, 못생긴 남자 또 왔어요, 한 명. 지난번 잘생겼는데 이번은 못생긴 남자 왔어요. 근데 그 남자가 되게 똑똑한 남자예요. 그래서 할아버지가 뭐 지난번처럼, 딸가 맛있는 밥 만들어 주고, 아침에 같이 먹구. 그래서 할아버지가 또 얘기했어.

"니가 가서 쟁기 주세요. 쟁기 해 봐. 쟁기 하는 거, 쟁기하고, 어떻게 그 돌이가 '떼오 떼오' 얘기할 때까지 그만 해요."

그렇게 지켜봐. 그렇게 했는데, 그래서 그 남자가 쟁기하다가 알고 있어.

[조사자: 그거를 쟁기질이라 그래.] 쟁기질하다. [조사자: 그니까 쟁기는 그 기구고. 농기구고. 그거 가지고 밭을 가는 일을 하는 걸 쟁기질.] 쟁기질. [조사자: 응.] 기구는 뭐예요? 쟁기질하다? [조사자: 그니까, 어. 쟁기질하다. 그게 동사고.] 쟁기질하다. 질 해요. [조사자: 쟁기는 농기구를 말하고. 쟁기.]

그래서 그 남자가 쟁기질하다가, 그 할아버지, 그 알았어요. 그 할아버지가 돌 뒤에 있어요. 그런데 그 잘 못생긴 남자가, 못생긴 남자가 그 지난번 잘생긴 남자가 밥 안 싸갔어요. 그 남자가 밥 싸가서 점심 먹었어요. 그래서 점심 먹고 또 일해요. 일하다가 저녁때까지 했어요. 그런데 그 남자가 너무 피곤했어요. 그래서 그 소도 너무 피곤해요, 계속 일하니까 다리도 아프고 넘어지고 있고 그렇게 하는 거예요, 소가, 너무 힘들어서.

그래서 그, 못생긴 남자가 알고 있어. 할아버지 뒤에 있으니까 돌 앞에서 가서 얘기했어요.

"아, 돌님아, 돌님아 부탁해요. 제발 부탁해요. 내가 일하는 거 안 힘들었는데, 하나도 안 힘들어서 내가 힘이 셌어."

그렇게 얘기하는 거. 작게.

“내가 힘든 거 하나도 힘들지 않았어요. 그런데 내가 소가 너무 불쌍하는 거야. 소가 일하다가 봐봐. 넘어지고 있고. 너무 힘들어. 밥도 못 먹고. 내가 점심 맛있게 먹고 있잖아. 근데 소가 못 먹으니까 너무 불쌍하는 거예요. 어떻게 니가 제발 소리질러 주세요.”

그렇게 얘기하는 거예요.

그래서 할아버지가 그거 들었어요. 그래서 눈이 쳐다보더니, 소가 진짜 너무 힘들었어요. 눈물 나오고 어떻게 힘들게 보이는데 소가. 그래서 자기 소 너무 불쌍해서 그래서 소리질렀어.

“떼오, 떼오!”

이렇게 하는 거예요.

“떼오 떼오!”

그래서 남자가 그 소리 듣고 집에 갔어요. 집에 가서 할아버지가 빨리 걸어가서 집에 먼저 도착하고 그래서. 그 남자 도착하고 밥 먹고.

“응, 니가 집에 가고 내일 아침 또 와.”

그렇게 얘기했어요.

그다음에 그 밤에. 그 밤중에는 할아버지가 부인한테, 할머니한테 얘기했어요.

“아, 얘가 참. 얘기 못했나? 내가? 되게, 그 남자가 되게 똑똑하는데 근데 너무 못생겨서 내가 딸 같이 결혼하는 거 싫어. 그러면 안 할래. 그러면 내가 어떻게 여러 가지 일 시키고 얘는 사위 되지 않게 만들어 줄 거예요.”

그렇게 생각했어요. 그래서,

(제보자의 자녀가 방에서 나와 조사자에게 카메라로 찍은 사진을 보여주어 잠시 중단됨.)

그래서 할머니가 좋은 생각 했어요. 그래서 할아버지한테 얘기했어요.

“내가 좋은 생각 있는데 한 번 들어볼래요?”

“응, 얘기해 봐요.”

그래서 할머니가 얘기했어요.

"할아버지가 내일."

아까 시키는 거 뭐지?

"할아버지가 내일 쌀가마니 들어가고, 두 쌀가마니."

쌀가마니가 두 개 있어요.

"한 쌀가마니는 할아버지 들어가고, 한 쌀가마니는 쌀 들어, 쌀 넣게요. 그래서 내가 그 남자가 시키고 그 산 위, 산꼭대기에 할아버지가 있어서 그거 데려가서."

어떻게? [조사자: 쌀을 지고 와서.] 네.

"지고 와서 할아버지 찾아갈게요. 만약 얘는 늦게 가면 그 딸 주지 말고."

이렇게 얘기했어요. 아니, 늦게 가도 되는데 늦게 아니구.

"만약 얘가 욕하면. 욕하면 그 딸한테 주지 마요."

왜냐면 할아버지 그 쌀가마니 안에 있잖아요? 다 알고 있어요. 그런데 그 집 밑에가 그 남자가 있잖아요. 그래서 다 들었어요. 그래서 아침 하자마자 그 할아버지가 빨리 밥 먹으러 갔어요. 그래서 그 남자 와서 엄마는 시켜서,

"어, 사위야. 니가 그 쌀가마니가 지구, 지어서 그 할아버지가 산꼭대기에 있어요, 지금은. 그런데 점심밥까지는 꼭 그 쌀가, 쌀가."

한쪽이 쌀이잖아요?

"쌀가 이렇게 밥 만들어 줘야 돼요. 그러면 점심 못 먹어요. 그래서 무거워도 참아요."

그래서 그 남자가 지고 있어서. 그런데 너무 무거워서 쌀도 많고, 사람도 많으니까. 그래서 무거운데 그 걸어가다가 뭐, 산꼭대기 안 올라갔어요, 멀어서. 그래서 얘기했어. 그 할아버지가 안에 있는 거 아니까. 그 무거운 짐 놓고 얘기했어요.

"아, 내가 어떻게 나? 이렇게 무거운 짐 많은데 어떻게 산꼭대기 올라갈 수 있어. 배도 너무 고프고. 해도, 낮도 여기 너무 덥고. 그냥 여기 좀 쉴 거 같아요. 너무 힘들어서. 이제 더이상 못 올라가요. 아빠가, 할아버지가 나한테 욕해, 어떻게 하든지 다 받을 수 있어. 너무 힘들어서 더이상 못 올라가는 거예요."

그렇게 얘기했어요.

그래서 놓고 있는데, 그 남자가 알고 있으니까 그래서 그 어디, 이렇게 벼, 쌀 벼. 풀, 풀. 풀, 풀 가지고 하는 풀에 되게 많은 풀이가 있어서 그거 넣었어요. 죽은 풀이니까. 그래서 그 남자가 풀 탔어요. [조사자: 불을 놨다고?] 네. 불이 났어요. 그렇게 만들었어요, 불가. 이렇게 만들구. [조사자: 불을 질렀어요?] 네, 불가 지르고. 그래서 자기가 모른 척하고 도망왔어요.

"아야! 이야야야야!"

이렇게 도망 왔어요. 모른 척처럼,

"어머, 누가 나 이렇게 불탔지? 어, 우리 쌀가 어떻게 했지? 우리 쌀가 다 없어졌네!"

그렇게 얘기하는 거예요.

"우리 쌀 그렇게 하면 아빠두, 할아버지도 식사도 못 하는데 나 어떻게 하지?"

그래서 할아버지가 너무 뜨거워서 막 움직이는 거예요. 막 움직여서, 그래서 그 남자가 알고 있는데 할아버지 많이 힘들 거 같아서 그래서 그 쌀가마니가 댕겨 왔어. 천천히, 세게. 댕겨 와서 그래서 그 쌀가마니가 벌어졌는데 할아버지가 나왔어요. 너무 힘들어, 나이도 많은데 불타는 하나도, 온몸이 이렇게 다 뭐지? 탔어요. 조금 탔어요. 그래서 얘는 또 댕기는 바람에 너무 아파서 온몸이. 그래서 할 말 없이 그냥 일어나서 집에 걸어갔어요.

그래서 그 남자가 보고,

"어머, 할아버지! 언제 여기 들어가셨어요? 저 하나도 몰랐어요. 어떻게 이런 일이! 많이 아프시죠? 불타는데 누구 이렇게 나쁘게 이런 뜻, 짓을!"

이렇게 얘기했어요.

그래서 할아버지 집에 가서 그 남자 따라갔어요. 그래서 집에 가고. 화났으니까 참았어요.

"니가 집에 가고 내일 아침에 와."

그렇게. 밥도 안 줬어요. 남자 갔어요. 그래서 또 밤에 할머니랑 얘기했어.

“아유, 얘는 엄청 똑똑하네. 내가 그 쌀가마니에 있는 거 알 거 같아. 그래서 이런 일 만드는 거 같아.”

이렇게 얘기했어요. 그래서 할머니가,

“그래? 그러면 얘는 사위 하면 안 되겠네.”

응. 그래서,

“그러면, 그러면 할미야. 어떻게 좋은 생각이 또 있나?”

그래서 할머니가 얘기했어요.

“그러면 이런 생각 어때? 그 내일 그 할아버지가 거북이 찾으러 가. 거북이.”

옛날에 캄보디아에 거북이 잘 먹었거든요. 요리하는 거 맛있어, 맛있어서 요즘도 먹어요.

그래서 할아버지가 거북이 찾았는데,

“그런데 우리 집에 멍멍개 없잖아요. 개 없으니까 할아버지가 주인하고 얘는, 그 남자가 어, 개 시키라고 얘기해요. 그렇게 해요. 그러면 그 개가 할아버지가 같이 걸어가잖아? 만약 얘는 어, 거북이 못 찾으면 힘들어서 욕 할 거야. 그러면 우리 딸은 결혼 같이 하지 말고.”

그렇게 얘기하고. 그래서,

“그렇게 좋은 생각이네? 할미.”

그래서 그다음 날에 그 남자 또 밑에 듣고 있잖아요. 다 들었는데, 그래서 그다음 날에 밤에 얘기한 대로 이렇게 시키는데. 그런데 그 남자가 그거는 알았어. 매일 운동하고 있으니까 되게 빠른 거예요. 할아버지보다 더 빨랐어. 가서 이렇게 뭐, 거북이 찾아서, 이렇게 뭐 해서 주인한테 주고. 이렇게 뭐 한 두 시간인데. 되게 거북이가 여섯, 여덟 마리 찼어요.

그래서 어, 이렇게 찾았는데 그래서 점심시간 됐어요. 점심시간에 할아버지가 도시락 싸고 왔어요. 도시락 싸오는데. 그런데 그 못생긴 남자가 밥 없잖아. 멍멍개 시키니까. 그러면 멍멍처럼 행동하고 얘기도 안 해요. 밥도 못 먹어요. 주인 주는 대로 먹는 거예요. 그런데 어떻게, 그 밥이 먹고 싶었는데 어떻게 먹을 수 있는지 그 옆에는,

그 동네 하는 사람들 염소가 많대요.

염소가 많은데 그래서 가서 그 멍멍 소리 듣고 크게,

"멍멍! 멍멍!"

그렇게 하구. 그 소가 벼농사하는 사람한테 가서 그 벼 다 먹었었대요. 그래서 그 할아버지 보고,

"네, 멍멍 때문에."

소들은 되게 농사, 벼농사 사람도 먹으면 안 되잖아요? 잘못했잖아요? 그래서 빨리 가서 그 소들은 이렇게 벼 먹으지 마. 멀리하는 거. 풀 먹으라고 가는데요. 그 사위가 그 못생긴 남자가 밥 도시락 혼자 다 먹었어요. 그래서 할아버지도 밥도 못 먹었어요. 화났어요. 화나서 집에 와서 부인한테 얘기하고 그래서 남자한테,

"너, 오늘 그냥 집에 가고 내일 아침에 또 와."

그렇게 얘기하는 거예요. 그래서 밤중에 또 할머니랑 같이 또 얘기했어요.

"어떻게 내일?"

할머니도 이제 좋은 생각하고.

"그러면 바꿔 봐. 할아버지가 멍멍하고 그, 못생긴 남자가 주인하고 만들어 봐."

그렇게 했는데 할아버지가 나이 많잖아요. 어떻게 두 발 걸어도 멍멍보다 늦게 오는데. 지금은 네 발 걸으잖아요. 이렇게 네 발 걸으는데 너무 느리구 또 느리구 거북이보다 더 느려요. 나이도 많고, 날씨도 덥고 밥도 못 먹고 그래서. 그 남자가 되게 똑똑하니까. 그래서 먼저 도착해가지구 그래 아침부터 점심까지 거북이 한 마리도 못 잡았어. 그래서 얘기했어.

"하이, 이 개야. 너는 되게 이상하네? 왜 이렇게 소, 여기 거북이 아침부터 지금까지 거북이 한 마리도 못 잡으면 어떡해? 너는?"

이렇게 막 해주는 거예요. 여기 할아버지한테. 할아버지는 그냥 듣구. 자기 못하니까. 그래서 점심시간이잖아요? 할아버지는 똑똑하지 않고 뭐, 좋은 생각도 없으니까. 그 남자가 밥 맛있게 먹어. 벼 남은 거 할아버지 주구.

"너, 너는 오늘 거북이 못 잡았으니까 벼 먹어."

그냥 벼만 주구. 그래서 할아버지가 나이 많아서 이도 없어서 못 먹어서 힘도 빠졌어, 저녁때까지. 거북이도 한 마리도 못 잡아서 집에 도착하자마자 할머니 물어봤어.

"어머, 사위 왔니? 거북이 몇 마리 잡았어?"

"아유, 이 개 때문에 되게 느려. 더 느려. 거북이보다 더 느리니까 거북이 한 마리도 못 잡았어요. 아유, 이런 개는 어떻게 키울 수 있어? 저녁도 못 주겠네."

이렇게 얘기하는 거예요.

할아버지가 집에 도착하자마자 기분이 나빠서,

"너 집에 가고 내일도 와."

이렇게 얘기하는 거예요. 그래서 그다음 날도 그 사람 왔어요. 아, 그 밤에 얘기했어요, 할머니랑 어떻게 하는지. 그 남자가. 그래서 그 남자가 얘기했어요. 아, 그 할아버지랑 같이 얘기했는데. 할아버지가 얘기했어요.

"그러면 이번은 지난번처럼 쌀."

[조사자: 쌀가마니?] 네.

"쌀가마니도 들어가고, 내가 그 얘는 시키고 할아버지가 시장가니까 그 물건들 빨리 할아버지가 갖다 줘야 돼요. 그러면 어, 그 물건도 못 사고 밥도 못 먹는 거예요. 빨리 가져가 주게. 그동안이 너무 힘들어서, 왜냐면 산꼭대기는 집에 가까우니까 괜찮은데 그런데 그 멀은 길이 얘는 우리 없이 생각하고 만족할 거야."

그래서 얘기하고, 그 남자가 다 들었어요.

그래서 그다음 날 그 또 쌀가마니가 준비하고, 한쪽 쌀이고 한쪽 할아버지예요. 그래서 어, 그거 뭐지? 지어다가? [조사자: 가마니를 지어서?] 네. 지어서. 그런데 그 남자가 알았어. 할아버지가 안에 있었어. 그래서 강에 가까이하는 다리이거든요? 강 건너는 다리가. 그 다리가 걸어가서 그 할아버지가 있는 쪽에, 그 다리가 위에. 다리가 위에 넣고 떨어지는, 뭐지? 여기잖아요? 쌀바구니, 쌀, 그거 뭐지? [조사자: 쌀가마니.] 네, 쌀가마니잖아요? 두 쌀가마. 하나는 그냥 가운데 넣고, 하나는 할아버지 죽잖아? 그거 어떻게, 떨어질 뻔하는 거 어떻게. 세게 떨어지는 거. 어떻게 넣더니 세게 떨어지는 거 만들었어요. 그래서 그 사람이 얘기해요.

"너무 힘들어서 여기 넣고, 좀 이따 가다가 내가 큰 절 가서 뭐 먹으러 찾아가겠다."

이렇게 얘기하는 거야. 그래서 그 남자 한참 가더니, 지켜보더니 할아버지가 움직도 안 했어요. 아마 가만히 생각하는 거예요. 그래서 그 큰 나무가, 찾아와서 그 다리가 흔들, 이렇게 두드려하는 거예요. '둥, 둥' 코끼리 걸어오는 거처럼. 그래서 목소리 바뀌고 이렇게 얘기 했어요.

"어머, 어머, 어머, 누구나 쌀, 쌀 바구니."

뭐지? [조사자: 쌀가마니.] 네.

"쌀가마니가 가운데 이렇게 여기서 길 앞에 넣은, 다리 앞에 넣는 거야? 내가 이렇게 넣으면 우리 코끼리가 발 맞으면 어떡해."

이렇게 얘기하는 거예요.

"코끼리가 발 맞아도 내가 모를 거야. 이렇게 잘못해 놓으니까."

그래서 할아버지 듣고 되게 땀이 나오는 거예요, 온몸에.

"아, 내가 죽으는 거 아니야? 왜 이렇게 나한테 가운데 놓고 이렇게 코끼리 맞으면 죽으는데 코끼리 얼만큼 무거운데."

그런데, 조금 움직였는데 강에 떨어졌어. 강에 떨어졌는데 코끼리는 없어요. 그 사람이 큰 나무 때문에. 그래서 강에 떨어졌는데 그 남자가 알고 있는데 할아버지가 그거 안 해서 그런데. 할아버지가 그 자기가 그 모습으로, 되게 이렇게 무시해주니까 되게 기분 나빠서, 그래서 이렇게 만들어 주는 거예요. 그래서 생각을 해서,

'그 할아버지가 조금 물 마시겠다. 그래서 다음에 그 나쁜 거 생각하지 말고.'

(웃음) 그래서 이렇게 그 할아버지가 죽을 뻔했어요. 그래서 가서,

"어머, 어머, 어머! 누가 우리 물건들 이렇게 강 안에 떨어졌지? 그래서 어떻게 했지?"

그래서 여기 강에 들어가서 그 할아버지 도와줬어.

“어머, 쌀가 다 젖었네!”

그렇게 얘기하는 거야.

“쌀 다 젖었네! 어, 할아버지 어떻게 갖다 드려야 하지? 어, 그러면 내가 여기 해 말라서, 햇빛 말라서, 더 가겠어.”

그래서 그거 벌렸어요. 그 쌀가마니. 벌려서,

“아, 할아버지! 어떻게 여기 있어요? 어떻게 하세요? 괜찮으세요? 어, 강도 들어갔는데 어떻게 괜찮으세요?”

그래서 할아버지가 죽을 뻔했어요. 그래서 데려, 집에 데려, 한 이틀 얘기 안 했어요. 집에 들어가서 할머니한테 얘기했어요.

“재는 너무 똑똑해. 더 이상 얘는 같이 이렇게 하면 나 죽을 거 같아. 그냥 결혼해 줘.”

그래서 결혼 해줬어요. (웃음) 끝났어요.

[조사자: 엄청 머리 좋은 애네.] 사람들 다 그래요. 겉모습만 보잖아요. [조사자: 겉모습만 보고 그렇게 하니까.] 한국도 그러잖아요, 가끔. 그렇지 않아요? [조사자: 맞아요, 그런 이야기 많아요.] 되게.

막 캄보디도 그래요. 물건 사잖아요. 뭐, 옷 같은 거 되게 우리 보고 외국 사람이잖아요? 되게 무시하는 거예요. 인사도 안 하고 그렇게 하는 거예요. 되게 우리 돈 없는 거처럼. 그래서 가서 몇 번 물건 사잖아요?

“아우.”

되게.

“이거 얼마예요?”

그래서 와서 이렇게 위부터 밑에까지 보고.

“오만 원.”

그렇게 하는 것도 있어요, 인제에서. 그래서,

‘아, 한국 사람이 그런 것도 있구나, 되게. 내 같은 사람인데 왜 그렇게까지 하지?’

그러고 그런 느낌 들어가요. 되게 상인들 되게 돈 있는 사람은 말없이 이렇게 생각해요.

[조사자: 겉모습만 보고.] 네. 기분 나쁘게.

욕 안 하는 사위 뽑기 [2]

● **구연정보**

조사일시 : 2019. 01. 15(화) 오전
조사장소 : 경기도 화성시 진안동
제 보 자 : 텡쏙레앙(박주희) [캄보디아, 여, 1986년생, 결혼이주 10년차]
조 사 자 : 신동흔, 김정은, 한상효

● **구연상황**

조사팀과 제보자와의 두번째 만남이었다. 어린 시절에 할머니에게 들은 이야기들이 많다고 해서 다시 조사를 진행하게 되었다. 인사를 나눈 뒤 준비해온 이야기에 대해 묻자 두 가지를 준비해왔다면서 이야기를 시작했다. 첫 번째 이야기 구연이 뜻대로 되지 않자 잠깐 생각을 정리한 뒤 두 번째 이야기를 먼저 하겠다며 이 설화를 구연했다.

● **줄거리**

예쁜 딸을 가진 부자가 자기 딸과 결혼하고 싶은 사람은 자기 집에 와서 일을 하라고 했다. 단, 일을 할 때 욕을 하지 않아야 하고, 돌이 말할 때까지 일을 해야 사위가 된다고 했다. 돌이 말을 하지 않아서 많은 남자들이 일만 많이 하고서 돌아갔다. 가난한 총각이 와서 일을 하게 되었는데, 한참 일을 하면서 자기는 괜찮은데 소가 쓰러질 텐데 불쌍하다고 했다. 부자가 보니까 진짜로 소가 쓰러질 것 같아서 할 수 없이 자신이 돌이 우는 소리를 냈다. 그래도 딸을 주기 싫었던 부자 부부는 지게에 쌀을 두 포대를 지고 가게 하는 과제를 냈다. 한 포대에 부자가 들어가서 힘들게 하면 고개를 올라가다 욕이 나올 테니 퇴짜를 놓는다는 계획이었다. 이 말을 엿들은 총각은 부자의 포대를 일부러 가시에 놓고서 불을 질러 나오게 해서 무사히 넘어갔다. 부자는 다시 총각에게 시장에 가서 쌀을 팔라고 시킨 뒤 쌀 포대에 숨어 들어가자, 총각은 총각은 코끼리가 다리로 오는 것처럼 꾸며서 포대를 물에 빠뜨렸다. 부자는 총각과 주인과 개 역할을 하며 거북이 잡기 시합을 했는데 이번에도 총각이 부자를 골리고 시합에서 이겨서 그 딸과 결혼했다.

두 번째 이야기는 그 장어른(장인어른) 하고 사윗감 골라는 거예요. [조사자: 장인어른이 사윗감 고르는 이야기.]

그 옛날에 나이 많은 할아버지 할머니가 살았습니다. 그 할머니 할아버지는 아주 예쁘고 아름다운 딸 한명은 있어요. 그래서 아, 아버지가 아무리 생각해도,

'이 동네에 좋은 사윗감이 없다.'고.

생각해서 근데 어느 남자 한 명이 와서,

"딸하고 결혼하고 싶다."고.

그래서 아버지가 생각했어요.

"만약에 내 딸 얻고 싶다면 내 집에 와서 미리 일을 해라."

근데 일하는 조건 있어요.

"일할 때 아무리 힘들어도 무슨 일 당해도 그 어머니 욕하면 안 된다."

그래서,

"네, 할 수 있다."고.

그 남자, 그 총각을 대답했어요. 그다음 아침에 왔어요. 그래서 그 전날에 그 부부가 서로 상의했어요.

"우리 딸은 이렇게 아름답고 예쁜데, 쉽게 주면 안 된다."고.

"우리 서로 생각해서 어떻게 와서 우리 집에 많이 일 하고 그리고 우리 마음 안 들게 하면 그냥 서로 이렇게 안 된다."고.

[조사자: 안 된다고 짤라요.] 네, 짤라요. 그랬더니 좋은 생각이 좋은 아이디어 났어요. 그 아침에 오게 해서 딸한테 말했어요.

"아침 일찍 밥을 맛있게 차려줘라."

그래서 예쁜 딸은 아버지 어머니 말씀대로 밥을 챙겨줬어요. 챙겨주고 나서 밥 때 가서 논밭 있는데 논부터 가서,

"땅을 갈으라."

그 저희 나라에는 밭이나 논농사 많이 했잖아요. 그 양쪽 소를 매서 그 밭가는 가는 기계 있어요. [조사자: 쟁기 하는 거.]

그래서 하는데,

"일 막 아침 해서 두 시 막 넘어도 그 일 할 때 만약 둘(돌), 둘가

울음소리 나면 그때 그만둬서 그때 밥 먹을 수 있다."

근데 이 세상에서 돌 올(울) 수 있는 [조사자: 돌 울음소리요?] 그런 조건이 알려줬어요.

"일할 때 돌 울음소리 안 나면 일 놔두고 밥 먹을 수 없다."

그래서,

"알았다."고.

그렇게 대답해서 가서 밭을 일 했어요. 밭하고 논 땅 갈다가 아무리 두 시 돼도 돌 울음소리 안 나는 거예요. 그래서 그 돌 뒤에 그 할아버지가 아버지가 숨어서 돌 목소리 내는데 돌 목소리 이름, 울음은,

"떼오, 떼오, 떼오."

이렇게 표시, 네.

"떼오, 떼오, 떼오."

이렇게.

"그런 소리 들어야 밥 먹을 수 있다."고.

아무리 기다려도 돌 울음소리는 못 들었어요. 그래서 잠 하지 못해 욕을 했어요. 뭐라고 욕 하냐면, 사람 욕 하는 거 아니고 돌을 욕했어요.

"이 돌 어머니! 왜 이렇게 울음소리 안 나요. 더 이상 못 참겠어요."

그래서 욕했는데 그때 할아버지가 나타나서,

"당장 저기 내가 분명히 욕하지 말라고, 사람 어머니도 돌 어머니도 욕하면 안 된다고 했는데 그 조건이 지켜지 못해서 우리 딸 줄 수 없대서, 줄 수 없다."고.

바로 보냈어요.

그리고 그 뒤에는 한 총각 한 명, 또 와서 그 할아버지 할머니 예쁘고 아름다운 따님 있다고 해서 듣고 왔어요. 근데 동네 사람들이,

"그 집에 가면 되게 고생하고 구박 많이 당하니까 아무 남자도 못 들어간다."고.

근데 그 소리 듣고 왔어요. 왔는데,

"우리 딸 어떻고 싶으면 먼저 와서 일해라. 일할 때 우리 마음 들

게 하면 딸 줄 수 있는데 조건이 안 맞으면 당장 그날 못 만나게 할 수 있다."고.

"그래도 좋다."고.

"그럼 집에 가라. 내일 일찍 오라."

그렇게 말했어요. 근데 그 총각은 바로 집에 안 갔어요. 그 저녁에 집 밑에 저희나라는 이층 밑에에 그냥 높은 집이에요. 왔는데 그래서 밑에서 숨어서 할머니 할아버지 이야기하는 거 들었어요. 어떤 이야기 하냐면.

"영감 이 총각은 너무 못 생겼다. 그래서 우리 딸은 이렇게 예쁜데 마음에 안 든다."고.

"근데 우리가 와서 일하라고 미리 말 했으니까 어떻게 방법이 없다. 그러면 우리 여러 가지로 생각해서 어떻게 하면 딸 못 만나게, 그래서 좋은 생각 있다. 먼저 돌 울음소리 하는 거부터 시키고 그다음에 생각해 보자. 그래서 만약에 또 먼저 사람 욕하면 그날 당장 짤라 버리고."

그래서 그 총각은 듣고 나서 집에 가는데 아침 새벽 일찍 왔어요.

"저희 왔으니까 일 시키(시켜) 주세요."

근데 먼저 밥부터 먹고 보냈어요. 보냈는데 그 총각이 미리 주머니 밥 싸왔어요. 그래서 밥 미리 싸왔으니까 걱정 없이 일 계속했어요.

"돌 어머니여! 울음소리 안 나도 저는 걱정 없습니다. 저는 이미 밥 든든하게 먹고 왔습니다. 제일 불쌍한 건요. 그 물소가 제일 불쌍합니다. 물소는 아무도 못 먹고 이렇게 점심 지나도 두 시에도 아무도 없을 수, 못 해면 금방 해다가 쓰러지면 얼마나 불쌍하겠어요."

그렇게 큰 소리로 외쳤는데 그 할아버지 돌 뒤에 숨었는데 들었어요. 그래도 울음소리 안 나는 거예요.

근데 보니까 소가 막 힘 없고 막 쓰러지라고 일만 했으니까 풀도 못 먹고, 물도 못 먹어서 그래서,

'아 그래 총각 말대로 동물이 너무 불쌍하게 보이니까 울음소리 내자.'

스스로 생각해서 울음소리 났어요(냈어요).

"떼오, 떼오."

이렇게 울음, 네, 울음소리 나는데 그 총각,

"아, 어머니요. 돌 어머니요. 울음소리 하게 해주세요. 감사합니다."

이렇게 하고 소는 풀 먹고 물 먹게 해서 그리고 집에 갔어요. 근데 할아버지가 되게 분이 났어요.

'더 이상 이렇게 쉽게 줄 수 없다.'고.

또 여기 할머니하고 같이 밤에 상의했어요. 근데 총각은 그 할머니 할아버지 그런 쉽게 주지 않은 거 아니까 집에 바로 안 가고 간다고 말해놓고 집 아래, 밑에서 잘 숨겨서 이야기 들었어요. 네, 들었어요.

이번에는,

"산에 가는 거 산에 가는데, 한 쪽 부대는 쌀, 쌀가마 많이 가득 차고 한 쪽은 영감이 들어가서 하라. 그러면 양쪽 어깨 이렇게 대나무하고 양쪽 어깨 매서 산 올라가면 아마 올라가면 힘들어서 욕 할 거예요."

그렇게 생각하는데 그래서 그러면 영감의

"그래."

할머니도 이렇게 얘기하니까 그렇게 하기로 생각해서 그때 불 끄고 잤어요. 총각은 그 소리 듣고 미리 대비했어요. 그래서 집에 가는데 다음 날 아침 왔어요. 왔는데 할머니가,

"어, 어떡하죠? 장 어른,"

[조사자: 장인어른?] 네.

"장인어른 미리 산에 일찍 갔으니까 저기 젊은 총각은 이 쌀가마 얼른 산에 가져가서 거기서 저기 장인어른 밥 먹을 수 있게 이 쌀 당장, 매고 가져가라."고.

명령을 했어요. 그래서,

"네, 알겠습니다."

그래서 매, 양쪽 어깨 매고 다 쌀라고 생각하는데 한쪽은 그 할아버지 하고 한쪽은 쌀, 그래서 매고 가는데 총각은 그렇게 말했어요.

"어, 이렇게 양쪽 쌀 무거워서 어떻게 산을 빨리 갈 수 있겠습니까? 어, 저는 그냥 가다가 다시 내려올래요. 그렇게 네, 내려와서 좀 쉬

었다 천천히 가더라도 만약에 장어른이, 장인어른이 기다려서 빨리 못 오면 빨리 화나더라도, 그냥 사실 말하길, 말하는 거대로 할래요."

그렇게 생각해서 그 저희나라는 '환탄하지만' 그런 촛불 같은 거, 환탄하지만 뾰족하는 가시처럼 그런 풀 있어요. 따가워요. [조사자: 따가운 풀들이 이렇게 막, 가시 풀들이] 그 판판했는데,

"그 쌀 여기서 좀 쉴래요."

쌀가마 갖다 놓는 거예요. 그래서 저기 거기서 막 찔르니까 꿈틀꿈틀 있는데 참고 아무 소리 없어요.

"그러면 잠깐 내려갔다 올 테니까 여기 쌀가마 내려놓고 간다."고.

그렇게 말했는데 근데 그 어른이 들었는데 거기서, 어, 그 총각이 옆에서 불, 불 땠어요. 네, 잡초, 가시 있는 거 불 때는데 좀 종종 불 때는데 와서 엄청 뜨겁게 느끼게 하려고 그렇게 일부러 만들었어요. 그래서 불 때니까 연기나 뜨거운 거 느끼잖아요. 할아버지가 그래서,

"어떻게 나 죽게 생겼다."

근데 총각이 이렇게 큰 소리로 외쳤어요.

"어머, 여기 우리 부대 옆에 누가 불 피워 놓냐?"고.

[조사자: 포대 옆에 누가 불을 피우냐?] 네.

"어느 사람인데 남이 부대 옆에 불 피면 쌀 모두 태워버리면 어떻게 장인어른이 화나면 어떡하면 좋아."

그렇게 했는데 그래서

'아, 그러면 불 많이 태우면 나는 죽게 생겼다.'

막 꿈틀꿈틀해서 나왔어요. 그러더니,

"어머! 장인어른 저한테 미리 말씀하셔야죠. 만약에 거기서 숨어, 아니, 계시면 제가 금방 볼 수 있는데 이렇게 얼굴 꺼머게 타서 너무 죄송합니다."

그래서 막 아무 말 없이 그냥 집에 들어갔어요. 그래서 집에 들어가는데,

"얼른 일 다 끝났으니까 집에 가라."고.

그래서 할아버지는 또 할머니한테 다 일렀어요. [조사자: 화가 났죠.]

"이 총각이 머리 써서 나 옆에 가시 있는데 다 놓고 불 피워서 이렇게 타게 죽을 뻔했다."고.

"아, 그러면 우리 다른 거 생각해보자."

할머니가 이번에는 시장가는 일 시장에 가는 일, 시장가는 일에 다시 할아버지가 부대에 들어가게 또 하는 거예요. 네,

"부대 들어가는데 시장에 가서 뭐 사오라고 그렇게 시키자."

그래서 할머니가 총각에게 말했어요.

"할아버지는 일찍 시장 먼저 갔다."고.

"이 쌀 매고 할아버지 따라 찾아 가보라."고.

그래서,

"알겠습니다."

그렇게 해서 쌀부대 매고 가는 거예요. 가는데 엄청 무겁게 느끼니까 이번에 가다가,

"내가 좀 어디 다리 좀 쉽고(쉬고) 싶다. 만약에 장인어른이 기다려도, '왜 안 왔냐고 새벽 일찍 쌀 팔아야 되는데' 그렇게 화내도 그냥 사실대로 말하는, 말하겠습니다."

이렇게 생각해서 그 옆에 다리 밑에 물 있어요. 강. 네, 강 같은 거. 네, 옆에 떨어뜨릴 수 있게 미리 일부로 옆에 다 세워놓고 그래서 다른 목소리로 말했어요. '쿵쿵' 코끼리 오는 것처럼 막 그 막대기 가지고 막 쿵쿵 다리 이렇게 흔들게 그리고 뭐지 코끼리 타는 남자 목소리도 입으로 냈어요.

"누가 이 부대를 다리 막혀 놓느냐?"

[조사자: 다리에 막혀놨어.] 그래서,

"안 그러면 내가 이 부대를 다 밟아서 터져 버리겠다."

그러니까 그렇게 했는데 어, 그래서 그 안에 할아버지가 너무 무섭잖아요. 코끼리 밟으면 죽을 수 있으니까 막 꿈틀꿈틀거리다가 이 강물 속에 들어갔어요. 막 빠지고 막 그래갖고 말했어요. 그래서 어 총각이 다시 와서,

"어머, 왜 저희 부대를 네, 다 물속에 다 빠뜨리게 하면 어떡해요? 이 쌀이 장사해야 되는데 장사 못하면 장인어른 혼나겠어요."

그렇게 하고. 근데 부대 속에 물고기 들어가나 봐요. 왜냐하면 쳐다보니까 꿈틀꿈틀거리니까,

"제가 얼른 내려가서 이 부대 건져서 이 물고기를 할머니한테 갖다드리면 할머니가 맛있게 요리할 수 있겠다."

이렇게 생각해서 건져왔어요. 건져 와보더니 그 할아버지 그 안에 있으니까,

"어머 장인어른 왜 여기 계세요. 저한테 살려달라고 말했었으면 이렇게 물 많이 안 먹을 텐데."

그래서 아무 말 안 하고 막 화나서 집에 가 버렸어요.

그래서,

'이 총각 어떻게 하면 우리 딸하고 결혼 못하게 하는 일'

또 생각해도, 또 생각해도 자꾸 이길 수 없잖아요.

그래서,

"마지막 당신이 그 총각이 강, 개로 하고 당신은 주인으로 하라. 그러면 개이, 개가 만약에 거북이 못 잡으면 그때는 우리가 저기 딸 못 주겠다고 하고 그리고 만약에 개가 잡으면 다음에 당신하고(이) 개하고 총각은 주인 하라고 하라."

그렇게 할머니가 말했어요. 그래서 다음 날에 총각, 미리 들으니까 그다음에 어, 뭐지, 거북이 세네 마리 물속에 이쪽저쪽 다 미리 준비해놓고 총각이 아침에 왔어요. 그래서 자기가

"개처럼 한다."고.

하고 할아버지는 주인처럼 하고, 그래서 막 이쪽저쪽 가는데 만약에 개가 거북이 못 찾으면 막 때리고 막 밥도 못 먹게 하고 그렇게 힘들게 개, 개 하는데 가니까 개가 이쪽저쪽 다 저기 거북이 많이 잡아서, 그리고 할아버지는 그 거북이 잡아서 메다가 막 힘들어서 천천히 왔는데 개는 거북이 다 잡고 나서 미리 먼저 뛰어와서 그 할아버지 있는 도시락밥을 다 먹었어요. 할아버지는 엉금엉금 막 왔다가 개가 밥 다 먹었으니까 밥도 못 먹고 개는 집에 먼저 도망가고 할아버지는 밥도 못 먹고 거북이 메고 집에 가니까 너무 힘들어서도 분이 났어요.

그래서 그다음 날,

“당신이 다시 반대로 거북이 아니, 개가 하고 총각은 주인으로 하라.”고.

하고, 그래서 그다음에 그렇게 하기로 하니까 할아버지는 개로 하고 총각은 주인으로 하니까 막 개가 천천히 가니까 막 저기 때리는 거예요. 빨리 가게 하고,

“빨리 가라.”고.

왜 개가 거북이 한 마리도 못 잡고. 밥도 못 먹게 막 구박을 당했어요. 그래서 막 뭐라고 해도 아무 말 없는 거예요. 자기가 거북이 아무도 한 마리도 못 잡고 밥도 못 먹고 거북이 못 잡으면 밥도 못 먹게. 그런 뭐라고 할까 할아버지 다 계획 세웠잖아요. 밥 다 본인이 만드니까 그래도 안 되니까 아무 할 말 없이 집에 왔어요. 그래서 할머니가 그러면

“당신만 고생하니까 영감 이제 그만 하자.”고.

그래서 드디어 그때야 총각하고 딸하고 전통의 문화로 결혼식을 올렸어요.

[조사자: 영감이 너무 힘들어요. 그래도 행복하게 살았다는 얘기겠죠?] 네, 지혜로운 남자였어요. [조사자: 지혜로운 남자. 그러게 장인어른 사윗감 고르기도 이 남자도 정말 지혜로운 사위네요.]

그때 아주 옛날옛날 할머니 이야기 들었는데 저희 할머니한테 들었는 이야기예요. 와서 저기 저희 할머니도 다 그래요. 할아버지 먼저 와서 한 기본 3개월 먼저 일해야 말 들으면 딸 주고 안 들으면 그냥 끊겨요. 그런, 문화였어요. 지금은 없어요. 그런 문화.

제보자 정보

디다넬

[캄보디아, 여, 1988년생, 결혼이주 5년차]

디다넬 제보자의 고향은 캄보디아의 수도인 프놈펜에서 차로 약 3시간 정도 떨어진 작은 도시이다. 어릴 적에 부모님을 도와 장사를 했고, 소개로 남편을 만나 결혼하게 되었다. 결혼 후, 신혼에는 시부모님과 함께 살았고, 현재는 분가하여 화성시에서 남편과 딸, 아들과 함께 단란한 가정을 꾸리며 살고 있다. 주로 한국의 가족과 한국어 교육기관을 통해 한국어를 배웠으며, 현재는 생활하는 데 불편함이 없는 한국어를 구사한다. 조사에 함께 참여한 포유미네 제보자와 함께 공동으로 7편의 설화를 구술했다.

렉가나

[캄보디아, 여, 1988년생, 결혼이주 10년차]

렉가나 제보자는 1988년에 캄보디아에서 태어났다. 스무 살에 교회의 소개로 남편을 만나 결혼을 해서 경기도 안산에 거주하게 되었다. 한국 생활에 만족하고 있고, 현재 아이 둘을 키우며 세계문화체험관에서 다문화 강사를 하고 있다. 안산 다문화 작은도서관에서 이주민들과 '옛이야기 모임'을 함께 하고 있어서, 캄보디아 옛이야기에 대해 잘 알고 있었다. 조사의 의도를 바로 알아차리고 어린 시절부터 들었던 이야기를 들려주었다.

한국의 복지관 등에서 한국어를 배웠고 안산 다문화 작은도서관 모임 등을 통해 꾸준히 배워가고 있다고 했는데, 한국어 실력이 유창했다. 한국에 알려지지 않은 캄보디아의 문화를 잘 전달할 수 있는 이야기를 전하려는 의욕을 보였으며, 〈뱀이 많이 생긴 이유(낑껑뱀〉 같은 긴 이야기도 매끄럽게 잘 전달했다. 모두 4편의 이야기를 구연했다. 한번 더 조사를 진행하고 싶었으나 남편의 사업 일정으로 캄보디아에 가 있어서 만날 수 없었다.

소다니스

[캄보디아, 여, 1986년생, 유학 4년차]

소다니스 제보자는 1986년 캄보디아 프놈펜에서 8남매 중 여섯째로 태어났다. 프놈펜에서 초등학교부터 대학교까지 다녔으며, 대학을 졸업한 뒤 3년 정도 직장생활을 했다. 2012년에 인하대학교 언어교육원에서 한국어 공부를 시작했고, 이후 이화여자대학교 공과대학원에 진학했다.

소다니스 제보자는 처음 구연을 시작할 때는 아는 이야기가 없다면서 자신 없어 했으나 조사자와 질의응답 과정에서 긴장감이 풀리자 점차 자신감 있게 이야기를 구연했다. 한국어는 일상적인 대화에 큰 지장이 없을 정도로 구사했다. 조사자가 캄보디아 설화 제목을 물었을 때에는 내용을 모른다고 했다가 이야기의 주요 화소를 말해주면 기억을 떠올리며 구연하곤 했다. 해당 이야기와 관련된 속담이나 이야기의 배경이 되는 당시 사회상에 대한 설명을 덧붙이기도 했다. 성격이 활발하고 적극적이어서 이야기판에 활력을 불어넣어 주었다. 구연한 이야기는 민간요법에 대한 이야기까지 해서 총 7편이다.

썸마카라

[캄보디아, 여, 1988년생, 결혼이주 4년차]

썸마카라 제보자는 1988년 캄보디아 프놈펜에서 태어났다. 2014년에 결혼하여 경상도 진주로 이주했다. 조사자와 만났을 때는 산달이 얼마 남지 않은 상황이었다. 어린 시절부터 책을 좋아했다고 말한 제보자는 조사의 의도를 파악한 뒤 자기가 아는 캄보디아 설화를 열심히 전승하려는 적극적인 태도를 보였다. 진주에 살면서 진주 YWCA에서 한국어를 배웠고, 다문화 강사육성 프로그램에 참여했으며 향후 방과후 다문화 강사로 활동하려는 계획을 갖고 있다.

썸마카라 제보자는 한국어를 천천히 정확하게 발음하며 이야기를 구연했다. 조사자와 약속한 뒤 준비한 설화는 세 편이었는데, 조사자가 더 많은 이야기 구연을 권하자, 한 편씩 더 생각해내면서 구연을 이어갔다. 그렇게 총 10편의 이야기를 구연했다.

씨앙리티아(이민희)

[캄보디아, 여, 1986년생, 결혼이주 7년차]

씨앙리티아 제보자는 1986년 캄보디아에서 태어나 10살 때부터 프놈펜에서 자랐다. 대학교에서 영어영문학을 전공했다. 2000년에 결혼하여 경상북도 경산시에서 남편하고 딸과 함께 살고 있다. 경산시에 있는 다문화 관련 배움터에서 한국어를 공부하고 있는데, 배움에 대한 열정이 많아 보였다.

씨앙리티아 제보자는 조사자와 만남을 약속한 뒤 캄보디아의 부모님께 책을 보내 달라고 해서 한국어로 번역한 뒤 수녀님들과 구연 연습을 했다고 했다. 조사를 시작하자 준비한 이야기를 차분하게 한 편씩 구연했다. 준비한 이야기를 다 마친 뒤 조사자가 기억에 나는 이야기를 더 부탁하자, 〈뱀이 많이 생겨난 이유(낑껑뱀)〉을 구연하고, 이야기에 대한 자신의 생각을 말하기도 하는 적극성을 보였다. 씨앙리티아 제보자가 구연한 이야기는 모두 6편이다.

체아다비

[캄보디아, 여, 1983년생, 결혼이주 8년차]

체아다비 제보자는 1983년 캄보디아에서 태어났다. 아버지 사업의 실패로 인해 집안이 어려움을 겪어 어릴 때부터 공장에 취업하여 결혼 전까지 집안 살림을 도왔다. 결혼하여 한국으로 이주했고 시부모님과 남편, 자녀와 함께 강원도 횡성군에서 8년째 살고 있다.

체아다비 제보자는 한국어 구사 능력이 이주 경력에 비해 뛰어났다. 구연 속도는 빠른 편이며 음색이 맑아서 전달력도 훌륭했다. 총 2회 진행된 이야기판에서 시종일관 밝은 모습으로 이야기판을 이끌었다. 제보자는 어릴 때 할머니를 따라서 절에 자주 다니면서 할머니에게 이야기를 많이 들었다고 했다. 캄보디아에는 드라마로 만들어진 설화가 많다면서 널리 알려진 캄보디아 설화를 들려주려고 했다. 구연할 때에는 조사자에게 이야기 속 상황을 쉽게 이해시키기 위하여 한국적 요소를 비유하여 설명했다. 전설과 민담, 캄보디아 문화와 민간요법 등 총 14편의 이야기를 구연했다.

킴나이키

[캄보디아, 여, 1991년생, 결혼이주 6년차]

킴나이키 제보자는 1991년에 캄보디아에서 태어났다. 남편과 결혼하여 한국으로 이주했으며, 강원도 인제군에서 6년째 살고 있다.

킴나이키 제보자는 스스로가 한국어가 미숙하다고 생각하고 있지만, 한국어 구사 능력은 의사소통에 크게 지장이 없다. 이야기판에서 구연할 때 정확한 표현을 사용하기 위하여 캄보디아어를 한국어로 번역하기도 했고, 조사자에게 자신이 표현하고 싶은 단어를 물어서 메모하고 암기하기도 했다. 한국어는 종성 ㄹ 발음을 다소 어려워했고 주격조사 '이'를 빠뜨리는 경향이 있다. 제보자는 특별한 자료의 도움 없이도 한 시간 넘는 긴 이야기를 기억하여 구연할 정도로 기억력이 좋았다. 어릴 때부터 이야기를 좋아하여 동네 어린이들을 모아놓고 나무 그늘 아래서 이야기를 자주 들려준 경험이 있다.

킴나이키 제보자는 조사 취지를 정확하게 파악하려고 노력했으며, 조사 취지에 적합한 이야기 유형을 골라서 이야기의 등장인물과 지명에 관한 정확한 정보를 제공하려고 했다. 구연할 때 적절한 손짓을 곁들였으며, 인물 간의 대화를 재현하면서 실감나게 구연했다. 제보자는 총 4회에 걸친 이야기판에서 설화 위주로 29편의 이야기를 구연했다. 구연한 이야기는 대부분 서사의 완결성이 높은 것들이었다. 장편소설을 한 편 기억해서 구연하기도 했는데, 정리 대상에서는 제외했다.

텡쏙레앙(박주희)

[캄보디아, 여, 1986년생, 결혼이주 10년차]

텡쏙레앙 제보자는 1986년 캄보디아 프놈펜의 근교에서 태어났다. 2008년에 결혼으로 이주하여, 경기도 수원시에서 남편과 두 자녀와 살고 있다. 텡쏙레앙 제보자는 현재 다문화 강사이며 화성시에 있는 아삭도서관에서 다문화 강사들과 모임을 하면서 각 나라 이야기를 나누고 있다.

제보자는 어린 시절에 어머니가 일을 해야 해서 6살에서 9살까지 할머니 집에서 살았다. 할머니는 밤마다 어머니를 보고 싶어할 손녀를 위해 많은 이야기를 들려주셨다고 했다.

텡쏙레앙 제보자와는 두 번의 걸쳐 설화 조사를 진행했다. 첫 번째 조사를 시작할 때는 다소 긴장한 모습이었지만, 점점 차분하게 이야기를 이어나갔다. 손동작도 적절하게 사용하고, 대화를 재현하면서 구연했다. 준비해온 것 외에 다른 이야기까지도 매끄럽게 구연했다. 두 번째 조사 때도 처음에는 다소 긴장했지만 천천히 이야기를 잘 풀어냈다. 긴 이야기를 대화의 형식으로 생동감 있게 구연하는 점이 특징이다. 텡쏙레앙 제보자가 두 번의 조사에서 구연한 자료는 총 9편이다.

포유미네

[캄보디아, 여, 1988년생, 결혼이주 6년차]

포유미네 제보자의 고향은 캄보디아의 수도인 프놈펜이다. 친언니가 먼저 한국으로 결혼이주했고, 친언니와 형부의 소개로 한국인 남편을 만나게 되었다. 남편과 짧은 연애를 한 후 결혼했고, 자녀 2명과 함께 화성시에 정착하여 살고 있다. 이주 초기에는 한국어의 어려움과 편견 때문에 문화 적응이 어려웠지만, 현재는 의사소통에 문제가 거의 없고 한국에서의 생활도 즐겁다고 했다. 설화를 구술할 때에 고급 어휘를 구사할 정도로 한국어 수준이 높다.

포유미네 제보자가 처음에 청자로서 디다넬 제보자의 구술을 들으려고 했지만, 디다넬 제보자가 구술을 시작하자 자연스럽게 공동

화자가 되었다. 처음의 소극적인 모습과 달리 적극적인 태도로 구술에 참여했다. 디다넬 제보자와 공동으로 7편의 설화를 구연했다.